中外机智人物故事大观丛书

巧断珍宝失窃案

亚洲机智人物故事选

祁连休　冯志华　编选

河北出版传媒集团　河北教育出版社

图书在版编目（C I P）数据

巧断珍宝失窃案 ：亚洲机智人物故事选 / 祁连休，冯志华编选. -- 石家庄 ：河北教育出版社，2014.6
（中外机智人物故事大观丛书）
ISBN 978-7-5545-1211-1

Ⅰ. ①巧… Ⅱ. ①祁… ②冯… Ⅲ. ①民间故事—作品集—亚洲 Ⅳ. ①I307.3

中国版本图书馆CIP数据核字(2014)第128313号

书　　名　巧断珍宝失窃案
　　　　　——亚洲机智人物故事选
作　　者　祁连休　冯志华
策　　划　郝建国
责任编辑　张翠改　张　涛
装帧设计　慈立群
出版发行　河北出版传媒集团
　　　　　河北教育出版社　http://www.hbep.com
　　　　　（石家庄市联盟路705号，050061）
印　　制　山东临沂新华印刷物流集团有限责任公司
开　　本　787mm×1092mm　1/16
印　　张　14.75
字　　数　218千字
版　　次　2014年7月第1版
印　　次　2014年7月第1次印刷
书　　号　ISBN 978-7-5545-1211-1
定　　价　29.50元

前　言

机智人物故事是世界各国民间故事中一个颇为引人注目的门类。这一门类的民间故事，是由一个特定的富有智慧的故事主人公贯穿起来的故事群的总称。这些故事群的主人公，有的有生活原型，有的并无生活原型，而是出自艺术虚构；有的属于劳动者型，包括奴隶型、农奴型、农夫型、村姑型、牧民型、渔民型、雇工型、仆役型、工匠型、矿工型、游民型等，有的属于非劳动者型，包括官吏型、文人型、才媛型、讼师型、艺人型、衙役型等。无论属于何种类型，这些故事群的主人公都机捷多谋，诙谐善谑，敢于傲视权贵，常以机智的手段调侃、播弄、惩治邪恶势力，扶危济困，并且嘲讽各种愚昧落后的现象，为民众津津乐道。这一类人物形象，往往在一个地区、一个民族、一个国家广为人知，成为民众心目中“智慧的化身”；有的甚至在全球传播，被誉为民间文学中的“世界的形象”。各国各民族的机智人物故事，尽管内容比较庞杂，瑕瑜并存，但大多数作品是积极的、健康的。它们大都以写实手法再现社会生活，富有喜剧色彩，蕴含着人民群众的幽默感，洋溢着笑的乐趣，具有一定的社会意义和美学价值。

中国的机智人物故事源远流长，蕴藏极其丰富。早在两千多年前的春秋时期，就出现过晏子这样的著名机智人物。晏子的趣闻逸事，至今仍然让人感到饶有兴味。此后的各个时期，也有不少机智人物故事流传。到了现当代，中国的机智人物故事更是层出不穷，迄今已在汉族和四十多个少数民族中发现了九百五十六十个机智人物故事群。这些机智人物故事群，少则十数篇、数十篇，多则一二百篇、三四百篇，其中不乏影响较大的故事主人公，不乏精彩的、耐人寻味的篇什。从历史渊源的久远，从作品的数量和质量，从故事主人公艺术形象及其广泛的代表性诸方面来考察和衡量，中国的机智人物故事在世界范围内是不多见的。

除了中国以外，机智人物故事在亚洲、欧洲、非洲、美洲等地亦有流传。就地区而言，以亚洲较为突出；就国家而言，以土耳其、伊朗、阿富汗、印度、印度尼西亚、泰国、哈萨克斯坦、蒙古、日本、朝鲜、德国、保加利亚、罗马尼亚较为突出；就机智人物形象而言，以阿拉伯的朱哈、阿布·纳瓦斯，土耳其、伊朗、阿富汗和中亚细亚的霍加·纳斯列丁（毛拉·纳斯尔丁、纳斯尔丁·阿凡提），印度的比尔巴，印度尼西亚的卡巴延，泰国的西特诺猜，哈萨克斯坦的阿尔达尔·科塞，蒙古的巴岱、日本的吉四六，朝鲜的金先达，德国的厄伦史皮格尔，保加利亚的希特尔·彼得，罗马尼亚的帕卡拉等较为突出。

我们编选的“中外机智人物故事大观丛书”，旨在全面介绍世界各国的机智人物故事，借以引起读者对这一类民间故事的兴趣。此套丛书共有十册：《捉弄和珅——中国古代机智人物故事选》《奇怪的家具——中国汉族劳动者机智人物故事选》《智斗太守——中国汉族文人机智人物故事选》《反穿朝服见皇上——中国汉族官宦、讼师机智人物故事选》《国王有四条腿——中国西北少数民族机智人物故事选》《佛爷偷糌粑——中国东北、西南少数民族机智人物故事选》《巧审“大善人”——中国云贵川少数民族机智人物故事选》《教国王的黄牛诵经——中近东、北非机智人物故事选》《巧断珍宝失窃案——亚洲机智人物故事选》《教皇中计——欧洲、美洲机智人物故事选》。本书即其中的一册。

倘若读者通过本书，通过这一套“中外机智人物故事大观丛书”，能够增进对于古今中外机智人物故事的了解，并且从中获得艺术欣赏的乐趣，我们将感到无比欣慰。

编　者

2012 年冬于北京

目　录

比尔巴的故事

（印度）

比尔巴是印度民间故事中的著名机智人物。他实有其人，生活在兴起于印度半岛北部的伊斯兰教国家莫卧儿帝国（1526—1858）的全盛时期，是莫卧儿帝国最有名望的君主阿克巴（1556—1605 在位）的重臣，官至宰相。他聪明过人，阅历丰富，能言善辩，是阿克巴的得力助手。他的故事数量甚多，内容涉及宫廷生活、社会生活的许多方面，以他与阿克巴的趣闻、轶事最有代表性。它们在印度，尤其是北印度广为流传，历久不衰。本书选入的作品，译自吉尔加·辛尔格尔·阿格尔瓦尔主编的《阿克巴—比尔巴笑话》（德里，农村书库 1967 年出版）。

植物的种子在哪里

阿克巴国王[①]特别信任比尔巴，他要做什么事都要经过比尔巴点头。国王的老臣们对这件事很不满，因为他们认为这是看不起自己。

一个节日，国王一到宫内，大臣们都默不作声。比尔巴那时不在场。国

① 阿克巴（1542—1605）是莫卧儿王朝的著名君主。

王不知道是什么原因。国王问了一句话想引起大家的话头，但他没有成功。国王问大家为什么沉默不语。

这时，一位老臣谦恭地答道："陛下，有一件事使我们大家很难过。倘若你恩准，我就向陛下禀明。"

国王高兴地点头允诺。

老臣说："多年来我们在你殿前为臣，竭诚为你效劳，但是我们看到，陛下对我们丝毫也不在意，却对刚刚来到宫廷的黄口小儿言听计从。难道这不是对我们的漠视吗?"

国王说："今天是个很好的机会，正好比尔巴也不在。我有一桩事情想来请教你们，你们当中的哪一位能给以答复吗？如果有，就请讲一讲，植物的种子在哪里?"

所有大臣一直在思考，可是谁也做不出恰当的答复。

这时，国王说："请看，这是一次检验，当事实证明一个人比你们都聪明的时候，那我们为什么不听从人家的意见？你们中间有谁若有这种才能，有事情都问他我会有什么意见？好吧，在你们大家面前，我向比尔巴同样提这个问题，你们看他怎么回答。"

国王说完，命仆人去把比尔巴找来。比尔巴赶紧来到金殿，见过国王和众臣后，国王向他提出了那个问题。比尔巴让仆人把水拿来后，他拿在手里把它洒在地上，并说："好，植物的种子就在这里。"

大臣们极为惊讶。此中的秘密只有个别人明白，大多数人还不理解，他们只是彼此面面相觑。国王已经清楚，他叫了一声比尔巴，"请你把其中的奥秘解释清楚。"

比尔巴说："陛下，所有植物的种子就在这个土地里，它仅仅需要水，一洒水它们就长出来；因此，洒了水的地方，就可以认为那里有植物的种子。"

大臣们听后都称赞起比尔巴的智慧来，从此这个问题再没提起过。

国王对这个问题的回答也很满意，他向比尔巴赠送了钱财和布匹，作为对比尔巴的奖励。

叫 他 来

有一天正要过节，国王一清早起来，洗漱完毕后就把仆人叫来，并对他说："叫他来。"

仆人不理解这话的意思，但是也不敢问国王让他去叫谁。他想啊想，想了多少遍也不知道国王到底要叫谁来。

仆人忐忑不安地去找比尔巴，完全相信他的智慧一定会想出办法。见到比尔巴，仆人向他讲了全部情况。比尔巴明白了，洗完手脸之后，国王大概记起了该刮胡子，所以他让仆人去叫理发师。比尔巴默默想过之后，对仆人说："你去叫理发师来。"

当理发师来到国王面前时，国王问仆人："谁跟你说去把他叫来的?"

仆人谦恭地说："当陛下仅仅对我说'叫他来'时，我怎么也想不出该去叫谁来，但我又不敢问你。于是我去找宰相老爷，向他讲了全部经过，他让我去把理发师叫来。"

听完这些，国王对比尔巴的智慧暗暗称赞。

森林里的树和公园里的树不一样

节日的一天，国王和比尔巴像往常一样，为了呼吸新鲜空气，清早起来就到离城不远的森林里去了。路上看到什么了？原来是住在森林里的一个妇女，她靠卖柴为生。她背着个小筐子，里面放着乱七八糟的木棒子。突然她在半路上生下了孩子，刚刚生下孩子的产妇把新生婴儿放到她的筐子里，就往家里走去。

国王看到非常吃惊，他对比尔巴说："女人吗都是一样的，可是王后生孩子的时候，怎么要做那么多准备?"

国王注意到这些，到家后就一句话也不跟王后说。王后见国王无缘无故地生气就很害怕，当她想不出什么办法能使国王高兴时，就去找比尔巴。

比尔巴把在森林里看到的一切对她说了，但王后仍无法使国王开心。王后又去找比尔巴。

比尔巴说："公园里的树统统停止浇水，这样会使所有的树枯萎，有的甚至会变成干柴。国王知道这事后，必定会生气，还会问不浇水的原因。好了，你正好利用这个机会对国王说：给我们欢乐的陛下，森林里的树没有水也会枝叶繁茂，可这也是树呀，为什么它们就得时时浇水呢？"

王后很高兴比尔巴给她出的主意。第二天就让人停止给公园里的树浇水，树自然很快枯萎。国王得知这个消息后就问原因，这时王后款款道来："陛下，是我叫园丁不给树浇水的，他们没有错。我想，森林里的树不浇水也根深叶茂，可这也是树呀，为什么它们就不能那样旺盛地生长呢？"

国王明白了这话的含意，从此与王后又有说有笑了。后来，在国王的追问下，王后告诉他，这一招是他的称职的宰相比尔巴告诉她的。国王听后暗暗高兴，他敬佩比尔巴的聪明。

两个问题一个答案

有一天，国王对比尔巴说："某一位国王问他的大臣两个问题，那位聪明的大臣就做出了一个答案。你能告诉我那位大臣是怎么回答的吗？问题是这样的：第一个，婆罗门[①]为什么口渴？第二个，驴子为何拉长脸？"

听完问题，比尔巴就说："陛下，没有水罐。"

国王让他解释清楚。比尔巴说道："婆罗门之所以渴，是因为他身旁没有水罐，即使有水也喝不成，别人的水罐他又不会喝，驴子拉长脸也因为没有水罐，假如有水罐，它也就不会困倦难过了。"

比尔巴果然对两个问题做出了一种回答。国王听后非常满意。

---

① 婆罗门：印度古代的僧侣贵族，居印度四种姓之首，他们不喝别人水罐里的水，不吃别人的食物。

一身兼四职的人

有一次国王对比尔巴说："你给我找一个这样的人来，他是老师，是厨师，能够背水，也能像驴子一样干活。"

比尔巴离别国王，去寻找一位身兼四职的人。路上，他想起了一件愉快的事，因此眉开眼笑。他记起了一个靠自己辛勤劳动维持生计的穷婆罗门。比尔巴去到他那里，让他跟自己走。那个婆罗门见当朝宰相来到自己的小茅屋，又高兴、又吃惊。婆罗门的脸上明白地表示出了这些，当然这些也瞒不过比尔巴。

比尔巴安慰婆罗门说："你不用担什么心。"

婆罗门说："你是穷人们唯一的帮手，相反这里其他的大臣把我们像白面一样磨，这事是谁也掩盖不住的。我随时准备跟你走，你的命令我是应该执行的。"

比尔巴和婆罗门一起向王宫走去。来到朝上，比尔巴让婆罗门站到国王面前，说："陛下，这位婆罗门可以做到你说的身兼四职。"

国王说："你讲给我听。"

比尔巴答道："陛下，婆罗门被认为是世界上的祖师，因此他是老师；婆罗门亲手做的饭，不管什么种姓的人都能吃，所以他是厨师；婆罗门亲手打的水，谁都能喝，因此他又能背水；这人的职业是运送货物，所以他又能像驴子一样工作。你留下这位婆罗门做仆人吧。一旦需要，你可以拜在他脚下请他当老师；饥饿时，他可以做饼给你吃；渴了他可以给你水喝。"

国王听了比尔巴的回答很高兴，同时给那个婆罗门安排了适合他的工作。于是，那个婆罗门开始过起自己有滋有味的生活。

后来又怎样了

阿克巴国王最喜欢听故事，所以他选了一些大臣按顺序给他讲故事。轮到谁的时候，到晚上为了使国王开心就要讲自己新编的故事。这一天，轮到了比尔巴，故事准时开始，国王兴奋得呼喊起来。这样比尔巴感到讲故事很难，而且国王还希望故事越长越好。每当比尔巴讲完一句话，国王仅用“后来呢”让他喘口气。短小的故事不能使国王满意，他总爱听长故事。

比尔巴讲着讲着天已经很晚了，但国王还不罢休。比尔巴生气了，心里想：讲那么多话我有多辛苦，国王却只有两三个字让我喘口气，现在得想出一个办法，激起他的火来。比尔巴开始讲述又一个故事：“一个富有的农民为了保护自己的粮食，修建了一个粮仓。里面装满了粮食，把仓口也遮盖上，很好地密封起来，甚至连一点儿风都不透。但是事与愿违，谁知粮仓还是出现了一个小洞，一只小鸟就是从这里钻进仓房，用它的扁嘴衔着一粒粮食，‘扑棱’一声飞走了。第二只鸟又进去，又叼起谷粒，‘扑棱’一声飞走了。而后，第三只鸟又来了，又飞进仓去，衔起一粒粮，‘扑棱’一声又飞走了。又飞来一只鸟，钻到里面，叼起一粒谷，‘扑棱’一声又飞走了。又飞来一只鸟，钻进里面叼了一粒粮，‘扑棱’一声又飞走了。又飞来一只鸟，钻进去叼了一粒谷，“扑棱”一声又飞走了。”就这样不断地说着说着，比尔巴一下说了上百遍，而国王“后来呢”“后来呢”说着说着说累了。这时他生气地对比尔巴说：“这我听到了，后来又怎么样了？你说呀！”

比尔巴答道：“国王陛下！为得到谷粒，鸟儿在那里都聚成了堆，甚至有几十万只鸟聚在那儿，按顺序去衔那一颗颗谷粒呢！现在不过刚刚来了一百多只，当这些鸟儿都填饱了肚子，故事才能往下说。这些粮食要让鸟吃完，恐怕还得一年的时间。”

国王说：“这个故事我已经听够了，你就此停止吧。”

比尔巴终于得到了休息的机会，心中暗自高兴地往家里走去。

最心爱的东西

有一天，不知什么原因国王对自己亲爱的王后生了气，下令让王后滚出王宫去。王后不敢违抗圣旨，她想方设法去讨国王的喜欢，但一切努力都归于失败。她只好不声不响地准备执行国王的命令。她叫仆人收拾必要的东西，然后走到国王面前请他宽恕。国王没有改变自己的命令，他对王后说："赶快把你最心爱的东西带走，尽快腾空内宫！"

王后无可奈何，准备到娘家去了。突然间她想到了比尔巴，她立即派人去把比尔巴找来。王后向比尔巴讲述了这里发生的一切，请求取悦国王的良策。

比尔巴为王后的善待所感动，为她出了一个好主意，然后离去。

王后把行李包裹放到车上，还为自己准备了轿子。离开王宫之前，她又来到国王身边，满眼含泪说道："陛下！当我就要与你永远分别的时候，我只有一个请求希望你答应：你的奴婢在离开你之前想亲手斟一杯酒请你喝，我这一走，再也不会有为你斟酒的机会了。"

由于王后的真诚，国王心软了，接受了她的请求。

王后倒满了一杯酒，请国王喝下去。酒醉使国王失去知觉，王后得到了机会。她按照比尔巴所说，把国王安排在一乘轿上睡下，她自己坐到另一乘轿上，一起向娘家走去。到了娘家，王后把国王安置在舒适的床上睡觉，自己就坐在他身边。走了一夜，加上看护国王，王后一直没睡，这时候打起盹来了。天亮，国王醒过来一看，自己怎么同王后来到一个完全陌生的地方呢？当王后也醒过来时，国王问王后："我这是在哪里？"

王后说："陛下，你这是在自己的岳丈家里！"

国王问："我怎么会到这里来的？"

王后赶忙施礼说道："陛下，你不是命令我带着自己最心爱的东西离开王宫吗？我向你发誓：世界上除了你，再没有什么是我最心爱的了。所以我把你带来了。"

王后的话语一下子就平息了国王的怒气，他原谅了王后的过错。这时天已大亮。国王做完每日必做的事，然后会见了丈人，就同王后返回德里了。

回到京城，国王和王后的感情和好如初。有一天，国王谈起去岳丈家的事，他问王后："你对我说实话，你骗我去你家的点子是谁想出来的？"

王后把事情一五一十对国王讲了，最后说："这是你那聪明的大臣比尔巴的主意，多亏他才使你对我重新理解。”

国王很高兴，他知道除了聪明的比尔巴，不可能是别人。

国王的命令

有一天，比尔巴一上朝，国王就命令他去找四种生物来，并且说：“这四种生物要具有四种特点：一、这里有，但是那里没有；二、那里有，而这里没有；三、这里那里，哪里都没有；四、这里那里，哪里都有。”

比尔巴答应下来，为找寻这四种生物退朝去了。比尔巴走了一段路，碰到一个乞丐，给他点钱让他跟自己走；又走了不远，遇到一个和尚，比尔巴也让他跟自己走；此后，又找到了城里有声望的慈善家、虔信宗教的商人和一个妓女，比尔巴带着这四位随自己上朝去了。

比尔巴在德里几乎是妇孺皆知的。谁也不打听、不议论，像是他下的命令大家都接受一样。比尔巴带着四个人来到金殿。一看到比尔巴，国王就问：“比尔巴，找到了吗?”比尔巴点点头，说：“陛下！请看。”说着，他依次把四个人——先是妓女，再是和尚，然后是乞丐，最后是商人——指给国王，并说：“按照你的命令，这四个人就站在这儿。”

国王让他解释明白。比尔巴才说：“陛下！第一个是妓女，这里倒是有，但是她的职业是这样低贱，在那一辈子（死了之后）她去不了天堂，只能到地狱，所以那里（天堂）没有她，但是在这里她可以为所欲为地享受；第二个是和尚，他可怜巴巴的日夜敬神，谁给点吃的，他就吃，得不到吃的也就算了。因此，对于他可以这样说，在这个世界上（这里）没有，但是死后肯定可以解脱，他要到天堂（那里）安家，所以那里有；第三个是乞丐，他整天四处奔波，到处讨要，这已经成了他的习惯。能得到些粗茶淡饭就吃点，但这是低贱的，他在这里没福可享，到那里也升不了天堂。因此，这个乞丐这里那里，哪里都没有；最后是这位慈善家商人，上帝和财神都对他施以恩惠，在这里上帝给他财宝、儿女，他不浪费自己的钱财，有可能的话，在宗教、施舍、功德中花费，因此他在那里（天堂）也可以得到幸福，所以他在这里那里都有。”

国王和大臣对比尔巴的解释非常敬佩。对于比尔巴带来的人，都给以适当报酬，送走了他们。

四个傻瓜

一天娱乐的时候，国王突然想到：世界上傻瓜是很多的，我想看看四个别人比不上的傻瓜。他对比尔巴说："比尔巴！你去给我找四个谁也比不上的傻瓜来。"

比尔巴遵照国王的命令向城外走去。要找的话什么人找不到，只是看你用心不用心。走不多远比尔巴碰到一个人，他手上托着一个盘子，盘子里放着一对槟榔包和糖，这人不要命地朝城里飞快跑去。

比尔巴问那人："喂，先生，你两脚不沾地奔跑，要把这些东西送到哪里去呀？我很想知道你内心的秘密，所以难为你告诉我好吗？"

那人开始想搪塞他一下算了，可别耽误了时间。但是，当比尔巴缠着他问时，他才故意卖弄地说："尽管我要误事，但因为你一再询问我也只能告诉你了。我的老婆又嫁了一个丈夫，因此她又生了一个孩子，今天是十二晌，我是应邀向她去祝贺的。"

比尔巴说出了自己的名字，拦住他并对他说："你必须同我一起到国王那里去，我什么时候放你，你才能走。"那人一听到比尔巴的名字害怕了，便乖乖地跟着他走。比尔巴带着他继续往前走，突然路上碰到一个骑马者。那个人骑在马上，头上却顶着一捆草。

比尔巴问他："喂，老兄！这是怎么回事？你头上的负担为什么不放到马背上？"

那人说："穷小子！因为我的马怀了孕，这样的重负它会吃不消的，只能驮着我，这难道不是两全其美的好办法吗？"

比尔巴把这个骑马人也叫上，他们一起到宫里去见国王。比尔巴说："陛下！四个傻瓜就在你的面前。"

除了比尔巴国王只看到两个人，所以他问："第三个在哪里？"比尔巴说："第三个是一心要看这样的傻瓜的陛下你，第四个是找到他们并带到你身边的我。"

国王对比尔巴这样的回答很高兴，尤其是当得知这两个傻瓜的傻劲儿时，国王哈哈大笑，称赞比尔巴找到他们并把其带来的机智。

上帝做不到的我能做吗

一天，国王比预定时间提前来上朝了，大臣们陆续到来。国王向每一个大臣提问："好，你说，上帝做不到的，我能做还是不能做？"

听到这样的问题，大臣们一个个都不知所措。因为要是说，你一切都能做，那他可能又会问：哪些可以做？要是什么也不回答，那也不对，因为他可以指责你不遵圣旨；要是仅仅说，你不能做，就是说，上帝所做的事是你力所不及的，这也不合适，并且这样的回答很可能会惹国王生气。思前想后，大臣们还是认为沉默最合适。

最后，比尔巴一到，国王向他也提出了这一问题。

比尔巴听后立即答道："陛下，你完全能做，也做得到。上帝做不到，你完全有能力去做。"国王问："为什么？"比尔巴说："上帝是全世界的，他创造了我们。倘若他生了谁的气，那他不能把那人从国内赶出去。如果他下这样的命令，那这命令怎么能执行？因为他创造了一切，这也是对他的惩罚，人家能上哪里去？但是，这件事你就能做得很好。你要想把谁赶出国去，那他就可以离开国界到别的国家去。"

国王听了比尔巴聪明的回答很高兴，因为从这个答复来看，他既承认上帝的威严，也巧妙地照顾到了国王的面子。

盔甲的考验

国王命令一个工匠打制一身铁盔甲，用以作战时士兵抵挡敌军的武器。

工匠遵命几天就制好了盔甲，送到国王面前。在打制铁盔甲过程中，工匠很认真，生怕出差错。国王非常喜欢这副盔甲，但是它是否结实？一想到这儿，他就下令让把盔甲穿在一个木偶身上，他亲自拿了宝剑要去检验它的牢固程度。仆人把盔甲穿在木偶身上，国王举剑猛刺一剑，盔甲出现裂痕。国王说："这么脆弱的盔甲，我们怎么能用？它谁的命也保不住。你再去做一副更好、更牢固的盔甲来！但是你要注意，如果再这样不堪一击，那你的脖子就会被拧断。"

工匠听了，吓得魂不附体。工匠回到家里以后，整天闷闷不乐。妻子见丈夫脸上阴云密布，就问是何缘故。工匠就把国王的命令向她说了一遍，他说："这次我的性命难保了。"妻子说："亏你是一个男子汉，一点儿小事就吓得六神无主。你为什么不去找比尔巴求得一个解救的良策？"经妻子一提醒，工匠立刻找比尔巴去了。

比尔巴安慰他说："你再去打制你的铁盔甲，当国王叫人给木偶穿上铁盔甲时，你对他说这种检验对木偶来说不合适，让我亲自穿上铁盔甲来做试验吧。这时，国王一定接受你的请求。但是你要当心，当他持剑向你的盔甲袭来时，你要立即大叫，制造一种恐怖气氛，以使他的宝剑不能落在你的盔甲上，以致他只能惊慌地站在远处，而不敢靠近你。如果你能很好把握住这个，那你的性命就有救了。国王要是问你为什么这样，你可以回答：陛下，我做的盔甲不是给木偶穿的，是给人穿的，不管是谁，他总有些力气，那他为什么不竭力阻止敌人靠近自己呢？如果敌人猛然来到跟前，那他总还会大声吓唬一下，这样盔甲就不会轻易被击破了。"

比尔巴的话使工匠心花怒放。他高兴地回到家里，向妻子讲述了一切，妻子也为之欢喜不尽。两三天之后他就打制好了第二副盔甲，然后送到王宫之内。

国王看了看盔甲，下令让人给木偶穿上盔甲。工匠按照比尔巴的吩咐，请求国王让他自己穿上盔甲进行检验，国王答应了，并叫一个机灵的士兵巧妙地挥剑考验工匠的盔甲。士兵举剑正要刺下，工匠却大叫一声扑向士兵。被这意外的举动所惊吓，士兵的剑不仅没有落下，连他本人也惊恐地站到了远处。国王问工匠为什么这样做，工匠就把比尔巴教他的话原原本本地告诉了国王。

国王听了，说：“工匠，这些话都对。但是我估计，这个主意未必是你自己想出来的。老实告诉我，是谁教你这样做的?”

工匠就把从妻子看到他沮丧的样子，鼓动他去找比尔巴，到比尔巴告诉他该如何做，都一五一十地禀报了国王。

比尔巴的机智使国王和大臣都高兴异常。工匠更是喜不自胜，他就把今天当成了自己新生的日子。

奖励代替极刑

有一天，国王因有要事，一清早就把比尔巴叫来了。他来之后，国王就一直忙，甚至连洗澡、吃饭都没有心思，直到傍晚时分。要到晚上了，国王好歹把工作结束了，一坐下吃饭，觉得饭也不香。国王暗想：今天清早一看到比尔巴的脸，就有这种感觉，所以他活在世界上不合适。说什么国王爱比尔巴胜过自己的生命，今天就是这个比尔巴，让人绞死他我一点儿也不犹豫。国王让人做好绞死他的一切准备，然后让比尔巴来到宫中。

处死比尔巴的消息像闪电一样很快在全城传开。比尔巴是百姓利益的维护者，不管是穆斯林还是印度教徒都拥戴他。人们一听说他要被绞死，全城的人都涌向了王宫。以致国王不得不叫来军队，让他们安排人们坐在适当的地方。处决比尔巴的时间临近了，国王站在一个高台上招呼着人们说：“比尔巴的脸上有不祥之兆。昨天一大早我看到他的脸，结果使我昨天一天白白度过，饭也不好吃，觉也没能睡。因此，让这样的生命活在世上是不合适的，所以我今天要把他绞死!”

国王的话人们不听。谁也不会同意以这样的理由来绞死比尔巴。但是谁敢向国王质问呢？国王想到，不要因比尔巴的死而伤害群众，所以他才发表了上述讲话。最后，当把比尔巴被带到处死的刑台上时，国王问他：“此时你还有什么要求吗？你说出来我会满足你的。”

所有来看比尔巴的人，都怀着极大的悲痛，人们的眼里都满含着泪水。听到国王这句话，比尔巴站在就要处死他的刑台上，招呼着大家说：“兄弟们！昨天清晨国王看到了我的脸，结果不仅使他没吃好饭，而且连觉也没睡好。但是，今天早晨我看见了国王的脸，那结果就是这样：今天就要把我绞死。现在请你们用心想一想，究竟谁的脸上有不祥之兆，是我还是国王？”

人们异口同声地喊道：“很对，很对！”喊声震天动地。

国王很难为情。比尔巴接着说：“我因为清晨看到国王的脸，就要被绞死；这样下去，凡早晨见到他的脸的人，岂不都是这个下场？”

国王一听这话，脸色都白了。现在他害怕事与愿违，自己会落下骂名，他赶紧命人解脱比尔巴的绞索。百姓又都为此欢呼。

路上人们都在赞扬比尔巴的聪慧，国王对他的策略也很高兴，又送他不少财物和布匹。

小偷的胡子上有草屑[①]

一日，国王想出了一个办法，想使比尔巴大吃一惊。他把自己一枚极贵重的戒指偷偷给了一个官员，让他保守秘密。比尔巴一来，国王就对他说：“今天我的戒指丢了，它早晨还在。去解手时我摘下来的，等回来一看戒指不见了。我想一定不是外边的人干的，因为他不可能有这个胆量。”国王说着说着，给比尔巴出了一个难题：“我听说，比尔巴还懂占星术，所以你得把这事给解开。你思考思考把小偷给我找出来，那我将感激不尽。那个戒指很贵重，同时它还珍藏着我的一段美好的记忆。”

比尔巴向国王询问放戒指的地方，国王指了指一个柜子。比尔巴走到那个柜子旁，把耳朵贴到上面，听了一会儿，看上去真像是在听什么。片刻，比尔巴说：“柜子清清楚楚地对我说：戒指在谁那儿，他的胡子上有草屑。”

替国王藏戒指的那个官员听了比尔巴这番话，生怕暴露秘密，就偷偷地

---

① 小偷的胡子上有草屑：原文是印度的一句成语，意译大体相当于中国的成语“做贼心虚”。

用手去摸自己的胡子，他真怕上面沾着草屑。这一下不要紧，怎能瞒过比尔巴那双警觉的眼睛?

比尔巴把那个官员指给国王说:“请看，拿你戒指的人在这儿。”

其实，国王早就知道，他盛赞比尔巴的聪明和机智。

守财奴的财物

在德里城有一个守财奴。他辛辛苦苦地干活挣钱，除了把很少的一点儿钱拿出来开销用以填肚子外，其余全部积攒起来。就这样，他身边有了几件珠宝。他的生活这样清苦，再胆大的人也不敢相信，他身边会有珠宝。他的家就是普通的茅屋，屋里有一个破旧不堪的箱子，这可能还是他爷爷那一辈留下来的呢。就在这个破箱子里，他用破布包藏着他的珠宝。

很偶然，在一个节日里守财奴的破草房着了火。看到这种情况他呼天喊地，大哭起来。听到他的哭声，邻居们都来帮助他救火，但是人的力量比不上风力，火越烧越旺。看到冲天的火舌，守财奴便大声地哭喊起来。他旁边的一个首饰匠斥责他:“为了一间破草房也值得这样哭死哭活?”

守财奴听后，说:“你看到的只是破草房在烧，但我看到我的珠宝在烧呀!”

首饰匠追问:“那财物在哪里?”

守财奴用手指着那个地方说:“就在那个箱子里。”

首饰匠贪婪之心油然而生，他说:“如果我去把珠宝拿出来，那就随我心愿给你点儿什么，剩下的全归我。”留一半总比全毁掉强，想到这些，守财奴答应了首饰匠。他还能说什么呢?

首饰匠为满足贪婪之心，冒着生命危险跳到屋里，拿着那个箱子冲了出来。大火熄灭后，首饰匠只把箱子给了守财奴，所有珠宝都归了他自己。看到这种情况，守财奴支支吾吾。首饰匠说:“这你以前就同意了，我喜欢什么就给你点儿什么。”

守财奴低声下气地说:“老哥，你豁着命去才抢救出来这些东西，所以你拿走一半，剩下的一半就给我吧。”

首饰匠蹦跳说：“你我之间原来就讲好条件，我想给你什么就给你什么，现在又反悔可不行。”

两人争执不下。守财奴千方百计想要一半珠宝，但对方不答应。最后无可奈何，两人去找国王解决问题。国王知道这事难断，就把他俩的情况向比尔巴说了。比尔巴顿时陷入沉思。

片刻后，比尔巴问首饰匠：“你们两人之间讲过什么条件？”

首饰匠说：“穷人的恩主，我们两人之间讲了这样的条件：谁到被火焚烧的屋里把盛珠宝的箱子拿出来，他喜欢什么就给另一个人一些，其余的全自己拿走。”

听完后，比尔巴问守财奴：“首饰匠说的可是真话？”守财奴说是这样。于是比尔巴说：“那你们为什么还不能解决这个问题？条件已经定好，他给你什么你就拿着好了。”

守财奴近乎哀求地说：“老爷，他仅仅给我一个箱子，他自己把珠宝全拿走。”

比尔巴叫着首饰匠说：“你喜欢什么东西？”

首饰匠说：“青天大老爷，就是这珠宝。”

比尔巴说：“那还有什么可争执的？把珠宝还给人家，你把箱子拿走。”

首饰匠一下子目瞪口呆！比尔巴又说：“你在事先讲定的条件中说，我喜欢什么就给你什么，那你不是说喜欢珠宝吗？因此，珠宝是你喜欢的，就拿给人家，剩下的箱子你自己拿走。”

首饰匠无言以对。因为他知道，如果对于比尔巴的判决不接受，那就可能被送到监狱关几天。过于贪婪落得了这个结果。他想着提着个空箱子回到自己家里。

守财奴又得到了自己的珠宝，他默默地向比尔巴祝福着回到自己家里。

国王对比尔巴大为称赞，因为他办事如此机巧。

德里有多少只乌鸦

有一次，国王阿克巴向自己宫中的每一个大臣都问过“德里有多少只乌鸦”这个问题，但是谁也没能回答。因为谁也不曾想过这个问题，再说谁也没有叫人去数过呀。

国王没有得到回答不再作声，他等待着比尔巴的到来。他派人去找，等比尔巴一到，国王就又提出了那个问题。

比尔巴回答得很干脆，好像他早有准备似的。他说：“一万零七百只。”

国王听到比尔巴这果断的回答大为惊讶，于是说道：“你说得这么准确，倒像是你让人数过似的。”比尔巴说：“是的，陛下！去年我让人数过的，总共是一万零七百只。”

国王说：“请你证明。”比尔巴答道：“倘若你不相信我的话，请陛下亲自派人去数。”

国王说：“好，我马上叫人去数。但是如果数的数字和你说的数或多或少，那我要处罚你。派人去数乌鸦总要花钱，你必须拿出一万卢比或更多的钱。你同意吧?”比尔巴回答：“我倒没有意见。不过你数的数和我说的数有多有少是很自然的。因为，有些乌鸦可能到别的城市的亲戚家去了，这可能就会少；不过，也有从外边来做客的，这数目就会增加。再说我叫人数过已经一年过去了，所以还有两种可能：这期间有的乌鸦老了，难免有些死掉；也有的乌鸦是新出生的呢。”

国王已经心领神会，比尔巴说这说那跟他绕圈子，是为了找条解脱之路，他找到了。想到这些，国王不再作声。听了比尔巴聪明的回答，其他大臣也很高兴。

老婆罗门绞刑架下得救

一次，国王阿克巴和一个婆罗门生了气，于是下令将他处死。听说杀害一个无辜的婆罗门，大臣们都很吃惊。因为想不出搭救的办法，就一起去求比尔巴出面干预。比尔巴得知国王无故下令处死一个老人，就直奔王宫来到国王面前。

国王一看到比尔巴，就对他的来意明白三分。国王没等比尔巴开口，就说：“你看，比尔巴，关于这个婆罗门你什么也不用说。你要讲情，我将用和你的愿望相反的办法来处置他！”

比尔巴说：“老天保佑，你有这样坚定的誓言，你说话可算数！陛下，我是来向你说，你一定要绞死这个老头。而且如果能给他比这更大的痛苦，就请给他，这样我才高兴呢！”

比尔巴巧妙地一下子就把国王限制住了，因为国王刚刚说过“我会用和你的愿望相反的办法来处置他”。

最后，国王将这个婆罗门释放了。大家对比尔巴的机智大加赞扬，他救下了一个无罪的老人。

国王的三个问题

一天，国王在宫里坐着，他想出了三个问题。他把那些问题告诉自己的大臣，请他们回答。这些问题是：一、孩子谁的好？二、牙是谁的好？三、属性中什么最重要？大臣们都思考起来。经过讨论，一位官员站起来依次回答起那些问题。

他说：“陛下！第一个问题，孩子是国王的好；第二个问题，牙是象的好；第三个问题，属性中学术最重要。”

国王听后沉默不语。比尔巴当时不在。国王希望此时比尔巴在场，他一定会说出一个奇特的答案。想到这里他派人去找比尔巴。比尔巴一来，国王就向他提出了那三个问题。

比尔巴答道：“陛下！第一，儿子是牛的最好；第二，牙是犁的好；第三，属性中勇气最重要。”

国王说：“请你对每一点都加以证明。”

比尔巴同意，他说："陛下，牛的儿子之所以最好，是因为它可以耕地，牛粪可以作肥料，使农业增产，世界就有了吃的，因此我说牛的儿子最好；我之所以说牙是犁的好，它可以犁地，使产量提高，使人类的生存得以延续；我之所以说属性中勇气最重要，是因为没有它一切都无用，即使很勇敢的人，如果没有勇气还是什么也做不成。就拿学者来说，即使满腹经纶，如果没有勇气，还是对谁也没有用处，他的学问也等于白费。"

比尔巴的回答，使在场的大臣和国王都很满意。

高兴还是生气

国王阿克巴问自己的大臣："斋月高兴地去了，还是生气地走了？"

许多大臣知道其中奥妙，都沉默着。也有老练的大臣，鼓起勇气说是高兴地去了。仅仅这种回答，国王还不满意。他说："你怎么知道，斋月是高兴地去了？"

现在谁也回答不出。比尔巴也在场。但他也没有作声。没有人问他什么，他也就没有回答。多少位大臣也以此认为是自己的荣誉呢！

最后，国王对比尔巴也提出了这个问题。

比尔巴立即答道："国王陛下，斋月是高兴地去了。假如不是这样，那为什么每年不用叫它还来呢？"

国王对比尔巴的上述回答非常满意。

抓小偷的新招

有一次，在首都德里一个出名的商人家里，许多财物被偷。商人到官员那里报案，随即开始现场勘察，但是小偷没有抓到。小偷很会偷，把商人家里最贵重的东西都偷走了，摆在旁边的器皿、一般衣物都没有动。商人就要宣布破产，一个如此出名的富翁眼看着落到这个境地，国王听到后也吃惊不已。国王也试图亲自去摸一下小偷的线索。他对比尔巴讲了全部情况，并下令要他抓住小偷，追回财物。

比尔巴遵照国王的命令，先派人把丢失财物的商人找来，然后问他：“你怀疑谁偷你的财物吗？你就明明白白地说出来好了，不必害怕，你的全部财物会回到你手里的。”

商人从比尔巴的话得到很大安慰，国王当时也在场，这些话他都听到了。商人回答道：“老爷！我这样估计，肯定是我的伙计中哪个干的。因为外面的人不可能这么知底；但是此话也难说，因为我没有亲眼看见谁偷，所以我不能讲就是某某人偷了。”

比尔巴派士兵去把商人的伙计全都找来。当人们都来到以后，比尔巴手里拿着很多根一样长短的木棍，说：“今天晚上这些木棍就放在你们每个人身旁，明天早晨都拿来给我看。”比尔巴在木棍上吹一口气，还装着念了些咒语，就把木棍分给了所有的伙计。最后他又说：“实际上谁偷了，或者帮助别人偷了，那他身边的木棍就会长出半英寸来。”

按照比尔巴的命令，士兵们把商人的伙计们分别安置在各个房间里，并且还派了人看守着他们。在这些伙计中，那个实际上偷东西的伙计，自己暗想：这棍子真长出半英寸来，那就糟了，如果我把这半英寸截去岂不好？这样我的木棍跟别人的不就又一样长了吗？我叫你比尔巴也抓不住我！这样想过之后，他立即把自己的木棍截去了半英寸。

这只不过是比尔巴的一个圈套，棍子怎么能长长？

次日清晨，国王和比尔巴来到伙计们集中的地方，商人也来到这里。比尔巴依次看过每个人的木棍，当他看到一个伙计的木棍短了一截时，比尔巴明白，一定是他偷了东西。

比尔巴把那人单独叫到一边，让他保证交出财物并讲出了实情。当小偷交代藏匿财物的地点时吞吞吐吐，比尔巴就命仆人用鞭子抽他。小偷害怕挨打，不得不讲出真情，比尔巴命商人去起获赃物。

商人被盗的财物，一点儿不少地全部找回来了，他非常高兴。商人认为这是自己新生活的开始，就跪在比尔巴脚前，说道：“主人哪，今天要不是靠了你的恩惠，我丢失的东西就不会找到，结果会把我的命也丢掉。”

财物全部归还商人，小偷按照法律受到了应有的惩罚。国王亲眼看到了一切，对比尔巴的机智更加佩服。

泼妇的无赖相

有一次，一个女人拉着一个男人来到国王的议事大厅，嚷道："陛下，这个人抢走了我的全部首饰!"

国王问那个男人是怎么一回事。那男人双手合十说道："陛下，我是一个外省人到德里城来旅游的，在路上遇到了这位妇女，她说要带我到这里来朝见你。出于想拜见你的强烈愿望，我就跟在她后边来了。我向上帝起誓，我没有抢她的任何东西。"

那下贱的女人听后立即说："陛下，这人说的全是谎话。他抢了我的全部首饰还在那儿装好人。"

国王听了两人的话不能做出判断：究竟两个人中谁有错？大臣们听后束手无策，有的站在这边，有的站在那边。最后国王把此事交给比尔巴去裁决。

比尔巴已经听了两人的陈述，他就问那女人："你的首饰值多少钱？"女人答："大约五百卢比。"比尔巴上下打量了她一下，想，这么贵重的首饰她从哪里得到，肯定是她诬陷这个无辜的外地人。

想到这里，比尔巴从国库拿出五百卢比暗暗交给一个士兵，说："你把这五百卢比给那男人，并向他解释：你一得到比尔巴的命令就把钱给那个女人。"士兵把那男人单独叫走，向他说了比尔巴的话，并把钱交给他。男人一拿到那钱，脸上表示出他陷入了沉思。不一会儿，比尔巴叫着那男人说："一定是你抢了那个女人的首饰，这女人不可能会说谎。所以你是马上还给她首饰，还是还给她五百卢比的钱？你赶紧退出抢来的财物就可以免罪，否则就不要怪我把你关进大牢!"

那男人当场把五百卢比给了那女人，那女人拿到钱后乐滋滋地往家里走去。她走出了几百米后，比尔巴对那男人说："去，你去把钱抢过来，拿到这里。”那男人得到比尔巴的命令跑去向那女人抢钱，可是那女人无论如何也不把钱松手，甚至她还抓住那男人的手，说：“走，到我得到钱的地方，我就把钱给你。”

比尔巴派出的两个密探看到了路上男人抢女人钱的经过，在他俩回来之前，间谍就向比尔巴讲述了一切。这一下比尔巴更坚信无疑：这女人是个无赖。

片刻后，带着那个男人一起，那女人又出现在议事厅，并说：“老爷呀！这个人在路上又来抢劫你已经断给我的钱，我没有让他得逞！我把他带到你面前来了。”

比尔巴听后，问那女人：“他抢到你的钱了没有?”女人说：“他倒是费了好大劲，但我没让他抢走。”

比尔巴怒斥那女人道：“一个没有力量抢走你的钱的人，怎么可能就抢走了你的首饰？你是骗子，把钱交回来!”说完。比尔巴命令士兵拿鞭子抽打那个女人。由于那女人怕打，乖乖地认了罪，并把钱交回来了。比尔巴立刻把那女人送进监狱，把那男人放走了。

对比尔巴这一机智的审判，大臣们都很高兴，国王更是喜上眉梢，都盛赞他审判公正。

两个女邻居

在德里城的一个街区，有两个已经住了多年的女邻居，由于两人的品行不同，始终如两股道上跑的车，合不拢。一位人品好为人纯朴，另一位则品行不端又爱吵爱闹。那个爱吵闹的女人常常嘲笑那个纯朴的女人。一次她制服不住那个纯朴的女人，竟杀害了自己的儿子，偷偷把尸体放到那位纯朴女人家里，而自己又哭又闹地跑到国王那里告状。

比尔巴听说爱吵闹女人的孩子被杀害，就把那个纯朴女人叫来。比尔巴对她说：“你杀害了这个女人的儿子，她正告发你。如若不是这回事，那你怎样证明你无罪？你说吧!”纯朴女人说：“老爷！不知是谁杀了这孩子而把尸体放到我家里，我对这件事确实一无所知。请你好好调查一下，我不习惯多说话。”

比尔巴让两个女人等在那儿，他对自己一个贴身仆人耳语几句，让仆人到她们家里，检验一下她们的行为举止。仆人奉命到她们的家里去了，向那里的街坊四邻做了详细调查。从人们的言谈中他得知，被告的妇女是一位善良女性，而原告则是一个下贱卑鄙的女人。

仆人把听到的一切全对比尔巴讲了。为了分清真假，比尔巴又拿出了新招。他先把那位纯朴女人叫来，说：“假如你真的没有杀害那个孩子，那你把所有衣服脱光站到一边去。”

她说：“老爷！我昨天说过的话丝毫没有改变。我决不去脱光衣服。我并不像害怕羞耻一样害怕死！”

这时，比尔巴叫原告也就是那个坏女人来问：“假如你知道确实是那个女人害死了你的孩子，那你就在这大庭广众之中脱光衣服赤身裸体站在一边。”听到这话，原告女人立即开始脱衣服想赤条条地站在那儿。看到她竟如此不知羞耻，比尔巴自己都有些不好意思，他阻止她再往下脱衣服。他由此判定，是这个卑鄙的女人杀害了自己的儿子。

比尔巴命令士兵对这个女人用刑。当士兵把她的手脚绑起，准备打她的时候，那女人已经吓得魂不附体，立即招认了自己的罪行。

国王对这个诡诈女人的恶行非常生气，立刻把她关进监狱，对那位善良纯朴的女人给予了奖励。

钱德拉甘特对比尔巴的考验

听到比尔巴审案公正的传闻后，莫尼伯拉提什国王钱德拉甘特很想见一见他。国王只好改装骑马，向德里进发。他爬山过河，来到一个小小村庄附近。在村头他遇到一个跛脚和尚，和尚以为骑马者是普通人，于是就说：“有教养的男士！我的脚疼痛难忍，而我还非得到村里去不可，倘若你的马能把我送到那儿，我会为你祈祷，并认为你对我施了最大的恩惠。”

国王的心软了，他把跛脚和尚扶上马背。他们进了村子，国王让跛脚人下马，跛脚和尚却说："让我从我的马上下来，你算什么东西?"

国王当然也不让步，于是两人就吵了起来。看到两人吵架，村里不少人就围了过来，慢慢地这事传到了比尔巴的耳朵里。于是他传唤这两个人，还叫来了一些现场目击者。

比尔巴首先问钱德拉甘特国王争吵的原因，国王把事情一五一十讲清后沉默不语。这时跛脚和尚却滔滔不绝地说了起来："老爷！我骑着自己的马朝这里走来的时候，路上见这个人正在井边坐着，我一走近他就硬把我的马说成是他的，老爷，还是请你明断吧!"

比尔巴说："我会这么做的，可是今天你们得把马放在这儿先各自回家，明天这个时间再来，谁是谁非将一清二楚。"

第二天，跛脚和尚和国王准时来到大堂上。比尔巴先让两人发誓说真话，然后进行下一步部署：让跛脚和尚进到政府的喂马棚，在众多马匹中去认昨天那匹马，马槽上很多马排成队，跛脚和尚认不出那一匹；轮到钱德拉甘特国王了，比尔巴让他也到马棚认马，他一下子就找到了自己的马，马看到自己的主人也发出嘶鸣。

比尔巴得出了结论：这马是钱德拉甘特国王的。所以他把马给了钱德拉甘特国王，而对跛脚和尚却处罚了五十皮鞭。

判决以后，钱德拉甘特国王问比尔巴："先生！你这个判决以什么为基础?"比尔巴答道："我先把跛脚和尚放进去认马，这马看见他毫无表示；把你派进去后，这马看见你就高兴地又跳又叫。我的裁决是在马的裁决的基础上。"

钱德拉甘特国王盛赞比尔巴的聪明，自己并未暴露真实身份，就无声无息地回自己的国家去了。

以上二十二则周志宽译

对比尔巴的审判

在一次跟国王的谈话中比尔巴说："世界的主宰啊！如果有一天我犯了过失，审判我的人得由我自己指定。"阿克巴尔答应了他这个要求。过不久，国王为一件事迁怒于比尔巴，决定惩罚他——让他交出几千卢比的罚金。比尔巴知道了国王的意图，事先便做好了通盘考虑。

国王把比尔巴传到法庭，说道："比尔巴，你的所作所为也太不像话，为此得罚你的款。"比尔巴并不抵赖。国王接着说："好哇，既然你自己也认了罪，那我就一定得惩罚你了。""世界的主宰啊！您自己可不能惩罚我。"比尔巴提醒他，"您得去找一些由我指定的法官。""好吧，你可以指定五个人，我叫他们来审判你。不管他们做出什么样的判决，我事先都表示同意。""我指定的法官是五个恰马尔[①]。我接受他们做出的任何判决。"

国王吃惊不浅。"怎么！这些种姓低贱的人也配当法官?！你为什么不挑那些高利贷者和商人?"但比尔巴还是坚持自己的意见，愿意让恰马尔来审判他。

把五个恰马尔——五个村的村长叫到了宫里，国王向他们说明比尔巴所犯的过失，让他们对他进行审判。这五个穷汉没想到得此殊荣，自然是高兴得不得了。法官们开始协商。"怎么样，朋友们。"其中一个恰马尔说，"比尔巴平常总是随心所欲地欺压咱们，这下子他可是落到咱们手里了。得狠狠地整他一下，让他永远记住这个教训。""咱们判他交出七个二十，再加十个。"另一个恰马尔说。"这可是太狠了！"第三个法官担心地说，"要这样他可是得彻底破产，咱们还是给他一条活路吧。否则看着他的孩子抹泪咱们也会不好受。叫我看，罚他五个二十就足够了。""你这还算是良心发现了呢！"第四个法官感到讶然。"难道这还少吗?！他到哪儿去弄这么多的钱？我看三个二十就够他瞧的了。你们要是不同意，还可以再加一个十。要他一下子交

① 恰马尔：皮鞋匠以及扫地工等，这些人在印度种姓制度下被认为是最低贱的人。

出这么些钱，恐怕会把他吓得够呛。”“我不同意你们的意见，应该少罚一些。”第五个恰马尔说。

他们争来吵去，最后做出决定：让比尔巴就付两个二十再加一个十的罚款得了。然后法官长恭恭敬敬地双手交叉在胸前，对国王说：“穷人的守护神啊！我们考虑和协商了好长时间，最后做出一致判决：陛下要是允许，那我就宣布了。”国王点头首肯，于是法官宣布道：“我们的宽大为怀的大恩人！比尔巴大人的罪孽实在深重，所以给他的惩处也很严厉。我们的判决结果是罚他两个二十再加一个十，好让他永远记住这个教训。而且付款期限是一个星期。比尔巴要付清这笔钱不会是很轻松，所以还请您对他多加关照。”

比尔巴的精明正合国王的心意。国王送走了恰马尔们，笑嘻嘻地向比尔巴走去，看了他一眼，突然爆发出一阵笑声，就像没生过气似的。“恰马尔们判决罚款五十个卢比，要不要都是那么回事。”国王自个儿心里盘算着，也就原谅了比尔巴。

粟周熊译

求救的钟声

阿克巴国王非常注意公正，他一直担心：城堡的哨兵可别不让我的臣民进城来，使我听不到他们的呼声，那才是最大的不公正。他叫人在城中间的十字路口上埋了一根很高的柱子，上面挂上一口钟，它像电话一样，钟的线通向国王的各个宫殿。倘若谁一敲响柱子上的钟，那么连着它的宫中的各个小钟也会跟着响起来，国王也因此知道是有人求见，他就派士兵去把那人叫来，尽快听到那人的诉讼做出适当安排。

一天，正是太阳毒辣的六、七月里，国王正在宫中休息，仆人在忙自己的事情，宫内寂静无声。这时突然传来钟声，国王立即起身，派人去传唤击钟人。仆人走到那里看到，一头老牛靠在柱子上，用头在搔痒，它的撞击使钟声响个不停。仆人把牛吆喝跑，回到宫中把牛撞柱子引起钟响的情况禀报了国王。

国王说：“这不算完事，把撞钟者带到我面前，不管是牛还是人。”

仆人赶紧跑去，把牛拴好带着来见国王。牛终究是牛，它怎么会说话，它不声不响地站在那儿。国王为了考验一下自己的大臣，便把他们都找来，问这牛究竟要干什么？大臣们面面相觑，承认自己无能为力。这时比尔巴来了，国王对他说：“比尔巴，这头牛连续几次撞钟，它有什么冤情要诉，你能问问它然后告诉我吗？”

比尔巴把手放在牛背上抚摸着，然后和牛四目相对，片刻后说：“陛下！牛说：‘我现在老了，所以干不动活了。当我能干活的时候，主人对我喂养得很好。现在他认为我再没有力气，就把我赶出了家门。我老朽时请求谁来庇护？’”

国王说：“实际上它说得一点儿也不错，我将恰当地对待老牛的求救。马上就派兵去把牛的主人找来。”

几个士兵去寻牛的主人了，终于打听到牛主人是一位财主，他住在月光广场。士兵奉命把他带到国王面前，国王立即问财主：“这牛是你的吗？”财主答道：“是的，陛下。这牛是我的。很久以前我从一个外地商人手中买了它，从那时至今一直在我身边。”比尔巴问：“那你为什么不拴在棚里？”财主说：“老爷，现在我不想要它了。”“当你老了干不动活的时候，你的孩子把你赶出家门，是合适和公正的吗？”比尔巴问。“家里人怎么能抛弃我呢？”财主答。

“假如你稍微注意一下它的利益，你自己的心也会骂你自私自利和忘恩负义。身强力壮的时候，这个不会说话的牲口为你干了多少活，而你现在是怎么对待它的？看到它的痛苦丝毫不同情。现在这头牛要放在官家牲口棚里，为了它的消费你必须一次交出五百卢比。”比尔巴说。

财主听了比尔巴的命令脸色突变如霜打一般。他说：“老爷，这牛活不了几天啦，为它花这些钱太多了。我还是把它牵回家去养吧。”

比尔巴说：“要你交的钱，必须如数交来。这些事你早应该想到，看来不给你点儿处罚是过不去的。”他叫把牛送到官家牛棚，然后命令财主立即交钱，如要拒绝，判处一月监禁。财主想，倘若坐牢，自己要失去体面，所以还是交出了五百卢比。

国王对比尔巴这样判决非常满意。

真正的自制力

有一天，国王为考验比尔巴的机智，在一条小胡同里放了一头不驯服的大象。这头大象大摇大摆地走着，胡同的另一头却来了比尔巴。在拐角处比尔巴突然与大象相遇，比尔巴没带任何武器，胡同内的店铺也都关了门，比尔巴没有任何可以隐身的地方。大象看到比尔巴，就要扑过来，情况十分危急。拐角处有一条狗却蹲在那儿，比尔巴迅猛地抓起狗的两条后腿，转身把狗向大象头上抛去。吃了这一击的狗汪汪叫个不停；又由于狗爪的乱抓，大象的头也被撕破而流血。狗的叫声、挣扎声以及大象头上的流血，使大象害了怕，它回身跑了。而比尔巴早已抓住机会逃跑了。国王从宫中的窗口看到了这一切，他对比尔巴非凡的机智和顽强的自制力深为敬佩。

怎样对待背后的咒骂

比尔巴有不少隐蔽的敌人。有一次，某个敌人在十字路口贴了一张纸，上面从头至尾全写的是骂比尔巴的话。从那个路口过的人，无意中都会看到那张纸。看到骂人的这一新方式，比尔巴的敌人、朋友都挤到这儿来了。

比尔巴也听到了这个消息，他带了一些人也到这地方来看了。纸贴得很高，所以人们看一遍要花好一会儿工夫。比尔巴觉得这不太合适，于是他立刻叫仆人把那张纸揭下来，将它贴在低一点儿的地方。比尔巴招呼着围观的人们说："这张纸是我们未来的协议。它在高处贴着，所以我把它贴得低一些，以使大家读起来更方便。我在这里通知我的反对派，现在你们对我可以为所欲为；我对他们也将按我自己的心愿做。"

听到这些，那些贴字报骂比尔巴的人立即面色阴沉。

天仙和女妖

有一次，国王一心想看仙女和女妖各是个什么样子。比尔巴来上朝，国王让他把她们找来看看。比尔巴答应道："好吧。"

比尔巴领命回到家里，傍晚时分，他又去一个妓女家里，让她准备好次日到宫中去。

第二天清晨，比尔巴带着自己的妻子和妓女一起来到国王面前。比尔巴把自己妻子给国王看，并说："穷人的庇护者国王陛下！这是天堂的仙女，因为她的侍奉使我得到了极大的享受。"

国王问："这怎么可能？天仙都是最美丽的呀，而她是这样黑又这么瘦弱。经典中都说天仙是美丽无比的。"比尔巴说："国王陛下！美是在品行，而不在肤色。就是这个女子使我享受着天堂般的幸福。"

国王说："好吧，那女妖在哪儿?"比尔巴把那个市场娼妓带来站到国王面前。国王说："好啊。这个女人倒很美！她的首饰和得体的服装更突出了她的美。"比尔巴说："陛下！这不过是使人落入圈套的诱饵！谁要是沾上这个女妖，那他的健康定会被剥夺而成为空骨架!"

比尔巴的回答使国王很高兴。

望日的月亮

有一次，波斯国王听到人们赞扬比尔巴，于是想把他召到自己国内对他进行考验。他给阿克巴国王写了一封信，邀请比尔巴来访，并请求阿克巴国王同意派比尔巴前来。阿克巴国王相信，波斯王无论如何也不会使比尔巴落入圈套。因此，阿克巴王未经任何思考就允许比尔巴前去波斯，比尔巴也做好了去波斯的准备。选定一个吉日良辰，比尔巴动身前往波斯。路上走了几天，他来到波斯国界时，便派人把自己到来的通知送达波斯王。波斯王热烈欢迎比尔巴，并坚持让他下榻宫中。次日，比尔巴一来拜见国王，国王就主动谈及政治，从比尔巴这里得到恰当答案后，波斯王非常高兴。谈东说西聊了一阵儿之后，波斯王问比尔巴：“你有许多到国外旅游的机会，依你看来还有哪位国王像我一样照顾人民利益和主持公道吗?”

比尔巴立即答道：“陛下，你像望日的月亮，谁也不可能和你相比，所有国王在你面前像群星一样。”

波斯王听到对自己的称赞乐不可支，他马上从自己的脖子上取下宝石项链给比尔巴戴上。又对比尔巴说：“你把我和别的国王作了比较，但是你没说阿克巴国王，他和我比较如何呢?”比尔巴说：“他倒像初二三的月亮。”波斯王听后非常高兴，赠送了他许多财宝和布匹，极其隆重地送他回国了。

间谍在那个时代就有了。波斯王和比尔巴的对话，在比尔巴回国之前间谍就已禀报了阿克巴。在阿克巴国王的大臣中总有比尔巴的反对派，他们专门寻找指责他的机会，抓住望日月亮和初二、三的月亮这个话，猛往国王的耳朵里灌，竭力煽动阿克巴国王处罚比尔巴。尽管国王对比尔巴的聪慧深信不疑，但为了让比尔巴的反对者了解他的智慧，国王还是带着些怒气让比尔巴讲他的波斯之行。比尔巴毫无隐瞒地讲述了他在波斯经过的一切。

当阿克巴听到把他喻为初二、三的月亮，把波斯王比作望日月亮的话时，他表现出非常生气的样子，对比尔巴说：“你污辱了我。”

比尔巴谦恭地答道：“陛下，请稍加思索，我究竟是证明了谁的伟大?望日之月，看上去很大，但没有任何荣誉；再看这初二、三的月亮，不管是印度教徒还是穆斯林，都以尊敬的目光望着它，对它顶礼膜拜。对初二、三的月亮，印度教徒和穆斯林都渴望见到它，都认为这一天象征着大吉大利。从这一天开始了你的伊斯兰教纪元的新的月份。按照我们的《往世书》[①] 说，湿婆大神还把新月放在自己的前额上呢！新月一天天长大，有一天会成为满月，也就是说您的事业会不断发展。望日之月逐日缩小到朔日全消失，波斯国王像满月一样按照自然规律日益耗损，直到消失在黑暗之中。我说的意思是指波斯国王啊，你的末日临近了，你会越来越弱小；与你相反，阿克巴国

① 《往世书》：印度的古代神话传说集。

王在发展。这些话您都能理解，实际上我称颂了谁，是你还是波斯王？倘若当时在那个场合，我说波斯王是初二、三的月亮，而说你是望日之月，波斯王不可能理解我的话的意思。很有可能与此相反，他会把我投入大牢去喝几天西北风。但是，这样子他以为得到了颂扬，在他的眼里我也很好。”

说完这一切，比尔巴不再作声。国王阿克巴和群臣们听了比尔巴聪明的言谈都很高兴。他的反对者的脸却像霜打了似的。

笑还是哭

有一次，王宫被装饰得富丽堂皇。波斯国的一些要人要来印度访问，国王在王宫准备热烈地欢迎他们。出席者聚在一起，可是国王却一直没有出来，大家的注意力都在他身上呀，可是谁也不知道他迟迟未到的原因是什么。

不一会儿，波斯国的客人都到了。因为国王还没到来，比尔巴就代表他对来访的客人表示欢迎，并请他们坐在了适当的位子。大家都在等候着国王，但一直没有他到来的任何迹象。

又过片刻，有一个人来到殿上，招呼着众大臣说：“今天，国王的母亲——老太后升天了。”来人说完话就回到他来的地方去了。

又过了片刻，第二个人又来到宫内说：“向你们——诸位大臣道喜，今天国王添了太子。”

几乎在同一个时间，得到了悲痛的和可喜的消息，大臣们相互间议论起来：此时我们是应该笑还是哭？莫衷一是。被邀来的波斯客人也不能决定他们该怎么办。

因为大家都不知道该怎么办，群臣就请比尔巴定夺。比尔巴说：“你们大家都仿效国王吧，等他到来看看，如果他笑着来上朝，你们就应该笑；如果他哭着进来，你们也应该哭。”

比尔巴的建议众臣同声赞成。从波斯国来的客人也盛赞比尔巴的机灵。

智挫舞伎

狮岛的国王对德里国王早已怀恨在心。一次，他为了侮辱德里国王，专门豢养了一个伎女并把她派到德里。伎女长得极为漂亮又能歌善舞。一到德里，她就在十字路口租了一套豪华住宅，每天傍晚她就又歌又舞，打手鼓和弹琴的人也是她随身带来的。她的声誉慢慢传遍全城。很多人在她这里来来去去，她不仅不要别人一点东西，而且对来者热情款待。

国王的许多大臣也闻声秘密地前往伎女住宅，并陶醉于她的款待和技艺。这事很快传入富人、穷人的耳朵里。当国王从他的大臣嘴里听到对这一妙龄伎女的夸赞时，他心里也痒痒起来，颇想一睹其丰采。他不能到她的住处，所以必须得把她唤来。次日，宫中着意装饰了一番，在一间房里把印度的一件件宝贝按顺序放好，甚至把大臣们的座位都整修一新。当国王把自己住处收拾好时，就派了一个士兵去请她。她怎么会说个不字，心里早就盼着这一天呢！当即高高兴兴地答应下来。

傍晚时分，她装扮好以后就带着伴奏者进宫来了，她的光彩真使德里王宫显得格外耀眼。

国王派士兵把所有大臣都召来。得到国王的邀请，大臣都来看舞伎的演出。这个女人以自己的形象、性情和技艺曾使多少人倾倒。她以娴熟的技艺又歌又舞了六七个小时，人们都对她赞不绝口，国王也情不自禁地高声喝彩。国王暗自思忖：她不过是为挣钱而来的，我只要给她金钱和珠宝便会使她满意。国王征求了大臣们的意见，给了她许多贵重首饰和美丽服装。舞伎望了他一眼，谦恭地说："大地之主！你真是独具慧眼，能使你高兴就是我最大的满足，我决不是为了求得赏赐。"

国王想：大概是给她这些东西她还不满意，还想得到更多的财富。想到这里，他对舞伎说："如果你还有什么要求，尽可提出。"舞伎说："穷人的养育者！我只想提一个要求，但首先你要保证答应我才提。"国王稍加思索后，说："除了我家人的私产外，你要求什么我都满足。我说话算数，从不收回。”她沉默片刻，说：“穷人的庇护者，我想在你的座位上拉屎。”

舞伎这一无礼要求使众大臣目瞪口呆，这是对国王的公然侮辱。国王虽然怒火满腔，可是他已经许诺过，所以表现出来的只有沉默。大家都陷入了深深思考，谁也想不出办法。最后国王只得去请教比尔巴。比尔巴思考着，又安慰了国王。他看着舞伎一伙人在交头接耳，不由得发出一声冷笑，便说：“国王已经做出保证，所以必须遵守诺言。”

舞伎也说：“我是先听到陛下的承诺后，才提出要求的。如果陛下说出个不字，那我没有任何反对意见，马上就走。”

比尔巴斥责她说：“哎，舞伎！你应该清楚，这是德里国王的王宫，他是征服世界的国王，你的嘴里怎么说出这么肮脏的话！倘若你一定要求，就要些难得的东西，它会因此而使你名扬国内国外。”

舞伎说：“老爷，我向你提出的请求，倘能答应就答应，不能接受就干脆拒绝，我马上回家。王顾左右而言他有何益？行就行，不行就不行。”

比尔巴对国王说：“陛下！我向这个外国舞伎做了各种解释，但她不同意提别的要求。看来你必须遵守诺言，否则会受天下人耻笑。”

国王同意了比尔巴的意见。这时比尔巴对舞伎说：“国王已经下令，可以满足你的愿望，也就是在王位上拉屎。对，有一件事你要记住，拉屎的时候可不能撒尿。在这一点上如果你有半点失误，那就立即将你处死！”

现在那个舞伎倒神经紧张起来，她说东道西好半天，最后不声不响地向国王施礼走了。舞伎的使命结束了，再在德里城待下去她认为已毫无意义，就马上收拾东西回狮岛去了；回去以后，她向自己的国王讲述了在德里国王宫中的情况；那里的人对比尔巴的聪慧大加赞扬。

以上七则周志宽译

国王的鹦鹉

从前有个头陀[①]是个鹦鹉迷。他从集市上将它们买回家，训练它们各种各样绝技，然后卖给有钱人家。他就以此谋生。

头陀将一只出色的鹦鹉训练好后卖给了国王阿克巴尔本人。国王对这只鹦鹉的俊俏模样和训练有素惊羡不已，把它交给一个精明能干的侍从喂养，对他说："你要管喂食，管饮水，看好这只鹦鹉。你可得留神，得像爱护自家的眼珠一样爱护它。一旦发现情况，就得马上向我报告。不过，谁要是给我带来它的死讯，他就得脑袋搬家。"

也是活该倒霉，那只鹦鹉很快就死去了。把这个不幸的侍从吓得半死。因为他只有死路一条。"我要去说了，脑袋肯定保不住；要是不去说，等过两天真相大白，情况还会更糟，也是不得好死。现在只有比尔巴能帮我的忙了。"侍从想，起身找国王的高参去了。他陈述了自己的不幸，并求比尔巴救他一命。"你别担心，一切都会过去的。"比尔巴安慰他说。

比尔巴去见国王，一进去便放声大哭："穷人的保护神啊！咱们的鹦……鹉，咱们的鹦……鹦，鹦鹉……""怎么了，死了?!"国王看见比尔巴哭得死去活来，大声吼道。但比尔巴并不急于说出真情。"不，世界的主宰啊！但是它看来是成了苦行僧。今天一大早就待在那里一动不动，眼睛闭着，嘴也不张。""为什么你不直截了当说它死了?""您可以随便说，但我想它那是在苦修，发誓不再张口。不过呀，陛下，您能不能亲自去看看呢?"

国王认为可以，于是他俩一同去看鹦鹉。国王朝它瞥了一眼，嘿嘿冷笑两声，说："比尔巴，别人都说你聪明，可是你就看不出鹦鹉死了。你要是早告诉我，我也就不用白跑这一趟。""世界的主宰啊！我是不得不装假的呀。我要是一去见你就说了实话，脑袋也就保不住了。"

这时国王才想起自己下过的命令。比尔巴的机敏使他觉得很开心。国王

---

① 头陀：一般指行脚乞食的僧人。

对他大加赞赏，给了他重赏，把他放走了，比尔巴把国王的重赏给了侍从。就这样，多亏了比尔巴，可怜的侍从不仅捡回一条命，而且发了一笔大财。

大家的心思

一次，城里的高官显贵和财主都来到王宫里，国王在跟他们进行有趣的谈话。在谈话过程中，他突然异想天开，问道："朋友们！我想知道你们每个人都在想些什么。谁能把大家的心思一下子都说出来呢?"他依次问过在场的人，但谁也无法回答。与此同时，这些朝臣们还在窃窃私语，说："要是只说一两个人嘛，兴许还猜得出。可这里有多少人啊，谁能说出他们都在想些什么！国王居然要别人来回答这种没有道理的问题，看来他神经是有些不正常。"

阿克巴尔从高官显贵和财主那里得不到回答，于是转过身去问比尔巴。比尔巴马上站起来说："世界的主宰啊！是说大家的心思呢，还是说每个人的?""你就说大家的吧。""大家只有一个心愿：愿陛下永远在位，愿他扬名四海和幸运之神与他同在。您要是不信我的话，可以问问大伙儿，看我说得对不对。"

比尔巴的这番话说得国王心花怒放。四面八方也喊道："对极了！对极了！我们就是这么想的!"

不过话又说回来，即使这些人中有一两个国王的隐敌，他们也未必敢站出来发表自己的不同意见。

巧断珍宝失窃案

德里是一座大城市，里面什么样的人都有。从前有过这么一个穷人。说他穷也不算穷，就是日子过得挺紧巴。因为他是个守财奴。由于吝啬，他渐渐地积攒了不少钱。有了钱后他就开始担心，总怕有贼到他家去把金银财宝偷走。这位守财奴决定把珍宝从家里转移出去。他把所有的金币都装进一个匣子里，锁好，到树林去找到一棵在一块大空地上孤零零长着的希望树①，将匣子埋在树底下。从此他每天都偷偷地到树底下坐下来看守，天黑才悄悄回家。

一次，吝啬鬼来到空地上，发现树底下的土被刨开，匣子也不知去向。珍宝丢了！他伤心得捶胸大哭。他又哭又闹了好长时间，最后也累了，才稍稍安静下来。他一晚上都没合眼，早上打起精神去到法院。在那里他听了一个侍役的建议，写了一份呈子，拿去面呈国王。国王看了呈子后心里很觉不安。而这个吝啬鬼哭得比平常更伤心了，惊动了整个宫廷。朝臣和官员们都扔下手头的活儿，纷纷跑到议事堂来看热闹。

国王开始询问这个可怜的家伙，而他一直哽咽着，好容易才说出事情经过。"穷人的守护神啊！我现在已经被偷得精光，身无分文，今后的日子怎么过呢?"国王看他可怜，对司库说："在他的钱没找回来之前，他的吃穿由国家包了。"

晚上，国王和比尔巴办完白天的公事后凑到一起聊天。国王对比尔巴说了吝啬鬼的事，还说："比尔巴，得去找到他丢的钱。这笔钱要是找不到，那个可怜虫痛心也得痛心死。""世界的主宰啊！我叫人去找好了。"

比尔巴把全城的印医和伊斯兰医都叫来。对他们说了下面一番话："你们都熟悉草药，有不熟悉的快去熟悉，一星期后来告诉我，什么药得配希望树的根和叶。"

一个星期过去，医生们来到王宫的接待堂。一个最著名的印医说："老爷！照您的吩咐，我尽最大努力做了一番调查研究，结果在一本古代通俗医书中找到一个地方提到希望树的树根。用它的烟来熏水肿病患者，疗效特别好。""那你们快去了解一下，这个月德里有多少人得过水肿病，他们又是用什么药治好的。一个星期以后你们得给我圆满回答。"比尔巴给他们下了命令。

医生们满城散去，千方百计开始调查哪些人得过水肿病。第八天他们来

---

① 希望树：一种神话里才有的树。

到王宫比尔巴那里集中。有个印医报告说："老爷！这个月得水肿病就医的有四个人，有一个用希望树的树根熏过，已经痊愈。""好。现在你再说说是从哪儿挖到这种树根的？好好想想吧，撒谎者一定严惩不贷。"比尔巴警告说。

比尔巴的严峻态度使医生们感到几分心悸。曾经用希望树树根给人治过病的那个印医更是提心吊胆。"老爷！"他战战兢兢地说，"我的家仆到树林去挖过树根。请您饶了我吧，我以后再不这么干了。""你得先让家仆上这儿来，然后咱们再说。"比尔巴下令道。

印医供出家仆的住址，马上便派出衙役传他去了。不一会儿家仆传到。"你知道有一棵希望树吗？"比尔巴问他。"怎么啦？当然知道喽，老爷！""医生什么时候叫你去挖过它的根？""是的，挖过一次。"

比尔巴皱起眉头。"那不就是你把埋在树底下的金币挖走的吗？马上去把它们送来，否则我剥了你的皮。"家仆顿时告起饶来："老爷，您就饶了我吧，我一定交出金币！"

比尔巴答应不治他的罪。他马上跑回家去取来了装有金币的匣子。比尔巴为能还给吝啬鬼珍宝而满心欢喜，把吝啬鬼和医生都从宫里放走了。

诬　告

有一次，有个女人来找比尔巴，说有个男人对她使用过暴力。比尔巴吩咐去把那个人传来，问他："你怎么敢干这种伤天害理的事？""拉甲[①]老爷！"那人连声哀求，"这个女人是个大骗子，她这是在诬告我。我连个手指头都没去碰她一下，再说根本就没见过她。""不过，你也知道，现在是既找不到证人，也没留下证据。干这种坏事的人一般都是偷偷摸摸单独进行。所以你不能为自己开脱，而且我得惩罚你，罚你交五个卢比给这个女人。"

那人不能不听比尔巴的话，掏出了钱。比尔巴把这些钱给了女人，放她

---

① 拉甲：古代印度贵族的称号；印度土邦王公的称号。

走了。过一会儿他对那个男人说："你去跟上那个女人，把那五卢比钱夺回来。她要是不给你钱，你就抓住她不放。"那个人跑到街上，很快追上那个女人。他向她要回自己的钱，可她不给。

两个人争执了好长时间，最后她抓住他的一只胳臂，把他拉去见比尔巴。"老爷！他在大街上袭击我，想把钱要回去。所以我只好拉他来见您。"女人说。"怎么，他把钱要走了？"比尔巴问。"没有，老爷，我不给他。不管他使多大劲抢，那五卢比还攥在手里。""既然他连那五卢比钱都抢不走，怎么还敢对你使用暴力呢？你那是诬告他，污蔑了一个好人，快把那些钱还给他。"

女人私下里直埋怨自己太大胆。她从怀里掏出那五卢比来还给了那男人。比尔巴叫来衙役，命令他们给诬告者抽上十鞭。她全身颤抖不止，承认自己犯了诬告罪。

罚与赏

有一个人在德里的名声很不好。人们都说："只要空着肚子看见他，那你一整天都会饿肚皮。"后来人们恨他甚至恨到这种程度：就是吃过中午饭后遇见他，也要扭过脸去不予理睬。最后这事渐渐地传到国王的耳朵里。他很想实地考察一下，看这个传闻是否可靠。他派人去把那个人叫到王宫里来，让他住在宫里。早上一起床，国王先去看了一眼这个人，然后才开始办自己的事。

中午国王坐下来吃饭，突然一只蜥蜴从天花板上掉到他的餐盘里。国王不再吃这脏饭，离开了餐桌。这下子他相信了，这个人确实是个十恶不赦的罪人。"我只瞄了他一眼，就一天没吃任何东西。这种人实在不宜在地球上存活下去。"国王想，下令要绞死他。

这个消息很快传遍全城，比尔巴也知道了。他不能容许处死一个无辜者。他在去刑场的路上追上了那个人，悄悄地对他说："老弟，你别害怕，我不容许绞死你。只是你要记住我说的话。等行刑官在绞刑架前问你最后有什么愿望时，你就这么回答：‘人们空着肚子看见我，就得一天饿肚皮，而我空着肚子看了国王一眼，结果是被绞死。除了国王，我今天早上还谁也没见过。我的愿望是：从今天起，从大早起谁都不要看国王，否则也会落得我这个下场。’”

那个人被押到绞刑架下，行刑官问他最后还有什么愿望，他把比尔巴教他的话说了出来。行刑官跑去见国王，把他的话转述了一遍。国王沮丧地耷拉着脑袋，他很担心这番话会有损他的名声，于是马上吩咐放了这个人，还给了他奖赏。

就这样，比尔巴的聪明计谋使这个无辜的人免于一死。他谢过比尔巴，便高高兴兴地回家去了。

我恰恰是要反着来

一次，一个老婆罗门被带到法庭来见国王。国王审理了他的案子，确认他有罪，决定处以绞刑。这时比尔巴来了。

“你可得注意，比尔巴，可别为这个恶棍辩护。你要是想来为这个老头子当说客，那我可是有话在先：我恰恰是要反着来。这我可是事前就起过誓。”国王向比尔巴打招呼道。

“世界的主宰啊！这样的蠢货就是得绞死。他犯下了罪，就该受到严厉惩罚。”比尔巴坚决要求道。

可国王发过誓，说是要照比尔巴的意思反着来，所以他只有把这个婆罗门给放了。

怪　谜

阿克巴尔国王是个猜谜迷。他从别人那里听来不少谜，有时还自己出谜让朝臣们猜。有一次他给比尔巴出了这么一个谜：

上是盖，
下是盖，
一个甜瓜在中间。
只要一刀切下去，
就像蜡烛烧燃尽。

比尔巴琢磨了很长时间，还是没能弄懂其中的意思。他急了，跑去求国王："世界的主宰啊！请恩准我几天假，到时我定能把谜猜出来。"国王准了他假。比尔巴走出王宫，可心里还一直在琢磨那个谜。他一步步地走到一个村子。长途跋涉和饥渴使他疲惫不堪，于是他随便走进一户人家。屋里的灶火前坐着一位少女，她正在做饭。

"姑娘，你在做什么?"比尔巴问。"您难道没看见？我在煮女儿和烧母亲。""好吧，这是你说的。现在再告诉我，你的父亲在哪儿?""他在搅和骨灰。"少女回答。"那母亲?""她在做一个变两个的事。"这是比尔巴听到的回答。

一个少女说出这番费解的话使比尔巴感到有些吃惊。他根本就没想到在乡下能遇上如此聪明的姑娘。这时她的父母回来了。比尔巴对他们说了跟他们女儿的谈话。"我的女儿没回答错。"她的父亲说，"她是在烧豆秸，火上煮的是豆。我刚才是去烧灵火来，我们的村社里死了人。妻子刚才是到邻居家磨玛苏尔[①]籽去了。"

"说不定他们能猜出国王的那个谜。"比尔巴心想，把谜面说给农夫听。农夫却说："这个谜很简单。上盖下盖就是天和地。中间的甜瓜是人。等他的大限一到，他就会像蜡在火上化掉一样死去。"比尔巴喜出望外。他奖赏了农夫，回城后到宫里的接待堂当众说出谜底。阿克巴尔重赏了比尔巴。

以上七则粟周熊译

① 玛苏尔：一种生长在印度的双籽禾谷类作物。

格依列的故事

（尼泊尔）

格依列是尼泊尔民间故事中的一个劳动者型机智人物。本书入选的故事译自《尼泊尔民间故事》（尼泊尔皇家文学院1976年出版）一书。

买“奶油垛”

某村住着一个财主，他有一个老婆和一个儿子。财主和他老婆都是大“善人”。他们家有一个叫格依列的佣人。格依列十分精明而有心计。他特别能吃，但干的活比吃的饭不知又多多少。财主老婆十分懒惰，家里的所有活计包括照看东家的儿子，给东家装烟、点火，按摩腿脚，采买东西，甚至刷锅洗碗，打扫房间等都要指使格依列去干。格依列被财主家里的活计累得厌烦极了，然而又不想离开这个地方，因为他已是老用人了。现在，他想治一治东家，把所有的事情都颠倒过来做。

有一天，东家对格依列说：“喂，格依列！奶油用光了，去买些奶油来，要不吃饭都没有奶油了。”格依列装作没听清又问道：“说什么来着，老爷？”东家说：“叫你他妈的去商店把奶油多（垛）买一点儿回来！叫你干嘛，还没听清？快去！”格依列说：“噢，好不容易才明白，你说的是把奶油垛买来对吧？好好，我这就去！”说着拿上钱就出去了。

格依列走到商店对老板说："我老爷说让你给拿奶油垛呢!"老板说："我这里可没有奶油垛!"格依列又到了另外一家商店，照样那样说了，得到了同样的回答。所有的商店他都跑遍了，而得到的都是同一种回答。最后，他装作无可奈何的样子回到了家。东家说："买的奶油呢?"他回答说："任何地方都没有卖的。"东家又说："多么笨的家伙！连点奶油都买不来？我看你根本就没有去买!"说着财主骂了起来。格依列说："这是做什么呀，老爷！你要是不信，请你去商店问一问，我跑遍了所有商店，都说没有'奶油垛'卖嘛!"蠢货！你这个不中用的笨蛋，好了，算了吧!"东家老爷对他无可奈何，也就不再作声了。

吃狗肉

有一天，老爷对格依列说："去买五个卢比的肉来!"格依列把钱放到口袋里大摇大摆地走了出去。在家里收养的一条野狗也跟在他后边出来了。格依列就像没有看到一样，照样朝前走。格依列想应该把这五个卢比弄到手。于是他想了个主意。走了一段路之后，他就躲到一个僻静的地方，悄悄地把狗杀了，把皮全部扔掉，然后包了大致五个卢比的带骨肉回到家里。财主的老婆把肉做得喷喷香，财主和老婆也吃得津津有味，可是，没有给格依列留下一丁点。当然，即使留下来，格依列也是不会吃的[①]，为此，他倒十分庆幸。

吃完肉以后，财主老婆把骨头捡到一起，"啧啧啧"地叫着狗。格依列一边刷洗着锅碗，一边嘟嘟囔囔地说："谁吃了'汪汪汪'的肉，谁就啧啧啧地叫。"女东家又一次唤狗，可是仍不见狗的踪影。她骂了起来："也不知这狗今天死到哪里去了，叫它吃东西，也不来。"格依列还是嘟嘟囔囔地说个不停。女东家多少听出来了点话音，可是，也不好说他什么。她怀疑吃的可能是狗肉，睡觉时就对财主讲了晚饭的事情。东家气得火冒三丈，可是什

① 婆罗门种姓的人认为吃狗肉是一种罪过。

么也不能说。要是追问下去，说是狗肉，那对自己更不利了——不就等于自己往自己脸上唾口水么！所以两人谁也没敢言语，真是哑巴吃黄连——有苦难言。

走 亲 戚

这期间，岳丈家来人请财主参加小舅子的婚礼，告诉他在婚礼的前三四天一定赶到。去岳丈家要走两天的路，女东家有病，不想去，就让格依列陪着财主去，并把路上吃的、盖的、用的包裹在一块，让格依列背上。财主走不得远路，所以他骑着马走，格依列背着东西步行。格依列在心里盘算着：要是我也像财主那么有钱，早也就讨上一个漂亮的妻子了，也能骑着马到丈人家去了。岳丈会多么器重自己呀！肯定给奶油、肉和大米饭吃，我也能当上姑爷了……他们约莫走了一个钟头。突然他心里冒出了一个主意，他对财主说："老爷，我要解大手。你在这里等着我，我到稍远的地方解完手就来。"说着他把行李放下来，就走了。东家下了马，把马放去吃草，自己就坐在路边休息起来。

格依列飞快地跑回家，对女东家说："大奶奶，老爷说让你把所有的首饰都拿来给他呢，说是送给岳母戴哩！你又不能去，老爷想给丈人摆一摆阔气。老爷说走时给忘了。让我赶快跑回来拿去，他还等着呢，您快点给我吧。"格依列一口气说了这么多。女东家想了想说："老爷在哪儿呢？"格依列说："老爷在路边等着呢！说来回跑怕马累，就指使我来了。"女东家反复思忖着："给呢，还是不给呢？"然而手却把所有的首饰捆了一个小包，"小心点带着去，啊！"顺手递给了格依列。格依列连声说："是的，大奶奶，我一定把它系在腰带里好好带走。"说着解开破旧的宽布腰带把小包捆扎结实，然后兴高采烈地跑了回去。"怎么这么长时间！"财主生气地训斥道。格依列回答说："我想离开你远一点，结果越走越远，回来时迷了路，转来转去好不容易才找到。别生气呀，老爷！"财主说："真是个蠢货，还有那么多路呢，现在刚出家门就迷了路，你还能干什么呀！走，快走！"说着财主上了马，格依列背上行李，两人继续朝前走去。

第二天傍晚到了丈人家。财主对格依列说：“去报个信儿，告诉说我来了。”格依列飞也似的跑去，给东家的岳父、岳母行了跪拜礼说：“我家老爷来了。”全家人都非常高兴，岳丈亲自出来迎接。姑爷进了门同所有人都行过跪拜礼。岳父问起了女儿的情况。听说女儿有恙在身不能前来，两位老人十分难过。格依列却暗暗高兴，因为他腰带里沉甸甸的。

行过见面礼，岳母就进厨房准备饭菜。格依列跟着也走进了厨房，同岳母奶奶拉起家常来了。叙说了一路上的辛苦之后，他低声地说：“奶奶，要给我老爷做他最喜欢吃的话，就做炒玉米粒和用香料揉搓的干菜，这些他最喜欢吃。玉米粒要炒得嫩一点，白一点，因为我老爷最不喜欢吃那种炒黑的和炒煳的。在家时，他几乎每天晚上都吃炒玉米。可是我家奶奶和我喜欢吃米饭，我家奶奶是离开米饭不行，我也是。而老爷离开炒玉米粒就像没了命一样。”岳母说：“刚进家门的女婿，怎能给他吃炒玉米和干咸菜！还能不做米饭吃？明后天再吃炒玉米吧！”说着又忙着准备饭菜了。格依列并不死心，又说：“不是，奶奶，正因为第一天，才应该让女婿吃得高兴，过两天再吃米饭也行呀！今天就炒玉米吧，我老爷就这么说的——要是给我炒玉米吃，我就住上它七八天，要不，就不住，找一个借口走开就是了。”格依列反说正说好不容易把岳母的心说动了。“好吧，就这样。”岳母忙着炒起玉米来了。吃饭的时候，她给格依列端上了豆汤、米饭和炒菜，而给女婿的却是炒玉米和干咸菜。可怜女婿由于整天赶路的劳累和饥饿，能吃上这种饭已经十分香甜了，吃得又多又饱，岳母暗暗高兴听了格依列的话。而财主从岳母的谈话中知道，这一切都是格依列操的心，财主十分恼火，暗暗骂着格依列。

财主老爷整夜都没能睡着，像天上打雷一样，肚里的半生不熟的炒玉米咕噜咕噜地叫个不停。财主肚子疼得实在难忍，他就叫格依列说：“我的肚子疼，快起来跟我到外边去上茅厕。”格依列说：“这么黑的夜里，怎么上外边去呀！我害怕老虎狗熊会来的。我可不敢出去！你看，那有一个盛水的空罐子，就在那个里边拉吧！明天天不亮我就去把它倒掉，谁也不会知道。”急不可耐的财主老爷慌忙一屁股坐在水罐子上。他一晚上至少有十来次，从那个罐子上起来坐下，坐下起来。天快亮的时候，那罐子都已经快满了。财主叫了格依列许多次，可是格依列早被整天的奔波弄得没魂了。这时候，岳母起来要拿罐子去提水。财主一看到，慌忙爬起来抓住了水罐说：“我去洗澡，洗完澡我提些干净水回来，把水罐给我吧!”岳母说：“这算干什么呀，你去洗你的澡吧，可不能到河边去提水，让人笑话，我自己提去吧!”说着两人夺了起来。岳母和女婿吵吵嚷嚷倒把格依列吵醒了。他赶忙起来抓住水罐说：“我打水去!”一下子抓住了水罐，三人你抢我夺，互不相让，瓦罐子被掰成了三片落在地上，臭味立刻溢满了房间。所有的人都面面相觑。岳母明白了女婿的用心良苦，女婿羞得无地自容，他低垂着头连忙朝外边走去。过了好长时间都没回来，大家一致认为，女婿因为害臊肯定是回家了。格依列呢？他如愿以偿，把所有的行李收拾好，“我去找我老爷去”，说着便告辞了众人。他先用手摸了摸胡子，又用手摸了摸捆在身上的又破又旧的沉甸甸的腰带，大步流星地朝自己家走去了。

以上三则陈敏毅译

西特诺猜的故事

（泰国）

泰国民间故事中的著名机智人物西特诺猜，历史上并无其人，出自艺术虚构。关于这个人物的出身，各说不一。有的说他是农民的孩子，宫里将他抓去给太子取乐。太子继位后他成了谋臣，但仍给国王逗趣解闷。有的说他是城里人，诙谐风趣，经常调侃权贵，嘲讽富豪，进宫为臣后，他甚至连国王也敢于戏弄。其故事丰富多彩，生动风趣，是泰国民间文学中的一个瑰宝。这个人物在东南亚影响较大，但叫法不一，老挝称为“昌明”，柬埔寨称为“特曼恰”。这里选入的故事，译自潘培编《西特诺猜的故事》（泰国第九中央图书馆出版社 1973 年出版）一书。

上朝比鸡还早

西特诺猜不再结交那些不三不四的朋友而终日游逛了，他忠于职守，每日上朝，从不间断。但是，人立即学好不大容易，西特诺猜身上还有一个坏毛病，就是爱睡懒觉，这就使他上朝成了最晚的一个。一天，皇上对西特诺猜说：

“帕拉西[①]，你既然已经学好，那为什么不可以做得再彻底一点呢？你上朝天天比谁都晚，你以为孤闭目塞听?！从明天开始，你上朝要比鸡还早！哪天你睡了懒觉，上朝不能比鸡早，你从此就别想再进宫，我就把你的爵位、官职统统一笔勾销，降为平民，把你赶出京城，让你到乡下种地，那可是罪有应得。你要记住，帕拉西，从明天开始，你必须来得比鸡早。”

第二天，西特诺猜上朝的时候已是下午，比平时更晚了许多，文武百官在金銮殿下根本看不见西特诺猜的踪影。当大家听到皇宫附近的皇寺里的钟鼓敲响的时候，官员们便交头接耳起来，朋友们都为他担心。

“真是个混账东西，他竟敢冒犯皇威，故意来得比平时更晚！”

“他上朝最晚也不过是打巳时[②]鼓的时候。”

“这是自找倒霉，你看那日晷，已经是正午了，他还没来！”

“这家伙真是玩命啊，已是未时了，他还没来！”

“来了，来了，这个疯子！”

“他还装傻充顸哩！”

等西特诺猜到了自己的位置上拜见皇上的时候，皇上立刻龙颜大怒：

“西特诺猜！今天是你在皇宫里的最后一天，你明明知道昨天孤命你今天上朝要比鸡早，但你却是下午才来！孤本想如果你遵旨，今天早朝来得比鸡早，那孤将赏给你黄金一斤……”

“启奏皇上，臣今日上朝的确比鸡早。”

“胡说！你如果不是疯了，就是喝醉了，你这时候上朝难道比鸡还早？西特诺猜！现在究竟是凌晨还是下午?！”

“但是臣上朝比鸡早呀，陛下！”

“如果你能证明你今天上朝的确比鸡早，那我现在就赏给你一斤黄金……”

西特诺猜奏道：“臣上朝比鸡早，鸡上朝比臣晚，陛下！”

---

① 帕拉西：“帕拉”是西特诺猜所得到的爵位，其等级相当于伯爵；“西”是西特诺猜的简称。

② 巳时：上午十一点，巳时鼓也是和尚吃饭的时候。

说完，西特诺猜朝金銮殿的大门望了望，然后开始拽一条线绳。西特诺猜把绳缠到手上，把绳拉到他朝拜皇上的地方，这条线绳很长，绳子的另一端直拖到大门外，而绳子的尽头是什么，谁都不知道。臣子们看到这种情形，个个感到惊奇，西特诺猜把绳子缠了四五圈，大家终于看清楚了，原来绳子的另一端绑了一只公鸡。西特诺猜把鸡拽到了自己的身边，便转过头来俯身奏道：

“臣已证明臣上朝比鸡早，陛下！”

皇上龙颜大悦，对帕拉西的智慧极为赞许。

“好，这是黄金一斤，作为你上朝比鸡早的奖赏！”

请皇上封地

西特诺猜对朝廷那种吃穿不愁，无聊乏味的生活感到厌倦，因为它千篇一律，日复一日，毫无奇特之处。

“启奏皇上，臣有今日富贵，全仗皇恩浩荡。但是，皇上赐给我的房屋，虽然高大华美，可也只对我现在的生活适用，日后有一天我总会娶妻生子，有个家庭，因此臣总应该有个比这更好的处境，陛下！”

皇上说道：“你想要土地尽管说嘛！你要多少？”

“死猫那么大的地方就可以了，陛下！”

皇上心想，西特诺猜这个家伙到底是精还是傻？其实他是傻瓜一个，要地只要死猫这么一点点的地方……于是他便对西特诺猜说：“你要哪块地随你挑，你要死猫那么大的地方，我就给你死猫这么大的地方！”

第二天一早，西特诺猜就在家里养的猫当中挑了一只最大最壮的猫，让人把一条绳子结结实实地拴在猫的腰上，然后西特诺猜让人把猫抱着，带一大群仆从，离开了家门，径直向一个有着万顷良田的村庄走去。

到了目的地之后，西特诺猜便按照他事先的筹划，牵住拴猫的绳子，用鞭子抽打起猫来。猫受惊狂奔，西特诺猜便跟着猫跑，他的手下人便把小棍插到猫跑过的路线上作为标记。到了下午，西特诺猜的猫便累得断了气，而猫死的地方恰好是西特诺猜早晨赶猫出发的地方。

农民们远远看见西特诺猜赶猫奔跑，都觉得好笑，纷纷跑出来，站在那里兴高采烈地笑着，叫着。但到了下午，当大家得知这一望无垠的沃土都已经归了皇上的宠臣、宫廷的大官西特诺猜所有，便都垂头丧气了。

农民们都很害怕，害怕西特诺猜把他们从这块世代耕耘的土地上撵出去。

“我不想给这一带的人添麻烦，但是插上标记的这些土地已经归我所有了，因为这是皇上赐给我的，这是真的。”西特诺猜说。但这一带的男女老幼都很不满，没过多久，西特诺猜便成了这些人的被告。当原告和被告都来到皇上的面前，皇上便不得不审理此案了。听了双方的陈述后，皇上说：“孤为君王，一言既出，不能反悔。是孤赐给了帕拉西这块跑死猫这么大的地方。所以，我不能不判定这些土地将永远属于帕拉西。”

从那以后，农民们都很怕西特诺猜，因为他们还要靠这些土地作为生计。时间一长，当他们发现西特诺猜很通情达理，从不欺压百姓，他们便对他敬重起来。

其实，在这一带，被西特诺猜整得很苦的人还是有的，这些叫苦的人都是些长期坑害邻里的人。这里谁是流氓，谁是小偷，谁是土匪，谁是恶霸，西特诺猜一清二楚。旱季到来以后，一天，西特诺猜让自己的手下人在这干燥的土地上大张旗鼓地播下了很多空谷壳。后来西特诺猜以践踏他播下空谷壳的土地为罪名抓了不少坏人，并且重重地治了他们的罪。一刹那间，流氓、恶霸、盗贼、土匪和各种坏人在这一带便绝了迹。

有人对这一点产生了误解，以为西特诺猜欺压了无辜的百姓，西特诺猜解释道：“这些人都是些长期残害老百姓很有势力的坏蛋，没有人敢抓他们，治他们的罪，所以我才用了这个办法。然而好人每天踩我的空谷壳地几百次，我也一声不吭。”从此，西特诺猜成了老百姓倍加尊敬的人。

一天，刮了一阵大风，把田里播下的空谷壳吹得一干二净，西特诺猜佯装大怒，他要让所有这一带的人都知道：“我一定要把‘风源’抓住！”然后西特诺猜便在这一带巡视起来，当他发现了一个当土匪头子的老家伙（但是老百姓不明底细，因为此人做事诡秘，暗里却是一个极有势力的土匪头子，西特诺猜知道这个老头的来龙去脉），便佯装怜悯地对他说："老爷爷，这个时候一个人坐在树根底下，看样子你大概有些不舒服吧?""我中了风[①]，差点晕倒，所以坐在树荫下凉快一会儿。"老头故意做出一副老态龙钟、极端软弱无力的样子。

西特诺猜立刻对手下人喊道："原来他是风源，就是他把我的田里的稻种给吹跑的，好，把他抓起来，到皇家法庭上和他算账!"

西特诺猜的手下人马上把这个匪首抓了起来。众匪徒看到匪首得到了这样的下场，便一哄而散，逃之夭夭。从此，这里和附近地区再无匪患滋扰，老百姓这才高枕无忧。

娶　妻

西特诺猜对于单身汉的生活感到有些无聊，于是他就找来善于保媒拉纤的延蜜商量娶妻的事儿。

"帮帮忙吧，老奶奶，你去和达赛、延斋商量商量，我想娶他们的女儿为妻，至于彩礼，他们要多少，我就给多少。"听到西特诺猜这么说，延蜜就像少女得到将要和自己的情人结婚的消息一样快活。

"那不难！孩子，不就是那个达赛和延斋的女儿，钱村长的侄女、占乡长的孙女吗！家住南城墙外玛高寺院旁边的高门大院！达赛、延斋可就只有一个女儿，名叫贤爱，刚刚出脱，生得俊俏，岁数十四多点，十五差不离儿，十六也不错儿……"

等到下午，延蜜和两三个仆人就匆匆忙忙跑到西特诺猜的家里，嘟嘟囔囔地骂起来："达赛这个糟老头子想必是疯了!"延蜜用气急败坏的语调对西特诺猜说："哪有他这样的，他说一定要一百担银子，一千斤金子作为彩礼，你说这像话嘛，孩子!"

---

① 我中了风：在泰语中与"我是风"是同一个词。

西特诺猜笑了，然后对延蜜说：“明天你再帮我一点忙，老奶奶！达赛也许可能不像今天这样发疯，再重新商量商量。我请法官和你一道去，可以摸摸达赛的意图何在。明天请你和他敲定，即使他和今天说的一样，也可以答应他，我不会不愿意。”延蜜瞧着西特诺猜的脸，心里想着：“你上哪儿能弄到这么多钱给他呀，孩子！”西特诺猜看到延蜜满脸狐疑，有点憋不住笑，他说：“老奶奶，别怀疑，也用不着担心，谁都知道我是皇上的宠臣，这么一点点钱，我凑齐是一点也不难的！”

当天，西特诺猜就去找了法官，告诉他，延蜜已经为他说定了一门亲事，女方就是达赛、延斋的女儿，明天请法官走一趟，作为证婚人，把办喜事的日子定下来。法官对西特诺猜很敬重、客气，答应明天和延蜜一道去。

第二天，法官和延蜜去西特诺猜的家里会齐，然后就去了达赛和延斋的家里。延蜜告诉达赛和延斋说：“帕拉西同意给这么多彩礼，并请来了法官主持定下吉日良辰，好照规矩办事。”达赛听后便说：“法官大人前来证婚，这是可以信赖的，我很高兴，明天备齐我说的银子一百担，金子一千斤，就可以迎娶。”

法官听到此话，吓得出了一身冷汗。他对达赛说：“我到这儿来，为的是把喜事的日子定下来，至于怎样办婚事，那与我无关。”说完，就匆匆告别而去，延蜜也一同出门。法官和延蜜告诉西特诺猜说，达赛决定明天过彩礼，问他怎么办好。西特诺猜满口答应，表示毫无难处。

第三天，到了吉日良辰，延蜜便领着西特诺猜的仆人挑着槟榔盘跨进了达赛、延斋家的大门。达赛一见所谓一百担银子，只是凿出小孔用线穿起的银钱，吊在担子上①，而装在槟榔盘里，盖得严丝合缝的千斤黄金，却是一种树叶，大家都叫它“千金”的东西。达赛立刻被气得发狂，他把延蜜和仆人一同赶了出去，延蜜和仆人也吓得跌跌撞撞，望风而逃。

当西特诺猜得知了事情的详细经过，却哈哈大笑，好像是一桩有趣的事

---

① 吊在担子上：在泰语中“一百”这个词，如果做动词用就是“穿成串”或“系起来”的意思。西特诺猜在这里开的是一个双关语的玩笑。

儿似的。然后他就走出家门，径直到了皇家法庭，告了达赛、延斋，说，他们本已决定把女儿嫁出，而且过了彩礼，但达赛、延斋却要赖账，把媒人和仆人气势汹汹地赶了出去，使西特诺猜丢了面子。他们不愿按照事先约定接受彩礼，显然是一种错误的行为。法官听完了西特诺猜的陈述，立刻传讯了达赛和延斋。

法官在审理这个案子的时候把西特诺猜作为原告，让被告达赛、延斋说明原因，达赛辩解说："帕拉西已经作了保证，答应给我一百担银子和一千斤金子作为彩礼，但今天他送来的却是凿出小孔穿起来的银钱，吊在担子上，以及千金树叶，正因为这，我才把送彩礼的人赶出去。因为对帕拉西的食言我气极了。"西特诺猜说："法官可以为我作证，女方要的彩礼是百担银，千斤金，我正是按照要求去做的，刚才达赛自己也说我送去的是百担银和千斤金……"

达赛一时张口结舌，不知所措。西特诺猜指着仆人抬给法官看的"百担银""千斤金"，对达赛说："我请你问一问旁听这个案子的在座的老百姓，这是不是百担银、千斤金?""这算什么?!"达赛立刻反问，"这算什么?!"

所有在场的人都回答说："这是百担银!""这是千斤金!"

法官对达赛说："你并没有明确地说帕拉西必须担来一百担银子，也没有说帕拉西必须用一千斤重的金子作为彩礼，所以，帕拉西用百担银（一串银）和千金（树叶）作为彩礼并未违背诺言，所以，你也必须遵守自己所许下的诺言。"

于是，西特诺猜便如愿以偿，和贤爱结了婚。

献 奇 物

一天，皇上在文武百官聚集的时候说道："受过皇恩的所有臣子们对孤都有报效，谁有了什么新奇别致的东西都会奉献，唯独西特诺猜什么东西也没献过。"西特诺猜听了皇上这番言语，心想：新奇的东西是可以找到的，可是应该比所有的人献过的更新奇!

第二天，西特诺猜给皇上献上一口新锅，俯身奏道：“这是一个奇物，陛下！”皇上发问道：“什么奇物呀？为什么要用白布把锅蒙得这样严哪？”

西特诺猜拜奏道：“这个东西叫‘哼花’，陛下！气味芬芳，沁人心脾，什么时候要闻，就把白布慢慢掀开一条缝，而闻的时候应该许多人一齐闻。这种奇味男人闻了会心旷神怡，长命百岁，身体强壮得好如象王；女人闻了皮肤会光洁白嫩，俊俏生辉，更加可爱，陛下！”

皇上大悦，说道：“帕拉西珍藏着好东西却秘而不宣，难怪你有奇物！看你的样子，孤也早有怀疑，不知你吃什么灵丹妙药，为什么你总不见老，原来你有这样的‘奇味’！”

那天晚上，皇上把皇后、宠妃都叫进寝宫，以便大家来闻异香。皇上先闻，依次便是皇后与宠妃。闻毕，皇上问每一个人道：喜欢不喜欢这种异味，它像是什么香味？但只有两三个宠妃奏道：“这味臭得好像人拉稀！”“妾觉得它好像是吃多了的人放屁的味儿！”皇后和几个宠妃听了差点儿呕出来，而另外四五个妃子跑得远远的真的呕吐不止，弄得浑身无力。

皇上看到后妃们一脸苦相，嘟囔着说：“这是什么奇物?!”想寻个究竟的好奇心又促使他又闻了一次这个“异香”，这才恍然大悟。所谓的“哼花”其实是一种臭花，在野外是到处可见的，叫作“屁花”。西特诺猜采了许许多多放在锅里，虽然那么多人闻了，但是锅里的气味却依然浓烈。这没有别的原因可以解释，显然西特诺猜是存心捉弄皇上！

“这是蔑视皇威，他是自寻死路！”皇上一声令下，第二天早晨狱卒和刽子手便把西特诺猜绑缚起来，告诉他犯了什么罪，准备推到法场斩首。

既然必须一死，西特诺猜请求狱卒允许他在临死之前美餐一顿。他表示要做东道主，请狱卒和刽子手一同赴宴，肉山酒海，可以尽情享受。狱卒和刽子手听了西特诺猜的这番话，馋涎立刻拖下三尺长。西特诺猜让仆人准备最好的饭菜，抬出一百升好酒。

这样的好酒好菜，数量又如此之多，那些狱卒和刽子手们生下来是连见都没见过的。没吃多久，狱卒和刽子手就宣布说不想杀西特诺猜了。

“你从家里跑出去吧，帕拉西大人！”

“咱们一起逃跑也行，打家劫舍，做贼去，帕拉西大人当咱们的头儿!”

这些都是狱卒和刽子手酒酣耳热之际卷着大舌头说出的主意。西特诺猜很高兴，告诉他们：“我们都是国家的臣民，每年都曾去佛爷面前起过誓，我们不应逃跑，也不应该想去结伙为寇。”

“行，你说怎么干都可以。”

“我只想让大家酒足饭饱，兴尽。”西特诺猜说，“最后一刻我不需要哭，只想唱唱歌，跳跳舞，寻欢作乐，直到我被斩的时刻。”

“那这——帕拉西，我们怎么办?”狱卒和刽子手指着酒筵，立刻问道。西特诺猜哈哈大笑，告诉手下人把酒席搬到船上去。西特诺猜进屋，对妻子说：“一会儿我就回来。”之后，他就带领踉踉跄跄的狱卒和刽子手们上了船，船顺水而下。狱卒抱着酒坛子好像这辈子再也不想和它分开，而刽子手倒聪明些，他们继续埋头喝酒吃菜，生怕说话浪费了时间。

“这是到哪儿去?”狱卒高声问着摇大船的艄公。“不用摇了，让它顺水漂流好了。”“拖些时间我可以再多喝点酒，吃点肉!”刽子手对他的同伙说，而这位同伴却正埋头于大嚼大咽，根本不想搭腔。

“天哪! 这么好的帕拉西，难道这次必须死在我们的手里吗?”一个刽子手卷着僵硬的大舌头哭诉道。另一个刽子手叫骂着：“别哭，帕拉西的最后时刻需要的是歌声!”那个家伙立刻把哭声变成了歌声，而且跌跌撞撞地跳起舞来。西特诺猜兴高采烈地笑着，说道：“你们大伙儿唱，我跳，唱‘跳水歌’，好，唱吧……”

“怎么唱? 从来没唱过呀!”

“嗨，容易唱。”然后西特诺猜便教唱道：“快跳水，帕拉西，跳到水里去! 快潜水，帕拉西，潜到水里去!”

狱卒和刽子手尽管唱了出来，但是却唱不齐，可是西特诺猜却仍然跳得有板有眼。“怎么样，我跳得不坏吧?”西特诺猜问道。“还算凑合，但谈不上好。”狱卒说，“如果称得上好，那您应该按照歌词去做……”“那怎么办?”西特诺猜故意发问。狱卒和刽子手们抢着解释说：“你应该真的跳水，真的扎猛子!”

“那我的衣服不全都弄湿了吗!”西特诺猜扮出一副诚实、为难的样子说。“不是大人告诉我们要玩得痛快吗!”狱卒说，“衣服湿了有什么关系!”“哦，是嘛！好，我就按照你们的要求去做，来，唱吧！……”

西特诺猜告诉他们唱，狱卒和刽子手便马上唱了起来。西特诺猜舞来舞去，做出欲跳又止，好像不想跳到水里去的样子。

“怎么不像大人刚刚说的那样真的跳下水去呢?”刽子手问。

“我的水性不大好，怕跳下水去淹死。”

“今天是你的最后时刻，反正要有一死，大人怎么反而怕起死来?”

“你们是想让我淹死怎么着? 死吗，我不怕，但皇上的圣旨是要斩首，所以我想保住命，好让你们按照圣旨砍我的头。”

“大人想得太多啦!”狱卒说，“别想那么多，大人，我们还是唱唱歌，跳跳舞，痛痛快快玩上一场好些。”说完，狱卒和刽子手便高声唱了起来：“快跳水，帕拉西，跳到水里去!”“快潜水，帕拉西，潜到水里去!”西特诺猜也高高兴兴地跳着。

“跳下去，帕拉西，跳下去!”“临死之前尽情寻欢喜，帕拉西呀跳下去，不跳没乐趣!”狱卒和刽子手敞着嗓子喊着，“现在就要跳下去，帕拉西，跳到水里去!”于是，西特诺猜便“扑通”一声跳到水里，并且把手伸出了水面，狱卒和刽子手便又唱道：“快潜水，帕拉西，潜到水里去!”西特诺猜一下子潜到水里，不见了踪影，狱卒和刽子手高兴得嘻嘻哈哈大笑起来。

“世上谁能比得上咱们的帕拉西!”“让他跳到水里去，他真的跳下去了!”“让他潜到水里去，他真的潜下去了!”船上的人正说得起劲，一时忘乎所以，后来才猛然想起水中的西特诺猜。

“还没露出头来吗?”“哎，帕拉西淹死了吧!”“那我们怎么办?”“跳下水把他捞上来吧!”“好哩！谁想和帕拉西一道去做鬼，那就请吧！我可不干！现在我的酒可醒了。”

“咱们唱‘跳水歌’‘潜水歌’，帕拉西就会跳下去，潜下去，咱们若是唱‘出水歌’，帕拉西不就会从水里钻出来吗?”“是呀，真是傻了!”“谁会唱‘出水歌’?”狱卒和刽子手们你看我，我看你，呆住了。

“谁也不会!”“谁也没听过这个歌!”“这个歌根本就没有!”最后，狱卒、刽子手们不得不从船上下来，回到家里呼呼大睡起来。

在此同时，西特诺猜已经来到了金銮殿下，在文武百官之中觐见了皇上。“西特诺猜，孤已降诏将你斩首，你怎么没死?”皇上问道。

“托皇上的洪福我才得救，现在回来继续报效皇恩，陛下!”

“难道刽子手没有把你处死?”

“他们是要把臣处死，陛下……”

“那你为什么没有死?”

“他们让臣跳下水去潜水逃走，陛下!臣不愿跳，他们就用刀枪逼臣跳，所以臣不得不跳水潜逃。但臣是忠于皇上的人，臣不但没有逃到远方，反而立刻回来朝见了陛下，尽管我身上的衣服还未干哩!”

于是皇上便吩咐皂隶把狱卒和刽子手们立即逮来。

“西特诺猜告诉孤，是你们让他跳水逃走的，是不是?着实讲来!”皇上喝问狱卒道。狱卒俯身奏道：“启禀皇上，小人遵循陛下的旨意将帕拉西带上船，准备运到法场斩首，但在坐船的路上，帕拉西大人让我们唱歌跳舞，说这是临死一乐，帕拉西教我们唱……‘快跳下水去，帕拉西，跳到水里去!快潜水，帕拉西，潜到水里去!’我们唱着让他跳下去，帕拉西就真的跳了下去。我们唱让他潜水，他就立刻潜得无影无踪了，其实事情就是这样，陛下!”

阿犹塔亚王朝的君主哈哈大笑：“你们这些家伙都是一些蠢货，让西特诺猜牵着鼻子捉弄，达到了他的目的，让他轻易地跑了出来。你们犯的也是死罪，但是杀掉几个像你们这样的愚人并无益处，孤这次先赦免你们……以后不要再蠢下去了。西特诺猜聪慧过人，他用智慧救了自己的命，那就让他活下去，杀了他也没益处，而且人死了，也不能再活过来。”

智取银钱

西特诺猜回到家里，对妻子吹嘘道：“今天皇上称赞我，说我的智慧胜过文武百官……”“可咱们今天却要揭不开锅了，家里连半丹令[①]银子也难找到!”“别担心，我有办法，你想什么时候做财主都可以，只消告诉我一声!”“明天，明天我就想做财主!”“可以，明天你就可以当财主，不用怀疑。”

第二天，上朝之前，这个智多星便施展了他的计划，他到这个官员那儿耳语几句，到那个官员那儿嘟囔几声，之后，他就按照自己的老方式痴呆呆地继续坐着。

这时百官之中人声鼎沸，这个人走到那个人跟前说几句，那个人又跟另一个人说几句，人逐渐变成一小堆、一小堆地议论开来，而这些小堆又逐渐变成了一个大堆。原来这些官员想串通起来整一整西特诺猜，因为西特诺猜和每一个人都说了同样的话，这就是：“我可以洞察你的内心，你心里想的是什么，我可以说出来，真的，咱们可以打个赌!”最后，那些官员就对西特诺猜说，他们愿意打赌，如果西特诺猜猜对了，每个人马上可以给他一丹令。“这次打赌咱们得在皇上面前进行。”西特诺猜立刻表示同意。

那天，当皇上上了早朝，和文武百官处理完国事之后，官员们和西特诺猜便把打赌的事儿禀告了皇上。“今天，孤的帕拉西肯定要脸上无光喽……”皇上一边说，一边放声大笑。“赌什么不好，偏偏要赌猜人心，那么多人想的是什么你怎么知道!我看帕拉西今天要丢脸，名声扫地了。”

之后，猜猜在座的百官心里都想的是什么便开始了。西特诺猜说：“我十分清楚在座的诸位尊贵大人心里想的是什么，当我把你们心里想的说出来，如果诸位认为我说错了，你心里想的和我说的正相反，那就请诸位立刻提出来。如果认为我说得不错，你心里想的和我说的完全一致，那就请诸位按定下的规矩马上每人给我一丹令……”

西特诺猜停了一会儿，接着说：“在座的诸位大人心里想的，我了如指掌，那就是你们的思想十分坚定，你们的整个一生都要忠于对你们有着浩荡皇恩的圣上，永远不会图谋背叛和造反。你们是不是每个人都有这种想法?哪一位不是这样想的请提出来!”

---

① 丹令：泰国货币名称。一丹令等于四铢。

文武百官听到此话，一个个浑身出汗，呆若木鸡。谁敢反驳聪明机智的西特诺猜的话！谁要是蠢到对这几句话提出异议，那就等于对皇上当面宣布自己是不忠的，是要背叛皇上，要造皇上的反的。因此，百官只好对西特诺猜的智慧甘拜下风，按照定下的条件每人给了他一丹令。

“我的天，和谁打赌也别和孤的帕拉西打赌!”皇上说完，便笑了起来，“我向你祝贺，帕拉西，你这样轻易就成了富翁。”

赛佛经

西特诺猜的名声传遍了四面八方，人们都说他的智慧无与伦比，锡兰国王听到了这一消息十分关注，于是他便派了把佛经背得滚瓜烂熟的佛教大师们去了暹罗[①]，要在佛经知识上比个高下。锡兰的宗教使者觐见了暹罗国王，呈上了锡兰国王的亲笔信件，信的大致内容是：派遣了一些大师要和泰国的学者比赛佛经知识，看看到底哪国的大师知识更渊博。

皇上和身边的官员们商议之后做出了决定，请锡兰的大师们回去，因为暹罗没有对佛经有着高深造诣的学者能和他们比赛。这时，西特诺猜起身奏道，他要自告奋勇去和锡兰的宗教大师们在佛学知识上见个高低，以维护暹罗大帝的皇威，免受外国人轻视。皇上犹豫不决。西特诺猜没有宗教方面的知识，但西特诺猜自己却说他有这方面的知识，只不过没有表现出来罢了。“如果输给了锡兰大师，臣情愿奉献自己的首级!”皇上见西特诺猜敢丁如此担保，便回答了锡兰宗教使者，说暹罗愿意接受锡兰的挑战，同意比赛。

第二天，到了规定的比赛时间，双方都出现在靠近河岸的一个宽阔场地上，锡兰人的大船就在附近的河里下了锚。西特诺猜坐着轿子来到了这个地方，后面跟随的从人一字排开，一眼望不到头，每个人的肩上扛的都是佛经，佛典，佛教经典一应俱全，总共有八万四千多部，扛佛经的从人也有八万四千多名，锡兰人见此情景吓得目瞪口呆。

---

① 暹罗：泰国之古称。

“四万八千部或四万八千卷《三藏经》，这位泰国大师肯定无不通晓，所以他搞来这么多人把它全部抬来，比赛的时候他肯定要用来批驳我们的说法，为自己作证。”

锡兰大师议论完毕便商议道：“最好我们各自逃掉，如果硬要和他比赛，败下阵来，丢了脸，锡兰全国百姓都要怪罪我们。而且更糟的是，我们的国王肯定要砍下咱们每个人的脑袋。”

“咱们不妨先试试，如果这位泰国大师真的有学问，你们就赶快回家，不和他比赛，那咱们也不会输。”

这位锡兰大师想出的主意，大家都说妙极了。于是，一个大师走到西特诺猜面前，他一言不发，就像聋哑人那样打了个谜语手势，伸出右手一根食指。

西特诺猜一见，也举起了右手，伸出五个指头，后来看到对方伸的是一个，也就马上变成了一个。锡兰人对西特诺猜的知识感到极为震惊，他们窃窃私语道：“咱们伸出一个指头。意思是以后还会有一个僧王。”“他伸出了五个指头，表明他知道，世上将有五个僧王同时存在。”“后来他又像我们一样伸出一个指头，这说明以后还会出现一个僧王。”

锡兰大师的首脑说：“如果我们硬要和具有这等高深莫测知识的人比赛，只能一败涂地，我们还是赶快回国为好！”然后，锡兰的大师们便通过翻译对西特诺猜说，锡兰大师现在身体不适，请允许他们回去先看看病，日后再来比赛。于是全体锡兰的大师们便上船回国去了，此后再也没来过。

西特诺猜回去觐见皇上，说道：“锡兰大师不敢比赛，统统跑掉了。”皇上十分高兴，问西特诺猜：“他们怎么不敢比赛了？你是怎么把人家赶跑的?”“慑于皇威，他们才甘愿认输的。其实我只打了个聋哑人的手势，陛下！他们翘起了一个指头，我不明白是什么意思，于是就伸出了五个指头让他们看。然后又变成了一个指头，我是瞎做一气，他们就吓得要死，后来他们就通过翻译告诉我，身体不大舒服，先回去治治病，等病好了再继续比赛。我以为两三天后他们会来比赛，但他们却当着我们的面起锚逃走了。”

皇上听了大喜，称赞西特诺猜的智慧是无与伦比的。

与玛拉卡人较力

那时，有一个玛拉卡人，身材魁伟，犹如魔怪一般。这个人听到人们传说在阿犹塔亚城有一个能人，智慧超群，没有不能办到的事儿，不管是俗民，还是洋人，要和他比赛什么肯定得输，这个玛拉卡“魔怪”便来到泰国挑战，让皇上派人和他比赛摔跤，并且下了价值连城的金银的赌注。

“你的意下如何，帕拉西，你是和他较量较量，还是甘拜下风?”

西特诺猜见皇上如此发问，便奏道：“我想和他见个高低，但得给我七天时间准备一下。”于是皇上便差人去告诉那个玛拉卡人，七天之后将派大力士在城中央应战。

西特诺猜有一个随从，是一个壮年人，身材高大，十分强壮，只是得了牙病，连一颗牙也没剩下，他恰好是西特诺猜需要的人。西特诺猜让自己所有的手下人一起动手，把这个人的头发剃光，把浑身的毛剃掉，然后让他洗个澡，擦上姜粉，让他脱光衣服睡在悬挂在大路边一棵大树下的布摇篮里。之后，西特诺猜的手下人便各奔东西，到处散布，让每一个人都知道：睡在帕拉西门前对面大路旁边吊着的布摇篮里的孩子刚出生两三天，他是一个拳师的儿子，拳师将要和一个前来挑战的玛拉卡人摔跤。这样，城里人便没有不知道的了。当消息传到了玛拉卡拳师的耳朵里，他便格外留心，因为人们都风传泰国拳师的儿子块头简直是太极了。

当玛拉卡拳师看到泰国拳师的儿子睡在一个巨大的布摇篮里不停地伸腿蹬脚，哭声震地，他被惊呆了。

“人家说，这个孩子生下来才三天，三天就长这么大！如果长到二十岁，和他爸爸的年龄一样，那该魁梧到什么程度！不用怀疑，要和我比赛的这个孩子的爸爸还不知道要比我高大多少，如果硬要和他比赛，咱肯定得输，而且说不定回不了家，命都难保!”

心里这么一想，玛拉卡拳师便吓得差点叫出声来，他一溜烟地从那儿跑开了。玛拉卡拳师登上了自己的船，在众目睽睽之下起锚开航回去了。

西特诺猜拜见皇上，禀告玛拉卡拳师跑掉的原因，皇上听了哈哈大笑，立刻给了他一些金银财宝作为奖赏。

这件事过去以后不久，西特诺猜屋子的廊檐已经朽坏，几乎不能走人了。因为支撑廊檐埋在地下的柱子腐烂了。西特诺猜便去找一个他熟识的大官，向他借几个仆人到自己家里做柱子，大官慨然应允，给了他十二个人，但是……这些仆人去了两三天却不见回来，于是大官便到家里去找西特诺猜，他亲眼看见这十二个仆人站在那里用肩膀顶着西特诺猜的廊檐，原来是把这些人当成了柱子，于是大官便对西特诺猜说："帕拉西向我借人做柱子，可怎么把这些人当成了柱子用！我直率地告诉你，你这样做可实在不像话！"

西特诺猜对大官说："我向你借人做柱子，我是直言不讳的，你也满口答应，让他们来，可怎么又说我不像话？"大官向西特诺猜要人，但西特诺猜却借口说，是他自己要这些人做柱子的，不能还。大官气愤极了，立刻把这个争执禀报了皇上。

皇上听后大怒，立刻让皂隶将西特诺猜带来。皇上问道，向人家要人到家里干活，为什么不把人送回，反而把人当柱子用了两三天？西特诺猜俯身奏道："启禀皇上，臣要他的人做柱子，这一点家里人谁都听得清清楚楚的，如果你要杆子去做柱子，那意思是说用它来支撑廊檐，而我要人去做柱子，意思也一样，就是我用这些人来支撑我的廊檐。臣并未做什么错事，也无任何恶意，陛下！"

皇上听后大喜，便对那位大官说："你被帕拉西暗算了，他的话翻过来解释也可以，而且证人都在，只有一个办法你可以把人领回，就是用钱把你的人赎回来！"

那个大官不得不拿钱赎回自己的人，因为害怕西特诺猜的计谋，从此再也不愿意和他打交道。

出售"神锅"

一天，西特诺猜忽然心血来潮，想骗骗人，开开心。于是他便去找大家都熟悉的一个老太婆、大财主，对她说：“我把我的会说话的锅拿了来，想在你这儿暂时典押一下，这种锅世上少有，不久我就要赎回它。”

老太婆对西特诺猜的话极为留意，她想听听它是否真会说话。她一听，果然在锅里有咿唔的声音。打开锅盖来看，锅里又什么也没有，于是她又把锅盖盖起来再听，咿唔之声又起，很像是人在说话，只是声音不大清楚而已。

“我很喜欢这口会说话的锅，大人把它卖给我算了，我想要这种奇物。”西特诺猜见老太太这么说，就装出一副为难的样子，说舍不得卖，因为世上再也找不到这种东西。这个女财主便越发给了高价，直到二十斤金子。其实西特诺猜抵押的价钱仅仅四丹令。当老女财主苦苦央求，价钱给到五十斤金子，西特诺猜才勉勉强强卖给了她。

老太婆把得到的神锅，拿到做财政官员的儿子面前夸耀，官员一听真的有咿唔之声，就马上打开锅盖来看，锅里什么也没有，于是便把锅盖翻过来看，他便哈哈大笑起来。

“妈妈，你让帕拉西给算计了！举国上下谁不知道皇上的这位宠臣智慧过人，可您硬要去碰南墙。”

儿子让妈妈看了西特诺猜这个神锅的盖子，原来在它的中央贴了一块胶泥，胶泥连着一根绳子，紧挨着胶泥拴着一只马蜂。

“妈妈以为帕拉西比妈傻，其实是妈比他傻！”女财主怏怏不快地说。

“你千万不要去告他！”儿子告诫妈妈，“你要硬是去告，必定要输，而且你会在众人面前丢一辈子脸！”

和欧洲人赛画

西特诺猜的名声传播到了各国，有人就想考验一下他的智慧。有个欧洲人画得一手好画，他到世界各地参加绘画比赛，几乎都是他得第一名。他只需在一跳之间就可以画好一个动物。这个画家决定要和西特诺猜在皇上面前较量一番。毫无疑问，西特诺猜愿意和他比赛。

泰国人和洋人都到齐了。在皇上的面前洋人立刻施展了他的技艺，他手里握着一只黑铅笔，举起来让大家看了个仔细，然后转身面对一堵白墙，屈身用尽全力纵身一跳，在他的双脚落地之前就在墙上画好了一幅画，这是一个坐着的兔子正看着旁边。在座的所有的人都对这位洋人的技艺赞不绝口，并对西特诺猜说，最好还是服输，你是没有办法比得上他的。西特诺猜用右手五个指头在一个盛着浑浑的深赭色的染料里蘸了一下，转过身去面对墙壁，然后纵身一跳，五个指头尖触到了墙壁，随着身体的下落，手往下一拉，在墙上便同时出现了五个弯弯曲曲的道道，之后他的身体便落到了原处。

洋人立刻说道，西特诺猜没有按照规定画动物，他已经输了，但西特诺猜分辩道："应该是我胜了，因为你画的动物普普通通，人家画过了不知多少遍，样子多得很，可我并没有去模仿人家，我画的动物是别人从来没画过的；你只画了一个，我一次就画了五个，比你多四个。"

"你画的是什么？"洋人问西特诺猜。

"蚯蚓。"西特诺猜马上回答。

"你怎么不画大一点的动物呢？"洋人反驳式地问道。

"你我之间规定的条件中并没有哪一条说我必须画大的或哪一种动物。现在我比你多画了四个，你就应该认输。"西特诺猜说。

洋人无奈，找不出更多的理由辩解，只好向西特诺猜认输，乖乖地向他交了一千斤金子的赌注。此外，西特诺猜还从皇上那里得到了一大笔奖赏。

向女财主借钱

一天，西特诺猜去找一个平时对自己很敬重的老女财主。

"老奶奶，我想向你借五斤金子，行吗？"

一个大官，又是皇上的宠臣既然出了口，老女财主自然不会不答应。

西特诺猜向女财主保证说："到了二月的时候，我会连本带利都还给你。”两个月过去了，女财主向西特诺猜要账，得到的回答是：“要等到二月呀，现在还不是二月呀，老奶奶！”

女财主什么时候要账，西特诺猜都一口咬定还不是二月，等了一个月又一个月，一年过去又一年，西特诺猜还是不还。最后，女财主实在忍耐不下去，便向皇上告了状，请求陛下为她做主。

皇上让乃温[1]来处理这件事。乃温虽然新上任不久，但有智有谋，很受皇上的欣赏与宠爱。

皇上对乃温说：“帕拉西在坑人，连一个老女人也不放过，你得替我变变帕拉西的本性！”

当西特诺猜和老女人来到了一个湖边的法庭的时候，乃温便向双方询问了事情的经过，西特诺猜一口咬定说，他没有失信，到了二月的时候，他就会还。

最后，乃温对两个人说，这个案子复杂，还有些关节没解开，需要继续审问，而且太阳已经快要落山，应该休息一下，先吃点饭，等到掌灯的时候再来。

一切都是按照乃温的命令进行的。当法庭被火把照得通明的时候，被告和原告都到齐了，于是，乃温对西特诺猜进行了从头审问：“按照你们说定的条件，所谓的‘二月’，你指的是一年当中的‘月’，还是天空中的‘月？’”西特诺猜回答说：“天空中的月。”

乃温便指着映入湖水面上一轮满月的倩影，说：“这湖里放着淡黄光辉的圆圆的东西是什么？”西特诺猜立刻回答说：“月亮。”“那是什么？”乃温指着天上的月亮，问道。西特诺猜回答说：“月亮。”乃温放声大笑：“湖里有一个月亮，天上也有一个月亮，加起来不是两个月亮了吗！所以，你必须在今天连本带利把这笔债还清！”

西特诺猜汗流满面，张口结舌，无法辩驳。旁听这桩官司的老百姓非常多，西特诺猜在大庭广众之间丢了脸。

---

① 乃温：泰国古代官名。

还在做沙弥的时候，这个人就使西特诺猜尝到了苦头。西特诺猜发誓要报仇，但仇还没来得及报，这个人就成了乃温，很受皇上的赏识，而且在这场官司中使自己一败涂地，西特诺猜难过得要命，决定要找机会报复他。

猜西瓜

从那以后，西特诺猜便闷闷不乐，他昼思夜想，终于想出了一个报复乃温的方法，他决定和乃温猜西瓜。

第二天，在百官上朝的时候，得到了一个好机会，西特诺猜抱来一个西瓜，请求在皇上的面前猜西瓜，看看到底是谁的智慧高明些。

皇上对西特诺猜说："比赛智慧从来就是一件好事，这你是知道的。好，现在你就和乃温来猜吧。"

西特诺猜把西瓜放在面前，然后问乃温道："这个西瓜如果切开来，里面是白的还是黑的?"乃温回答说："是白的。"

西特诺猜立刻把西瓜切开。

"是黑的，看见了吗?"西特诺猜指着黑色的西瓜籽说。"但西瓜瓤是白的。"乃温说。

"西瓜瓤是白的并没有错，但瓤里的东西是籽，它是黑的，我方才问你的就是西瓜的里面是什么颜色，所以，应该指的是它的籽，因为籽是在最里面的。"西特诺猜的话使皇上大悦，在场的官员们也都开怀大笑起来。

"到底是智力不济，比不上孤的帕拉西啊!"皇上边说边笑。但是乃温却对西特诺猜说："西瓜籽并不是西瓜最里面的东西，比西瓜籽还里面的东西还有……"

说着，乃温就马上拿起一颗西瓜籽，用嘴把它嗑开，露出了西瓜籽的仁儿，然后放到西特诺猜的面前。

"西瓜籽里面的东西的确是白的吧，你输给我了是不是?!"

"帕拉西输给了一个毛孩子!"皇上一边说一边大笑不止。百官也笑得前仰后合。

西特诺猜满脸是汗，一下子晕了过去，而在那一瞬间震耳欲聋的笑声也戛然而止。

皇帝跪拜西特诺猜

猜西瓜输了以后，西特诺猜得了心病，病势日益沉重，不见起色。

一天，西特诺猜差人去拜见皇上，禀告说西特诺猜快要死了，但这个智多星的智慧却无人继承，他还留有师父传给他的一句箴言，师父千叮万嘱不能告诉别人，只有在临死的时候才能传给一个自己所尊崇的胜于父母的人，所以请陛下去见西特诺猜，好向陛下面授机宜。

当皇上来到了西特诺猜的家，西特诺猜的妻子奏道：西特诺猜作孽太多，临死的时候却不能好好地躺着，而是坐不稳，睡不宁，焦躁不安，一定要修一个矮窝棚，住在那里等死。陛下得到屋旁的窝棚里去见他。

“那得爬进去!”皇上瞥了一眼西特诺猜住的窝棚，在心里暗自说道。皇上很犹豫，想转身回去，但想到西特诺猜定要传授的箴言却又觉得可惜，于是他便低下头一点点地爬到了西特诺猜的跟前，说道：“孤来了，帕拉西，你有什么咒语、箴言快点告诉孤，若不，待一会儿你死了，那就白白地浪费了孤的时间。我像个平民拜见大官或皇上一样，连头都抬不起来，只能这样趴着。”

西特诺猜看到皇上的那副样子，真好像跪拜自己，心里真是痛快极了，因为他的目的就是在临死之前要让皇上向自己跪拜一次，所以他才使用了一个计谋，故意造了这么一个小窝棚。

西特诺猜向皇上禀奏道：“启禀皇上，师父教我的箴言，我现在就传授给陛下，这句箴言是‘烤鲫鱼用夹子夹住好翻个嫩竹子劈细条捆东西最佳’。就是这些，陛下!”

皇上听了西特诺猜的箴言，立刻悟出自己上了当，西特诺猜的目的是让自己给他下跪，以赢得这样的名声：活了一辈子，在临死之前也让皇帝给自己下个跪。于是在爬出去之后，皇上对西特诺猜说：“西特诺猜，你有意要使孤像你天天在宫里所做的那样匍匐下拜，孤岂能看不透你的心思！你死以后，你的尸体别想火化，孤将让宫女在你的尸骨上撒尿，让天下人都看见！”

以上十二则栾文华译

坤的故事

（越南）

坤是一个游民型机智人物，出自艺术虚构。他的故事往往展现其高明的骗术和诙谐的性格，在越南流传较广，被人们津津乐道。

魔　　羊

一次，有个也算是个小官吏的村长要聘闺女。为了庆祝这个喜庆的日子，他请同僚们，那些远近各村的村长都来赴宴，坤也得到了这个消息。他穿上宽大的袍子，赶着一只羊便上了路。不一会儿，路上出现一个骑马的村长。他看见坤穿宽大的长袍，以为跟他也是一伙。“您好，老兄!”村长打招呼，“您赶着羊上哪儿去呀?”“我去喝喜酒。”坤回答。“喝喜酒?”村长喜不自胜，“这么说，咱俩是同路哩，路上有个伴就不那么冷清了。不过我还想问您，老兄，你步行，又还赶着羊，怎么能赶到呢?骑马都还得跑上半天哩。”

坤笑了，说：“嘿，这我并不发愁。我只担心一点。就怕到得太早。我老实对您说吧，尊敬的同事，我这只羊是只魔羊，它跑起来比风还快。您倒是得快些走，要不您就是骑马山会赶不上的。可是我就是下午出门，也不会迟到。”

村长以为站在他面前的是个疯子，因为这位穿着体面的过路人说话太有些离谱。就说吧，哪儿见过有骑羊的呢！他本来都想继续赶路了，但好奇心还是占了上风。“我不信您的话，尊敬的同事。”村长又对坤说，“我都想不出来怎么能骑羊呢！要是您的羊是只魔羊，那咱们来比一比谁跑得快吧！同意吗?”“您不相信我说的，尊敬的村长?”坤慢条斯理、抑扬顿挫地说。“会叫您相信的。傍晚时候咱俩在热闹的宴席上见!”“行啊，那咱们就打赌吧，尊敬的同事，”村长带有些挑战和嘲弄的意味说，“我要是输了，我的马归您，可要是您输了，您的羊得归我。”“我现在就告诉您吧，您是输定了，尊敬的村长。”坤笑着说，“您的马那么虚弱，肯定是跑不过我的羊。不过我不反对打赌，干吗不找个机会乐和乐和呢？只是您可要吃大亏。”“一言为定!”村长说，他认为坤是在吹牛皮，“我的马就跟您的那只魔羊比！就是我输了，也没有什么了不得的！咱们来签个约吧。”

坤跟村长起草了一份协议，双方都同意先赶到婚宴的为胜方。他俩签了字，村长骑上马便挥鞭疾驰而去。

等村长从视野中消失，坤马上抱起羊，走熟悉的小路朝莽莽丛林跑去。他翻过高山，穿过密林，来到了新娘的父亲家。这个机灵鬼将赶去的羊拴在木桩房的柱子上，自己上了楼，坐下来嚼蒌叶和喝茶。在等那个倒霉村长的工夫，坤还把嚼过的蒌叶扫成一堆。一直到傍晚时分，那个村长才大汗淋漓地赶到。他的马累得几乎要倒下，他自己也都快站不住了。但他还洋洋得意地左右看看，深信自己一定打赢了这个赌。他急急忙忙、高高兴兴地登梯上楼。但还不等他登上梯端，就听见坤向他打招呼道：“您到底来了，老兄！不过看您有多累啊！我等啊，等啊，可您还不见到，我都有些不放心了。瞧，我无所事事在这里嚼了多少蒌叶。现在嘛，对不起，根据我们的协议，您的马归我了。”

村长顿时脑袋炸开了：他多舍不得这匹马啊。不过为了不至于太吃亏，他又请坤将魔羊卖给他。”我的羊是无价之宝。”坤回答，“我不卖，就是卖，我谅您老兄也买不起。”村长被说得心里痒痒的，赶忙跑去借来十锭银，开始一个劲地劝说坤，坤到最后也装出被说服的样子，把羊卖给了村长，然后骑上马走了。

村长则留下来吃席。正如俗话所说：酒多话也多。三巡过后，村长开始大声地吹嘘他刚买下的这只无价之羊。等大家都打算散席时，村长摇摇晃晃地把羊牵出来，很想在众人面前炫耀一下骑羊的英姿。谁料他刚跨上羊背，羊一弓身，令人敬重的村长即笨拙地扑通一声落地。他在众人的哄笑声中爬起来，双手捂住脸跑掉了。

狡猾的骗子

坤从小就很调皮，多次靠欺骗占过便宜。长大以后，他成了个大骗子，说十句话都没一句是真的，别人的东西更是要非弄到手不可。他是个孤儿，寄居在舅舅家，给舅舅放牛。但是每当他把牛赶到地里，马上就扔下自己的牛，找朋友们玩去了。

有一次，也活该他倒霉，舅舅到地里来看稻秧，碰见坤正在玩。不过他很机灵，装出一副刚从家里跑来的样子。他跑到舅舅跟前，大声喊道："舅舅，舅妈摔破了头，正在家躺着呢！她撞到一棵树上，现在情况很危险。"接着，他也不等舅舅答话，又急忙跑回家，对舅妈说："舅舅在地里让一头牛给牴了。"舅妈马上向地里跑去，想去看出事的舅舅，但半路上遇见了安然无恙的他本人。他看到她好好的，也觉得很奇怪。

两人都明白了，是坤昧着良心欺骗了他们，真把他俩都气坏了。他俩抓住这个不走正道的外甥，把他装进一个大篓子里，决定将他扔进河里。但刚等舅舅用篓子把他弄到河边，坤在篓子里用恭顺的口气对他说："亲爱的舅舅，我马上就要下地狱了，还不知到那里后怎么活呢。家里我还留有一本骗术书。我求你去把它拿来给我，缺了它我可谋生都成问题。"

舅舅信了他的话，回家去找那本书。趁这工夫坤从篓子里爬出来跑了。

以上二则粟周熊译

阿列乌的故事

（柬埔寨）

阿列乌是一位喜欢搞恶作剧的平民型机智人物。他的故事，往往带有喜剧色彩，在柬埔寨各地广为流布。

智娶媳妇

一天早上，阿列乌在河岸上遇见一个正打算渡河的老太婆。她带着家当，显然是在搬家。有个年轻漂亮的少女在一旁帮她往船里装东西。这是她的女儿。阿列乌对这个少女一见钟情。他恭恭敬敬地向老太婆问过好，接着表示愿意免费把她渡过河去。老太婆心想："这倒是不错啊！"接着问道："你叫什么名字？""我叫我的女婿。"阿列乌回答。

少女一见小伙子便垂下眼睛，不过还是偷偷地看了他几眼。他们上了船。当船驶离河岸，阿列乌大声说道："我的刀呢！我把刀落在河岸上了！老太太，还是让我撑回去吧！"

他们又靠了岸。"老太太，刀就落在这附近。我在这儿停住船，你能不能帮我下船去取来呢？"坐在船尾的老太婆站起身，上岸去取刀。这时阿列乌却很快将船撑离了河岸。少女大叫起来。老太婆跑回水边，小船却已经驶出去老远。老太婆只好叫人来帮忙，她又是哭又是喊的："快来人呀，我的女婿把我的女儿拐跑了！我的女婿是个强盗！我的女儿跟我的女婿一道走了！"

有几个人听见了她的呼喊，但他们想："又是家庭纠纷！是丈母娘跟女婿在闹不和……女婿想把妻子带到哪儿去完全是他的权利嘛。"所以没一个人上前去帮忙。而老太婆一直嚷嚷到看不见船只为止。当她已经筋疲力尽时，向人们解释道："我的女婿不是我的女婿，我的女婿是他的名字。他是个强盗，他不是我女儿的丈夫，他把她拐跑了！"

这时大家才明白，原来"我的女婿"不是她的女婿，只是他的名字叫"我的女婿"，可是再要帮忙为时已晚。

花和尚

有一次，阿列乌到最近的一个庙里去要求当一名和尚。他在庙里学会了读和写，已经打算离开，但还想挣最后一笔钱，不想空手回家。阿列乌到单间居室去找到教他的法师，小声地对他说："师父，有个姑娘爱上你了。一个年轻而漂亮的姑娘。"法师高兴得竖起了耳朵，说："你要是能帮我们牵上线，我给你整整一铢[①]钱。""好吧，等天一黑，您就到那个杂屋棚去，我去把姑娘带来。"

阿列乌走出单间居室，一下子溜出大门，一阵风跑向一个小铺，对那个中国人店主说："大叔，我给您介绍一个漂亮姑娘，怎么样？""好极了。""那您给我多少钱？""一铢。""难道那也叫钱！别那么小气，给两铢吧。""也行，就给两铢。"好吧，晚上您等我。我来叫您。"阿列乌说完，又快步跑向大庙。

等天黑下来，他把师父领到空地上的杂屋棚里，对他说："您最好先用袈裟把头裹起来。"

阿列乌又跑去找那个中国人，把脑袋伸进小铺门，小声地说："咱们走吧，老板，我为您找到一个非常漂亮的姑娘。不过您先得用随便一块什么布

① 铢是古时柬埔寨具有很高价值的钱币单位，也指和尚用来化缘的钵。

把头裹起来。”

他把店主也领到那间杂物棚，说：“姑娘在里面，您给钱吧！”

店主往杂物棚里瞅了一眼，看见有人裹着头坐在里面。他把法师当成了姑娘，便随手给了阿列乌两铢钱，一溜溜进杂物棚里。阿列乌接过钱后掉头便跑。他这么做实属上策，因为法师和店主很快便互相认出来了。他俩羞愧难当，各自奔向不同方向。

阿列乌这时已经在单间居室里等师父。法师刚一回去，阿列乌便向他索要那说好的一铢钱。法师勃然大怒，说：“你这个阿列乌真可恶，都把我给骗惨了，现在还敢来要钱！滚！我一个子儿也不给！”“哎呀呀！我看您最好还是拿钱出来吧，要不我现在就到住持那里告你去，让他知道您是在哪儿过的夜。再说，善男信女们也会对您的艳遇感兴趣，往后就谁也不会施斋给您了。这一来您一定会把脸丢尽，在庙里也就待不下去了。我会去向寺庙管理机关告发您，一五一十毫无隐瞒，说您让我去为您勾引女人，还答应给我钱。这您就跳到大海也洗不清了！快给钱吧！”

法师吓坏了，忙把钱塞到阿列乌手里。但阿列乌也挺精明，说道：“不，您糊弄不了我。您别想用一块钱就把我打发了。您答应好给一整铢，一整铢的钱，也就是您早上用来化缘的那个钵。所以，要不您给一满钵的钱，要不我报告去。让大家都知道您夜里曾偷偷跑去会女人，把您抓起来，掐着脖子从寺庙里撵出去。就这样我也还不善罢甘休。我还要去告官，让他们抽你，给你剪阴阳头。”

荒淫无耻的法师吓得非同小可，连连告饶道：“你等等，请别去报告，还是让我给你先凑钱吧。”法师勉勉强强凑到了那么些钱。还把衣服都卖了。阿列乌看见法师在卖衣服，说：“现在再给我个袋子，要不我都没地方装钱。”

法师喜出望外，因为阿列乌终于要离开寺庙了。他去找来一个布袋，说：“给你袋子吧，只是得保密。”“您别担心，只有天知地知你知我知。”

阿列乌接过布袋，把钱装在里面后回家去了。

乐当差

阿列乌在父母家住了两三天，又浪迹天涯去了。他走过许多路，到过许多国家，最后抵达一座大城市。这座城里每幢房子都是一个名副其实的宫殿。阿列乌走遍这些宫殿，特别看中其中一所又高又大的房子，里面牛马象成群，无数家仆穿梭来往，前面是个花园。

这幢房子的主人是个非常富有的谢特黑①。阿列乌对这座豪华宫殿尤其神往，他当时就暗下决心，要把它攫为己有。他去找到房子的主人，要求留下来当差。谢特黑也看中了阿列乌，他开始询问小伙子的老家和父母情况，他们现在是否都还健在。阿列乌回答说："我来自很远地方。我的父母是当地的首富，财产、家仆、雇工和牲口都数不胜数。但是他们都得病死了。我不能再待在跟父母生活了多年的家里，周围的一切都会触景生情。所以我离开了老家，来到这里，特来听您的调遣。"

谢特黑同意留下阿列乌在家里当差。他工作十分卖力，早上比谁都起得早，一起来把大家的活儿都揽来做了。他的这种忘我精神和对主人的忠诚很受谢特黑的赏识。后来他当上了管家。谢特黑每次应召进宫，都要带上他这个管家。很快，阿列乌就跟那些大小官员、法官和法院的职员都混熟了。小伙子对所有的人都不卑不亢，就是碰到有些衙役出口不逊，他也从不气恼。

国王第一眼便注意到了阿列乌，问他："你叫什么名字?""我叫阿列乌"。阿列乌回答。从此人们便这么称呼他。

除了王宫，阿列乌还非常认真地列席法院的各种会议，很快便熟悉了国内的所有法规。他还搜集各种被撕毁或扔掉的上面盖有图章的信件。这样他就已经能复制出所有达官贵人图章的蜡印，根据这些蜡印再制出各种各样的假印章。然后他写了不少借款条，每张条后面都有他已经伪制出图章的那些人的签字。从这些借款条可以看出，那些达官贵人都是他的债户，有人欠一

① 谢特黑：柬埔寨在王宫享有特权的大地主或政府官员。

百纳因[1]，有人欠二百纳因，有人欠五百。

阿列乌装了整整一箱子这样的借款条。有一次他要外出游玩，走之前去对谢特黑的妻子说：“夫人，劳驾您帮我保管一下这只箱子，任何人也不许打开。”女主人当然抵挡不住好奇心的诱惑，于是打开箱子，浏览了全部借款条，心中惊诧不已，思忖道：“真不可想象啊！所有的大臣都是我们这位家仆的债户，而且所欠数额不小！再说，借款条都盖有图章，完全合乎法律程序。”

谢特黑夫人拿了箱子去让丈夫看。谢特黑看过借款条后说：“我决定雇用阿列乌时，他就告诉过我自己出身名门。所以我看到我们所有的大臣都是他的债户并不觉得奇怪。这说明他给我说的都是真话。阿列乌老老实实为我们工作。他为人聪颖，做事勤奋，把我们这个家管理得井然有序。我喜欢他，把他当成了亲生儿子。我很乐意将咱们这个该出阁的女儿嫁给他。来咱们家求亲的人已经不少了，但没有一个中咱们的意。但是如果咱们现在就把女儿嫁给阿列乌，咱们又会在众人面前名誉扫地。因为他是个外来的孤儿，门第还没弄清楚。可要是不嫁嘛，又有些可惜。我真不知道该怎么办好！”“当然，咱们没必要在众人面前丢脸。”妻子回答他：“咱们可以悄悄地把婚事办了，只要梅巴神[2]不怪罪就行。以后再让大家知道他俩是夫妻。咱们没什么好丢脸的，因为所有的大臣都是他的债户。”

谢特黑点头称是。他叫来阿列乌，对他说：“你一来到我们家，我就开始注意你了。我看你为人谦逊，工作努力，又懂礼貌，我就喜欢上你了，把你当成了亲生儿子，所以决定将女儿嫁给你。”阿列乌一听，乐得心里像开了花。谢特黑叫女儿照古代婚礼习俗去祭了梅巴神。

婚后数日，年轻的妻子想去参观王宫，并把这个意思告诉了丈夫。阿列乌对她说：“我在法院里等你。你只要看见我向你招手，就到我跟前来，跪着把一碟槟榔端给我。等我接过碟子，你再对我鞠一躬，然后走开。”

---

① 纳因：柬埔寨古时银币。

② 梅巴神：柬埔寨民间的婚神。

阿列乌确信妻子已经明白他的训导并准备好照他的意思去做，穿上一身最旧的衣服便到法院去了，找到一个老地方坐下。这里来了很多人。那些大小官员、法官和法院的职员，就是那些王室的信使，都像保护人一般向他打招呼，跟他开玩笑，拍拍肩膀，拉拉手，甚至还动不动给他后脑勺轻轻来上一拳。因为大家都习以为常了，知道他不会怄气。阿列乌相当聪明和机警，他只需开个恰当的玩笑便足以博得别人的好感。他一副憨厚的样子坐在那儿，好像没什么事一样。谁也不会想到他已经娶了主人的女儿，一个富有而显贵的财产继承人，一个父母不愿将之许配给高官厚爵的姑娘。就是那些法院职员和王室信使也认为自己有权对他表示轻慢。

这时，一乘豪华的轿子出现了，里面不可一世地端坐着谢特黑的女儿。所有大小官员马上起立，竞相赞美道："啊，她可真是漂亮！花容月貌，旁若无人！难怪王子和那些最最显贵的大臣去求亲也遭到她的拒绝！"阿列乌无动于衷地听着这些议论，说道："我听刚才这里有人说，似乎这个美人儿既不愿嫁给王子，也不愿嫁给显贵的大臣。你们想不想看看我来教训一下这个自大狂？等她从宫里出来，我就对她招手，叫她给我端来槟榔。我敢说她不敢违拗我的意志。你们要是不信我，我可以跟你们打赌。"

那些大小官员不用说是谁也不相信阿列乌的话。他们没想到这会是个机灵鬼。他们不屑地望了望他，说："你一个叫花子用什么打赌?""尊贵的老爷们，这请你们放心好了。我要是输了，可以当场立据，给你们当牛作马一辈子，而且你们可以任意处置我。"

官员们对打这个赌很有兴趣，他们谁都想得到这个兢兢业业、又会办事的听差。他们特别感兴趣的是将不费吹灰之力便可令这个勤奋的听差成为他们的奴仆。因为他们知道，高傲的美人儿是绝不会听从自家仆人的荒唐要求。他们开始私下商量："咱们可以在打赌协议书上写下阿列乌提出的任何款额。咱们是绝不会输的。然后咱们再打赌决定他归谁，这样谁也不会觉得吃亏。"他们都谈妥之后，问阿列乌："我们要是输了，你想从我们这里得到多少钱？多少黄金、白银、珠宝、着挽具的大象和配鞍的马匹？你尽管提出来。"阿列乌拿过纸，在上面写了些自己绝不会吃亏的数目。然后大家在这张协议书上都盖上图章，再将它封好交法院保存。最后大家回到各自的座位上，等着谢特黑的女儿从宫里出来。

美人儿刚从宫里出来，上了轿，阿列乌便向她招手，大声喊道："快给我送槟榔来!"妻子听到丈夫的声音，马上下轿，深深地鞠了一躬，给阿列乌端上一碟槟榔，阿列乌接过去后尝了尝，而后跟妻子和仆人们一道准备回家。他当时就对妻子和仆人们说："要是岳父母、其他家仆或街坊邻居问起咱们哪儿来的这些马匹和大象，你们就说是人家还的老账得了。"

阿列乌向那些官员索要他们的全部财富、大象和马匹，然后回家。谢特黑夫妇看见这么多披金戴银的大象和马匹，都觉得奇怪，问道："这么多的财宝是哪儿来的?""都是人家还的老账。"阿列乌回答。谢特黑和妻子心花怒放，说："好吧，往后咱们就不用再为女婿害臊了。"

不久，老谢特黑夫妇在爱抚和关怀中相继故去。阿列乌继承了谢特黑的爵位。他接来亲生父母和头一个妻子，还有那条老狗。大家一起过着相亲相爱的幸福生活。

以上三则栗周熊译

薛龙切的故事

（马来人）

薛龙切是一个平民型机智人物，出自艺术虚构。在马来语中，“薛龙切”意为“大肚皮”。其人头脑机灵，鬼点子多，敢与最高的统治者进行较量。有关他的趣事，在马来人聚居区广为流传。

惹恼拉甲

从前，在英德拉·帕季①的边境地区住有一个父母双亡的穷孩子。因为他大肚皮，撅屁股，孩子们都叫他薛龙切。他靠帮人捣米和卖柴为生。有一次，薛龙切想去看看拉甲②。他来到宫廷。差役们一看见这么丑陋的人，便把他轰走了。于是薛龙切去换了一套衣服。他穿上满是窟窿的白色灯笼裤，像一簇爬蔓植物又破又烂的巴朱③和开绽的黑色凯恩④，头上缠一条像拴鸡绳的家织印花头巾，又上拉甲家去了。当时拉甲正在剃头，他打算去做星期五的祷告。

---

① 英德拉·帕季：童话中的国家。

② 拉甲：国王。

③ 巴朱：马来民族的直筒上衣。

④ 凯恩：马来人的民族服装，通常是一块长长的用来包屁股的布。

薛龙切登上接待堂，在门口站住，向拉甲恭恭敬敬地表示问候。拉甲和蔼可亲地对他说：“薛龙切，你找我有什么事?”薛龙切鞠了一躬，说：“饶了我吧，我的陛下，我求您了。我这辈子只有一个心愿——那就是能见到您陛下。”

这时剃头匠已经完活。薛龙切一看见拉甲的光头，便大声哭了起来。拉甲问他：“薛龙切，你哭什么?”薛龙切恭恭敬敬地回答：“饶了我吧，我的陛下。我是为不能回答您的问题而感到难过，因为我很担心我的回答会使陛下发火。”拉甲说：“你说吧，我不会发火。”薛龙切回答说：“我哭，是因为我看到了您的脑袋，我的陛下，祝您平安顺遂吧。而您的脑袋又跟陛下您的奴仆、我那已经故去的父亲的脑袋简直一模一样，也是那么光滑，也是那么秃顶。这就是我为什么如此伤心的理由。我似乎觉得又看到了我的父亲。因为他是您的同龄人，两人的个儿也差不多。”

拉甲听了薛龙切的话，心中不禁火起，连脸也涨得通红，说道：“哼，薛龙切，看来穷人家的孩子真是又蠢又不懂事。你怎么敢拿我去跟你那故去的父亲比？我真不知道你是如此的放肆。你在我面前犯了罪，就该处以死刑。”拉甲给了卫士长一个暗示，命令他拿下薛龙切，绑好后塞进一条口袋里。拉甲叫刽子手去处死薛龙切，把他扔进河口淹死。

眨眼的工夫，薛龙切被装进口袋里，再把口袋扔到船上，船便顺流漂去。

智逃未遂

过了一段时间，口袋里突然传出薛龙切的声音：“喂，首席刽子手老爷，你给我一个水罐吧，让我把它当成母亲抱在怀里。既然是死定了，在这生命的最后一刻，让我有一种母亲跟我在一起的感觉也好。”刽子手有些可怜薛龙切，下令给他一个盛有水的大水罐。他们把薛龙切从口袋里拽出来，帮他松了绑，递给他水罐。薛龙切抱住水罐，伤心地哭了起来。

过不一会儿，薛龙切又说：“喂，刽子手大叔，你们不停地划船，一个个都累坏了，看着你们都觉得可怜，你们知道吗，有那么一支歌，哼着它划起船来就省劲多了。你们想不想也哼哼呢？”刽子手们问：“这是一支什么歌，薛龙切？”薛龙切回答：“一些人得拉长声音哼：‘薛龙切抱着水罐潜入水里。’然后大家一起唱：‘让他潜吧，让他潜吧！’”

薛龙切怎么教，那些刽子手就怎么唱。他们一齐唱道：

薛龙切抱着水罐潜入水里。
让他潜吧，让他潜吧！
薛龙切抱着水罐潜入水里。
让他潜吧，让他潜吧！

就在刽子手们唱得正来劲时，薛龙切果真跳进水里。舵手喊了他们几声：“薛龙切抱着水罐潜入水里了！”可刽子手们还在唱：“让他潜吧，让他潜吧！”谁也不去理会舵手。

于是舵手扯开嗓子喊道：“桨手们，你们回头看看吧：薛龙切跳水了！”大家回头一看，只见薛龙切已经站在岸边。这下子怎么办呢？刽子手们纷纷跳下水去追他，好不容易才抓住，又把他绑了起来，装进口袋里，才又撑船向前驶去。

逐　鹿

不久，拉甲的差役们听见从岸上传来一阵拖得长长的鹿嗥声。薛龙切在口袋里说：“唉，天哪，多可惜啊！眼看到手的东西又白丢了。”刽子手们问：“你在说什么，薛龙切？”薛龙切回答：“没说什么。只是在岸上长嗥的那头鹿大概是让我下的捕兽夹给夹住了，可是没人去捡。它就这样白白地死了，谁也没捡着。”刽子手们说：“那咱们快靠岸吧，去把薛龙切捕兽夹里的那头鹿捡回来。”船靠了岸，众刽子手满树林里跑开去，到处去寻找薛龙切下的捕兽夹。鹿在什么地方嗥，大家就吵吵嚷嚷地奔向那里。鹿听见人的说话声，撒开腿跑得无影无踪。

替 死 鬼

薛龙切一个人留在船上时，有个印度布商正好从河边经过。薛龙切看见了布匹在水中花花绿绿的倒影，喊道："饶了我吧，我的陛下，我求您了！请不要逼我娶您的女儿。您还不如把我淹死在河里呢。"

印度布商听见薛龙切的呼喊，走到船头问道："喂，口袋里的人，你这是怎么回事？是谁把你弄到这里来的？"薛龙切哭了起来，回答说："是这么回事，这个国家的拉甲要让我娶他的女儿，可我不干，他于是下令将我处死。"印度布商沉吟片刻，他很想娶拉甲的女儿做妻子，所以说道："怎么？娶拉甲的女儿做妻子？我倒是很乐意。就不知拉甲愿不愿让我替你娶他的女儿？"薛龙切回答说："大叔，只要你没意见，拉甲一定会很高兴。我那么穷他都不嫌弃，何况你还那么有钱呢。你要是有意，就钻进来替我待在口袋里好了。"

印度布商为薛龙切解开口袋，自己再钻进去。机灵鬼将布商的双臂反绑起来。把口袋扎好，并说："等那些差役回来，你就告诉他们说：'我愿娶拉甲的女儿做妻子。'"印度布商点头。薛龙切拿过布商的货，撒腿便向家里跑去。

奉行圣旨

那些上岸去寻找捕兽夹的刽子手什么也没找着，两手空空地回到船上，只听见薛龙切在大声呼喊："我愿娶拉甲的女儿！我愿娶拉甲的女儿做妻子！"刽子手们莫名其妙，问他："喂，薛龙切，你这是怎么了？而且你的口音变得像印度人的口音，你还嚷嚷什么愿娶拉甲的女儿做妻子。这种好事又有谁不想呢？哟，哟，哟！薛龙切，刚才你抱着水罐往河里跳，这次可骗不过咱们了。不管你要什么滑头，我们也绝不会再放你出来。这下子你必死无疑了。”印度布商对他们说：“我根本就不是什么卢切（薛龙切），我是个印度布商，卢切跑了，现在是我想娶拉甲的女儿。”

刽子手们说：“行啦，行啦，薛龙切。你就是装成印度人，我们也要把你淹死。而且你已经疯了，娶拉甲的女儿，难道这是闹着玩的吗？哼，你也太不知天高地厚了。”印度人听了刽子手的这一席话，伤心得一阵痛哭，不过谁也没去理睬这事。他们一直驶到河口，把口袋扔进水里，眼看着它沉入河底。刽子手们回到宫廷，告诉拉甲说他们执行了他的命令，拉甲拍手称快。

天国的口信

薛龙切傍晚时分他回到了家。他回到家便躺下睡觉，整整七天都没出门，一直在琢磨杀害拉甲的办法。他在印度商人的那堆货里找到一件长袍和一块缠头，打扮成哈吉[1]的模样，拿了一串相当长的念珠和手杖，便到宫廷去了。

当时宫里正值国王临朝，所以里面有不少人，拉甲觉得好像看见了一身哈吉装束的薛龙切，再仔细一看，真是个活脱脱的薛龙切。拉甲问：“我的大臣，那是谁呀？不是薛龙切吗？”朝臣们回答：“正是他，陛下。我们这些您的奴仆也是这么觉得。”拉甲说：“喂，你们去叫那个哈吉过来，咱们来问问他来自何方？”一个大臣叫了一声薛龙切：“喂，哈吉老爷，请您上这儿来！拉甲叫您。”薛龙切听见大臣叫他，走过来向拉甲鞠了一躬，说：“祝您平安，穆民[2]之主。”拉甲说：“也祝您平安，穆斯林，你是谁呀？”薛龙切回答说：“饶了我吧，我的陛下，我是被您下令处死的那个薛龙切的幽灵。我现在生活在天国，而不是在罪孽深重的阳世。”

拉甲和朝臣听了这番话后心里甚觉纳闷。拉甲说：“莫非你真的是我下

① 哈吉：伊斯兰教徒朝拜过麦加“克尔白”者的称号。
② 穆民：伊斯兰教徒的自称。

令处死的那个薛龙切的幽灵?”薛龙切依次地摸着一颗颗念珠，回答说:“是的，陛下，这是真的。您好好看看，我的装束都变了，这身衣服是我父母给的，他们照上帝的旨意住在天国，住在逍遥宫里。”

拉甲说:“好哇，既然这样，那你也该听到我那故去的父母的消息喽!”薛龙切回答:“不仅听到，我的陛下，您父母的幽灵还请我到他们那里去玩了一趟呢。我看到了他们的宫殿，那可比您这里还要富丽堂皇。”拉甲说:“那我的父母问起我了吗?”薛龙切回答:“那还用说，我的陛下。我把我死的情况都告诉了他们。他们一听说是您下令处死的我，都气极了。他们还说:‘我们的儿子为这么一点小事就剥夺你的生命，简直太不像话。’他们还吩咐我父母的幽灵送我回到这个世界，因为我原定的死期还没到。您的父母还要我捎信给您，叫您赶快去看看天国，因为他们非常想您。您呀，我的陛下，要是真的去了，我估计很可能都不想回来，因为天国实在是太令人神往。而且要不是他们求我办这件事，我也不回来了。不过话又说回来，只要我的陛下愿意，在地面上也可以看到您的父母。我可以教您搭起一座高台。有那么一篇祷文，您只要一念，马上就可以看到您父母的生活情况。要是谁也看不见，那我说一句不客气的话，这就说明您是个私生子。在您的父亲的赞许下，我已经会背这篇祷文。我只要一想父母，念上一遍后就能见到整个天国情况。”

拉甲和朝臣们听着薛龙切的一席话，个个都信以为真。他说:“薛龙切的幽灵，七天以后我就把高台搭起来。”薛龙切向拉甲深深鞠过一躬，请求让他回家。

思亲心切

拉甲命令首席大臣尽快地把高台搭起来。没过几天，差役们便完成了任务。到了薛龙切实践诺言的时候了。他来找到拉甲。国王从宝座上站起，向高台走去，后面跟着文武百官和全体百姓。他们登上高台，各就各位坐好。薛龙切把祷文教给拉甲和朝臣，然后说:“原谅你们的奴仆吧，我的主人。

你们要是念了祷文，又见不到自己的父母和整个天国情况，那就证明你们是私生子。这是陛下的父母对我说的。”拉甲说：“一切都听上帝安排吧，他会祝福我们的。”

薛龙切教会了拉甲祷文，说：“我的主人啊，你们往天上瞧，看看自己的父母吧。”拉甲和所有的朝臣都抬起头来往天上看。过了不一会儿，薛龙切问：“怎么样，我的陛下，看见您那端坐在无比壮观与雄伟的国王宝座之上、四周簇拥着年轻仙女的父母了吗?”拉甲沉思起来：“如果天上只有云彩，什么也看不见，我怎么能说‘看见’呢?可要是说‘没看见’，薛龙切肯定会到处去说我是个私生子。不，最好还是撒谎，也比被薛龙切羞辱强。”于是他说道：“我看见整个天国了。”别人也鹦鹉学舌地重复了他这句话。

这时薛龙切又说：“我的陛下啊，如果您还不满足，我明天可以送您到父母那里去，也好排遣您对他们思念之情，还可以让您看到比今天更美妙的东西。”拉甲回答说：“好吧，明天我亲自到父母那里去。”朝臣们也都想去一趟天国，可薛龙切劝他们说：“先还是让陛下一人跟我去吧。等我们回来，我再送你们去。”

拉甲从高台上下来，回到宫里对薛龙切说：“你快去张罗吧，明天一大早咱俩就上路。”薛龙切回答说：“随您的便，我的陛下，只是您先得叫他们做一乘周围是栏杆的水晶轿子，准备好路上所需物品，还别忘了准备一些绳子。”拉甲马上命令工匠们连夜赶做出薛龙切所说的那种轿子，要求他们无条件地完成任务。然后他回后宫去了，薛龙切则和朝臣们在接待堂里过夜，谁也没有回家。

通往天国之路

第二天早晨，拉甲行了洗脚礼①，吃了点儿米饭和甜食，告别了妻子和女儿，来到了接待堂。文武百官和全体百姓对他山呼万岁。轿子也立在了那

① 洗脚礼：某些东方民族的宗教仪式。

里。拉甲一见薛龙切便问："怎么样，都准备妥了吗?"薛龙切向他鞠了一躬，回答说："都妥了，陛下。"拉甲动身了，其余的人都尾随其后。薛龙切领着他朝一个山洞走去。这个山洞很深，看来也只有上帝才知道它有多深。

过了不一会儿，他们来到了目的地。薛龙切又向拉甲鞠了一躬，说："您瞧，我的陛下，这就是通往天国的入口。"拉甲回答："既然如此，那咱们就快下吧。让朝臣在这里等咱们。"薛龙切说："请您上轿，陛下，我坐在外边的栏杆上，当他们往下送绳子时，我好给他们指路。"

拉甲上了轿，薛龙切在栏杆上坐下。等一切都准备就绪，文武官员和所有朝臣便开始放绳子。轿子在一步步地往下滑，薛龙切却在考虑逃命的办法。根据上帝的旨意这个洞还有另外一个出口，从这个出口可以出到洞外。薛龙切发现它后，马上从栏杆上跳下，攀住途中一处岩壁突出的地方。拉甲却无法往外钻，因为轿子往下滑得太快了。

遗　嘱

薛龙切看见拉甲不能从轿子里出来，而是越来越向下滑去。等到看不见以后，他模仿拉甲的嗓子喊道："喂，文武百官们，你们快把绳子割断了吧。我已经见到父母，他们不让我再回到地面。以后就让薛龙切顶替我的拉甲职位，再娶我的女儿肯蒂为妻。"

文武朝臣听见了这几句话，割断绳子，水晶轿子于是径直掉进一条大龙的嘴里。后来朝臣们回到宫里，向皇后和公主转达了拉甲的临终遗嘱。肯蒂一听父王的遗言，一下子心都碎了，哭得很伤心，女仆们也跟着她一阵恸哭。肯蒂哭得晕了过去，一直处在昏厥之中。女仆们给她洒玫瑰水，公主恢复知觉后才下令给父亲办丧事。

新　君

薛龙切在山洞里度过了七天七夜，为找出口弄得他精疲力竭，最后，按上帝的旨意他来到一个明亮的通道，爬出山洞后回到了家。第二天，薛龙切到宫里去了。文武百官见到他，都恭恭敬敬地对他表示欢迎，簇拥着他走进宫里，让他在国王宝座上坐下，自己则在四周围坐下来。他呢，反倒装出一副不知情的样子，不明白这是怎么回事。这时首席大臣发话了："喂，大小老爷和文武百官们，年轻的和年老的，穷人和富人——我们国家的全体臣民！根据已赴天国的先王的遗嘱，薛龙切老爷成为我们的新国君，因为先王的父母不让我们的拉甲再返回阳世。先王还吩咐把他的女儿肯蒂公主许配给薛龙切。"

所有在宫里的人都听见了这番话，心里觉得纳闷，但都不吱声。薛龙切还装出一副战战兢兢的样子，说道："上帝保佑，陛下干吗要降下这样的圣旨？我一点儿也不想当拉甲。既然我已经是天国的人，为何还需要阳世的荣耀?"首席大臣说："我不敢违拗陛下的旨意。"薛龙切不再说话。首席大臣又接着说："下面新拉甲与肯蒂公主喜结良缘。"一个宗教法官走上前来，也不举行任何仪式，只是向新婚夫妇表示了祝福。

以上十则粟周熊译

卡巴延的故事

（印度尼西亚）

卡巴延是印度尼西亚民间故事中的著名机智人物，属劳动者型，出自艺术虚构。这个人物，憨厚质朴，滑稽诙谐，但其性格不尽一致，有时是个机敏聪慧的智者，有时则是愚不可及的笨伯。不论他聪明还是蠢笨，都受到人们的热爱，因为他的性格随着情势的变化而变化，往往有着一定的寓意。他的名字不仅在巽达地区家喻户晓，而且在整个印度尼西亚也广为人知。印度尼西亚作家乌堆·宋丹尼曾根据他的故事创作了剧本《卡巴延》。本书选入的作品，译自印度尼西亚作家、评论家阿伊普·罗西迪的民间故事集《卡巴延》（1977 年）和印度尼西亚《民间故事》第三集（1963 年）。

卡巴延和村长

卡巴延非常向往成为一个伊斯兰宗教的学生。因此，有一天他穿上一身伊斯兰教学生装，然后去寻求一位宗教老师。

他来到一个村庄，正好那村里的居民要做星期五祈祷，可是缺乏一位长老，于是就请卡巴延做主持人。

“哦！我当然愿意担当。”卡巴延说。“不过必须有个人愿意把我诵的经从阿拉伯语翻译成我们自己的语言。村里有这样的人吗?”

刚好有一位才被提升的村长，因为想当上那地区的族长，于是毛遂自荐，夸口善于阿拉伯文，自告奋勇地走上前去充当翻译。

“好!”卡巴延说，“不过我所说的一切大家都得照办。”

“同意!”参加祈祷仪式的人一致回答。

他们开始做祈祷，卡巴延诵经：“阿尤哈纳斯!”

村长立即翻译：“来，给他菠萝!”村民们立即把菠萝拿来，献给卡巴延。

“安西图……”卡巴延又说。村长把这段话翻译成：“把那儿①的鱼拿来给他。”在场的人立即照办。他们立即下大池塘里去为卡巴延捕鱼。

最后卡巴延口中念念有词：“比比里瓦坦萨奥那……”

村长以为卡巴延说的意思是“阉过的绵羊”，而那村里唯一的一只是村长自己所有的，所以他大发脾气地说：“哎呀，这是一个贪心不足的长老。弟兄们!他不要脸，把他撵走。”

卡巴延吓得屁滚尿流，匆匆忙忙地逃了，菠萝和鱼也顾不得了。

卡巴延想成亲

卡巴延想成亲。有一天他问父亲，结婚有哪些仪式，该如何进行。他的父亲答道：“你去请教村长，他怎么说，你跟着怎么做就行。”于是卡巴延就去找村长了。村长问道：“兄弟，有什么事吗?”“兄弟，有什么事吗?”卡巴延学着问。“哎，你怎么这样回答?”村长又问道。“哎，你怎么这样回答?”卡巴延照样学着问。“你是不是神经病?”村长怒责道。

村长先生以为卡巴延是在耍弄自己，怒不可遏，于是打了卡巴延一个耳光。卡巴延也怒气横生，还了村长一巴掌，于是两人扭打在一起。

卡巴延鼻青脸肿的回到家里，父亲见他如此狼狈，急忙问道：“喂，卡

---

① 那儿：指大池塘。

巴延，怎么样了，你学会结婚了吗?”

卡巴延不停地摇晃着脑袋，说：“不成，结婚真不是滋味，爸爸，我已领教够了，不敢再结婚了。”

人穷不受辱

卡巴延生活贫穷，但是他不愿被别人瞧不起。因此，当施舍节到来时，他向几位朋友发出请帖，邀请他们来家吃饭。他在请帖中讲明到他家的路泥泞不堪，因为他家的房子正在翻修。

根据约定的时间，他的朋友们全都赶去了。他们到那儿一看，十分吃惊，因为那儿什么也没有准备，于是齐声问道：“卡巴延，你的饭菜在哪儿呀！你不是邀我们来赴宴吗?”

卡巴延听了怪不好意思的，他轻声细语地对老婆说：“他们这些人真够贪心的，我在邀请信中明明写着到我家的路泥泞不堪，房子正在修理，可是他们还是都来了，真是米太贵了。”

迎接客人

有一天，卡巴延家来了一位很久没有来访的客人。主人很想把自己的妻子向那位客人介绍，于是他冲着卧房喊：“阿妹！阿妹，来一下！”但是他的妻子没有露面。原因是她赤身裸体出不了房门，因为他们家唯一的一身衣服已在卡巴延身上。

卡巴延一再地叫喊，他的妻子最后只得用一只篮子遮住身子走出房间。看到妻子这般模样，卡巴延大吃一惊，觉得这样去见客人太丢脸，于是他急中生智，立刻叫了起来：“阿妹，阿妹！这儿有一个骗子，快把他撵出去!”

取消斋戒

斋戒月的一天中午，快到祈祷时分了，卡巴延刚从打城里回来的朋友西拉赫手里接过一支大拇指粗细的雪茄。西拉赫嘱咐他待一会儿再打开，卡巴延很有礼貌地说："谢谢，朋友！"

西拉赫走了以后，卡巴延吻了手中那枝又粗又香的雪茄，顿时想尝尝的欲望涌上心头，但是又担心别人知道。因此他跑到田间一洞穴中急忙将烟点着。正当他美滋滋地品尝着那香雪茄时，突然传来了他老岳丈的叫唤声："卡巴延！卡巴延！"

卡巴延吃了一惊，急急忙忙将雪茄藏进头上马来式的无沿儿呢帽里，因为他觉得扔进田里太可惜了。

他的岳父看到女婿的头上冒出青烟感到十分惊奇，急忙问："卡巴延！什么东西烧着你的帽子了？"

卡巴延越来越害怕，觉得怪不好意思的，于是马上回答说："咦！咦！是雪茄，是夜间进食后剩下的，忘了将它熄灭了。"

气壮如牛，胆小如鼠

一天清早，卡巴延发现自家的水牛被人偷了。也许做贼心虚，那贼匆匆忙忙将头巾落在偷牛的地方了。说来也巧，卡巴延认得那条头巾是西拉赫的。

"嗯，肯定是西拉赫这家伙偷了我的牛。"他自言自语地说，立刻磨起刀来，"我非把他剁成肉酱不可，他太缺德了，竟敢偷我的牛。"

卡巴延带着一把长刀和作为证据的头巾，怒气冲冲地向西拉赫家走去。脑子中不断闪出一个念头："非宰了他不可，把他剁成肉泥。"

西拉赫身材魁梧，满脸络腮胡子，看到卡巴延来到自家门口，大声喊道："你要干什么？"

“哦！哦！”卡巴延说，“我把你落在我家的头巾带来了。”

“谢谢！”西拉赫粗声粗气地说。

“不用谢，兄弟！”卡巴延一边答，一边恭恭敬敬地低头哈腰地向西拉赫告辞了。

问　路

一天，正当卡巴延爬到糖棕榈树上想偷棕榈糖汁吃时，刚好被主人发现了，主人还未开口卡巴延就朝下喊道：“大哥，大哥！请问这是通往天堂之路吗？”

卖头巾

西拉赫从阔老子那儿得到一笔遗产。有一天他路过卡巴延的园子，看见有一条头巾正挂在一株无花果的树枝上。“西拉赫，我手头缺钱花，”卡巴延说，“晒在那树枝头的头巾是我的，是巴卡罗安产的，非常好，你愿买吗？”卡巴延一边说一边用手指向挂头巾的树枝。

西拉赫仰头又望了一眼，因为他有的是钱，所以没有讨价还价就将它买了下来，卡巴延一接到钱就匆匆离去了。

西拉赫上树去拿那刚买下的漂亮头巾，但是当他伸手去取时，那头巾突然飞走了。这时西拉赫才感到受了骗。

“婊子养的！”他诅咒着。他上了卡巴延的当了，原来是一只布鲁斯鸟被说成头巾。

种香蕉

卡巴延正在挖洞穴，西拉赫走到他的面前问：“卡巴延，你干吗要挖洞呀？”

“种香蕉。”

“种香蕉干吗?”

“吃呗!”

“为啥要吃香蕉?”

“为了得到力气。”

“得到力气有啥用?”

“挖洞。”

卡巴延制锅

为了生计，卡巴延在大路边开了一家铺子，专门做制锅的生意。第一个到他那儿定做锅的顾客拿来一块铜，说道：“卡巴延，我家的锅年头多了，破了，劳驾帮做一只锅。”“好的，先生。”卡巴延答道。

三天以后，那位顾客来取锅了。当他看到卡巴延递给他一只茶罐时，顾客感到奇怪，问道：“卡巴延，这不是茶罐吗？不是锅呀!”

卡巴延表示道歉，请求原谅，并且答应修改，约定三天后取货。

“呀！这哪儿是锅呀？卡巴延，这不是油炸锅吗?”第二次来取货时，顾客拿到货后问道。

卡巴延再次请求原谅，并答应重新加工，三天交货。三天后顾客又来了。当卡巴延递给他一只杯子时，他更为惊奇了，问道：“卡巴延，这不是杯子吗？根本不是锅。”

卡巴延第三次向顾客道歉，又像前两次那样答应修改，约定交活期缩短到一天。第二天，顾客来到卡巴延的铺子里，当他看到自己定做锅的铜现在只剩下指甲盖那么大一截时，他的惊奇达到了顶点，急忙问道：“卡巴延，这是什么玩意儿?”

“这是拔胡子的镊子。”

“镊子得有二片，这样才能夹住要拔的胡子或头发，只有一片怎么拔呢?”

“哦，那不必要，朋友，”卡巴延答道，“另一片用指甲代替就行啦!”

那位顾客被卡巴延说服了。他带着卡巴延制作的特殊镊子回家了。

待客加糖

一天下午，卡巴延家来了一位中爪哇的客人，因为那客人戏言将给卡巴延提供做生意的资本。卡巴延对来客非常热情，而且要特别地宴请他。他亲自为客人送上糕点，端茶倒水。

客人呷了一口茶时，卡巴延立刻问道：“不‘阿米斯’吧？先生?”

他的真实用意是“不够甜吧，先生?”因为“阿米斯”在爪哇语中是鱼腥味的意思，于是那位客人立即举起杯子，用鼻子闻了闻，说：“不，卡巴延先生，不‘阿米斯’。”

卡巴延以为客人说不够甜，于是立即向客人的茶杯里加了两勺糖。当客人再品尝茶时，卡巴延又问：“不‘阿米斯’吧？先生!”客人又像原先一样回答：“不，卡巴延先生，不‘阿米斯’。”

于是卡巴延又为客人加了四勺糖。客人喝一口茶，卡巴延就问一次，这样反复了多次，而客人的回答始终如前，以致后来客人的茶杯竟被糖填满了。因为这样，客人认为自己被卡巴延看成不懂事的小孩儿，被主人戏弄了，内心甚感不悦，就不辞而别了。当然，卡巴延指望的经商资本也落了空。

“愚蠢的客人。”卡巴延心头不高兴，喃喃自语道。

抗　雨

有一个时期，不知什么原因，卡巴延作为善于抗雨的人而闻名。他经常应邀出席抗雨仪式，回家时口袋总是鼓鼓的，装了好些食品。

有一天，他又被邀请去出席一个抗雨宴会，当他来到设宴的村子时，空中乌云滚滚，他的脚刚迈上阶梯，大雨倾盆而下。

卡巴延立即脱去衣服，只剩一条衬裤，一下蹦到院子里。他手举祖传短箭，对着上天来回跑个不停。可是雨相反越下越大，接着还出现了雷声隆隆，电光闪闪的场景。但是卡巴延置之不理，他继续高举手中的短箭一个劲地跑来跑去，最后实在累了，只得上房①去。

“怎么搞的，卡巴延？”房主人说，“雨不仅没停，相反愈下愈大。”

“唷！要是我不和它对抗，还不知道会怎么样呢！”

偷吃木菠萝

有一次，卡巴延偷木菠萝吃，刚好被主人遇见。

“嗨，卡巴延，你偷吃了我的木菠萝，嗯？”主人责问道。

“没有！”

“耍赖，证据俱在，你的嘴唇因为本菠萝汁还黏糊糊的呢！”主人追逼着。

“哪能呀！我是在家里先抹了油再出来的，不是吗？”卡巴延辩护道。

理　发

卡巴延的头发太长，妻子叫他去找理发师，说道：“卡巴延，这是一戈榜②铜板，去把你那臭头发剪一剪。”

卡巴延来到一位在一棵酸果树荫下设摊的理发师那儿。碰巧那位理发师是一个嗜好侃大山的人，他的舌头和他的手一样的忙，可是卡巴延的性格和他的相反，既不爱聊，也不愿听，对他十分讨厌。

“剪短点！”卡巴延不耐烦地说。“好的，卡巴延！”理发师答应后又继续讲他的故事。隔了不一会儿，卡巴延又叮嘱道：“剪短点。”理发师再一次回

---

① 上房：印度尼西亚乡村的房子多为高脚屋，登上梯子才能进到屋里。

② 戈榜：荷兰殖民统治印尼时代的两仙半铜币名。

答“是”！接着理发师一边继续讲那没完没了的故事，一边将卡巴延的头发大绺大绺地剪了下来。卡巴延坐在那儿打了几个呵欠，然后又说：“剪短就得了！”

咯尔咯，咯尔咯，理发师的剪子更凶狠了，但他的嘴还在说：“最后那位少女被拉赫拉瓦纳拐骗走了……”卡巴延对理发师的童话越来越厌恶，再也耐不住性子高声嚷道：“我说剪短了就行，剪短就可以了，你听清了没有？”

“哦！你要怎么个短法？卡巴延！你的头已光如土豆了。”

“你说什么？已成光头啦？”卡巴延几乎哭了起来，因为他心里明白，回村时孩子们见了都会拿他开玩笑：“光头，卡巴延，秃顶！卡巴延！”

施计得鱼

有四个人一块儿去河里捉鱼，收获不小。他们捕到许多鱼便急匆匆喜洋洋地回家去了。但是，走到半路上他们中的一个人突然停住脚步嚷道：“嗳！哥儿们，好像我们中有一人没有回来，可千万别让河水冲走了。我们从家里出来时不是四个人吗？可是现在只剩我们三个呀，一、二、三。”

因为他只数了自己的同伴而没有把自个儿计算在内，以致得出上述的结论。然后他们轮流数数，一连数了几次，最后得到的结果还是同一个数——三。

正当他们着急之际，卡巴延刚好路过那儿，立刻领会了他们数错在哪儿。便向前问道：“伙计们，发生什么事啦？”

“我们丢失了一位同伴。”渔夫们答，“今日天蒙蒙亮我们从家出来时共四个人，可是现在只剩下三个人了，我们担心有一人被急流冲走了。”

“哦！是这样？我相信你们的那第四位同伴不是人，而是扮成你们同伴模样的鬼。啊呀！我害怕。”卡巴延一边跑，一边喊：“鬼，鬼！”那几位捕鱼人也都急急忙忙地往各自的家里跑，捕的鱼也顾不得了。不过卡巴延没有跑多远，然后他又返回来取那几位惊恐万状的捕鱼人丢下的鱼。卡巴延一回到家里，就连声对妻子喊：“老婆子！快来，你瞧这么多，拿去油炸！”

卡巴延得子

正当卡巴延在田园里时，有人告诉他，他的妻子生孩子了。听到这个喜讯，卡巴延不禁一边跳，一边哼着小曲，同时还不停地拍着自己的肚皮。

“卡巴延，你干吗要这样？”报信人问。

“为的是米多多的。”卡巴延答道。

“哪能呢？卡巴延！你的孩子是一个丫头。”

卡巴延停止了跳跃，然后模仿木杵在石臼里杵谷的声音。报信人问他为啥，他答：“为的是我的女儿日后成为难看的小丑。”

为什么富不起来

卡巴延和妻子一块儿去盖代山修行，为的是能够发财致富。正当他俩修行时，一位仙人出现在他们的面前。仙人说道：“卡巴延，你们可以向我提两个请求，我可以满足你们，但是只能提两个，多一个也不行，你夫妻俩可以商量一下。”

卡巴延当即和妻子商量开了。卡巴延想要很多钱，而他的妻子想得到许多谷子，商量来商量去，夫妻俩的想法老是不一样，结果伤了和气。卡巴延怒气冲冲地说：“哦！仙人，但愿我的这妻子变得像猴子一样丑陋！”

卡巴延的请求被满足了，顿时他的妻子变成了一只猴。

看到妻子真的变成丑猴，卡巴延后悔莫及，于是立即请求仙人把他的妻子变成原来的模样。仙人又满足了他的要求。但是因为卡巴延已提出了两个请求，所以他不能再提什么了。因此，卡巴延一直到死都过着贫穷的生活。

想入非非

有一天，卡巴延的老丈人叫他去摘椰子卖，并答应他每十个抽一个作为报酬。

卡巴延爬到椰子树上就盘算开了，如果能从摘卖椰子中得到那些工钱，我将用它来买鸡蛋，然后又将鸡蛋孵成小鸡，我将养很多鸡，然后又将它们卖掉，再用所得的钱买一对羊，等到它们繁衍多了又将羊群卖掉，然后我将买水牛来养……啊，别！最好还是先买马，买赛马，参加赛马比赛，说不定我还将成为名骑手呢！正当他这样想时，卡巴延好像骑手一样坐到一枝椰子树的叶梗上，并像跑马似的一颠一颠的，得意忘形。突然那根树枝断了，卡巴延一跟斗栽了下来，幸亏树下是一个池塘，虽然没有摔伤，但像只落汤鸡，浑身烂泥巴。

好险啊！他忍住痛心想，幸亏我只买了马而不是羚羊。

做猫生意

卡巴延心里很烦，他的老丈人总是唠唠叨叨，说他是一个懒汉，不愿干活。“卡巴延，去找点活计干吧！”每天他都听到老丈人这样催促着。

一天早晨，卡巴延精神焕发地来到老丈人的面前说：“阿爸，现在我就要去干活啦。”

“干什么活？”老丈人高兴地问。

“我想做生意。”

“好，好，那么做什么买卖呢？”

“做猫生意。”

“什么？做猫生意？那可不是好做的，再说有谁要买猫呢？哪儿来本钱？”他的老丈人提出一连串问题。

“本钱就是猫叫声。”

“什么？猫叫声？从猫叫声能得到什么好处？”

“可以尝尝臭酸味就足够了。”

他的老丈人摇了摇脑袋，担心女婿的神经错乱了。可是卡巴延觉得心满意足，因为他已经摆脱了烦恼。

装　病

雨季到了，农民耕种的季节来临了。几场大雨使整个旱季久晴未雨的土地变得湿润了。

一天下午，雨变小了，老丈人对女婿卡巴延说：“卡巴延，耕田的季节到了。”

“是，爸。”卡巴延附和着说。

“我知道在巴西尔·蒙赞一带有一块很肥沃的土地，如果咱们把它开垦成田园肯定非常好，那儿的野猪也不多，要是咱们在那儿种地，你觉得怎样？”

“好，爸！”

“要是你同意，明日一早咱俩就动身行不行？”

卡巴延没有吱声，老丈人等着他答话，但是等了好一会儿也没听到女婿的回答声。因为卡巴延只是一声不吭，所以老丈人以为女婿已经同意，于是静等了片刻之后又说：“咱们早点动身，明日天亮就走，现在你就去睡吧！可别睡过时了！”

卡巴延早已呵欠连声，他什么也没说，就朝自己的房里走去。没隔多一会儿就听到他的鼾声雷动。

第二天，天刚刚亮，老丈人喊卡巴延起床。但没有听到女婿答应声，也没有听到女婿打呼噜的响声，只听见从房里传出一阵阵喊痛的呻吟声。

“怎么啦？卡巴延？”老丈人问道。

卡巴延回答：“肚……肚子痛，肚子痛……肚子痛死了！”

老丈人吃了一惊，站在那儿发呆好一会儿。他站得越久，卡巴延的叫痛声越厉害，最后他才说：“好吧，卡巴延，假如你肚子痛，现在就不用到巴西尔·蒙赞去了，我一个人先走了，待一会儿如果肚子不痛了你就追我来吧，多喝一些热苦茶水，肚子会很快止痛的。”

老丈人走远后，卡巴延的房里再也没有发出喊痛的呻吟声，听到的只是他熟睡的呼噜声，压根儿看不出他肚子痛的迹象。

那一天，卡巴延的老丈人干得很卖劲，独自一人在巴西尔·蒙赞清理要开垦地上的灌木杂草，一直干到天黑才回到家里。

“你的肚子痛好些了吗？卡巴延！”老丈人回到家时关切地问道。

“现在稍好些了，爸。”卡巴延答道。

“谢天谢地！”老丈人说，“明日你得去帮我，尽快把地整好。”

“明日我一定去帮忙，爸！”卡巴延说。

第二天早上，老丈人一遍一遍地叫女婿起床，但是没有听到任何动静。老头敲敲房间的隔墙，喊了一遍又一遍，但是卡巴延就是不回答。

“卡巴延，卡巴延，起来，太阳已经很高了，快起来！”

还是一点儿回音也没有。

卡巴延的老丈人心中纳闷，想：难道卡巴延到水管下冲凉去了？

于是他风风火火地向水管走去，冲澡的水管在去巴西尔·蒙赞的路边，但是没见卡巴延的踪迹，只看见自己的女儿——卡巴延的妻子在那儿淘米。

“伊盖姆，卡巴延呢？”老头急忙问道。

“还不是在睡！”老头的闺女答道。

卡巴延的老丈人气不打一处来。他明白，刚才女婿对他的叫声只是充耳不闻，自己的叫喊声如此响亮，叫了一次又一次，卡巴延没有醒过来是不可能的，只能说由于懒惰而故意不理睬他。

“缺德！”老丈人内心骂道，“懒鬼，本性难移，一次次地喊他，哪可能睡安稳觉啊！”

他也不愿再回家叫卡巴延了，于是只得独自一人向巴西尔·蒙赞走去，他对那个偷懒的女婿十分恼火。

田间偷懒

老丈人连着干了两天，在田头已经堆放了好几垛草木垃圾，只要让太阳晒上四五天，那些草木垃圾肯定干燥可以烧成草木灰了。

当老丈人下工回到家里时，卡巴延还在竹椅上闭目养神，看到老丈人回来了，卡巴延问道："阿爸，怎么样了？地整好了吗？"

因为恼火和生气，卡巴延的老丈人没有理他，径直走进屋里，把砍柴刀插进墙里。

四天以后，他的老丈人对卡巴延说："现在草木垃圾已经干了，我们得抓紧把它烧了。明日咱俩一块儿到地里去。"

"好的，爸！"卡巴延回答。

"你可别再撒谎！"老丈人说。

"嗯，如果肚子不痛，我哪能不乐意陪阿爸去田里干活呢？"

次日，卡巴延真的跟老丈人到田间去了。天黑乎乎的，十分凉爽，卡巴延非常卖劲地烧田头的草木垃圾堆。他一边烤蝗虫和蟋蟀，一边烤火取暖，嘴里不停地嚼着那香喷喷的野味。

快到晌午时，太阳灼热烤人，卡巴延开始偷懒了，他不再帮助丈人烧垃圾，而是躺到树荫下去歇凉，同时模仿着鸟群啼叫的声音。看见女婿的一举一动，老头了气得要命，只得闷着气独自一人埋头苦干。

中午，卡巴延的妻子送饭来了。看到老婆来了，他一骨碌从地上跳了起来，马上迎上去接过妻子送来的食品。

"我有烤蝗虫和蟋蟀，用来下饭肯定很香。"卡巴延说。

吃完饭后，卡巴延又不知到哪儿去了，下午在田里干活的只有他的老丈人一个人。

几天以后，播种的时节到了，老丈人对女婿说："卡巴延，明日我们必须播种，你得到田里去给我做帮手。"

"好的，爸！"卡巴延答道。

第二天一大早，卡巴延就被老丈人叫醒了。卡巴延立即起床，一边穿好沙笼，一边对老丈人说：“爸，你先走一步，我要到河边去一下，肚子痛。”

老丈人信以为真，认为卡巴延到河边去解大便。他在路上等女婿，但等了好一阵子也没有见到女婿的身影。老人家怕耽误工夫，无心久等，便独自一人先到地里去了。一直到太阳西沉，所有的活儿已经干完也没见卡巴延到来。老头子又被女婿戏弄了，真是气又不打一处来。他一踏进屋里，就问老伴：“卡巴延到哪儿去了?”

“他一整天都在房里睡大觉。又怎么啦?”老伴答道。

老头子没有答话，既不骂卡巴延，也不对女婿生气，打那以后只是不再理睬卡巴延，如果田里有活，他也不再叫女婿帮忙。他知道，为了逃避干活儿，卡巴延总是有各种借口的。

几天以后，那块地已播种完了，除了种稻子。卡巴延的老丈人还在那块地里种了豆子、木瓜和其他杂粮。

几个月以后，稻子黄澄澄的，各种杂粮也长势很好，丰收在望。

装神弄鬼戏岳丈

有一天，老头子在房间里对老伴说：“老婆子，不用几天咱们就可收割了，稻子和杂粮都长得很好，都归咱们自己，不要分给卡巴延，因为他太懒又不愿意帮我干活。”老头子讲话时故意拉大嗓门，为的是让卡巴延听得见。

当时卡巴延正躺在自己的房间里，老丈人说的那番话他听得清清楚楚。他是多么的伤心啊！原先他满以为自己的老丈人会发善心的。可是听了老丈人那一番话后，他的希望好像一缕青烟，被风吹得完全消失了。

卡巴延一连几天几夜未睡好，开动脑子想办法，连吃饭也不香。有一天他问自己的妻子：“伊盖姆，你爸叫什么名字?”

他的妻子听了，皱着眉头奇怪地望着丈夫反问道：“干吗你要违反禁忌问一些不该问的事情？如果随便叫老人的名字，我们就不会走运。”

“是，不过假如以后有人问我阿爸的名字该怎么回答呢？要是我回答不上来那该多难为情啊?”

妻子听了既同情又理解，隔了一会儿她慢悠悠地用颤抖的声音回答说：“古多。”她的声音十分微弱。

三天以后，卡巴延的老丈人约老伴搬到田头去暂住，因为马上就要开始收割了。通常如果到了收割季节，人们就在田间挖一洞穴，暂作栖身之地。农民们一直要在田间洞穴中住到稻谷晒干，准备运回家入屯时为止。那一对上了年纪的老夫妇搬到田间，他们不愿叫女婿一块去，就连自己唯一的女儿也不例外，因为他们讨厌女婿卡巴延。

开镰收割了。全部稻子收割完后，老两口又将它们晒干捆成捆。

稻子已经堆好，正准备往家运时。卡巴延到集市上买了一包酒曲，用水将它调好，第二天天没亮卡巴延就起床了。他用那酒曲，调好的水洗澡，接着在木棉堆上打滚，浑身沾满棉花，白白的，好似浑身长出了白毛。接着他匆匆动身向老丈人的田头走去。

在那田头的附近有一个坟墓，因为那墓穴的地点在一棵茂盛的榕树荫下，给人以一种神圣的感觉，常常有人到那儿去朝拜。卡巴延偷偷爬到那榕树的树枝上。

天大亮了，卡巴延看到老丈人正将稻捆放得整整齐齐的准备往回运。卡巴延看了看老丈人，接着他扯开嗓子喊：“古多，古多!”他尽量提高叫喊声。卡巴延的老丈人吃了一惊，忙抬头向四处张望，看看究竟是谁在叫自己的名字呢？根据巽宅族人的风俗，如果某人已有了孩子，那么别人就用他孩子的名字称呼他。老头已经十几年没有听到过别人喊自己的名字了。平日里，人们都叫他伊盖姆爸，他对那样称呼已经习惯了，以致他几乎把爹妈给自己取的名字淡忘了。村上人知道他的名字的人也只有一两个人了，也就是他孩提时代一块儿玩耍的朋友，但是他们已经老了，而且也不可能到离村庄挺远的巴西尔·蒙赞来啊？他看来看去一个人影也没看到，他估计只是一种错觉，于是他又接着干自己的活。但是当他刚从稻垛上举起一捆稻子时，耳边又传来了响亮的叫喊声：“古多！古多……”

他再也沉不住气了，相信的确有人在呼唤自己的名字，但是是谁呢？他的思绪立即飞向盘踞在巴西尔·蒙赞地区的怪物，他两眼凝视那神圣的离他干活地点不远的坟墓，顿时他的脑子嗡的一下变得十分沉重，不禁大吃一惊。因为他看见榕树的最低的一个枝杈上，悬腿坐着一只浑身白毛的野兽。啊！看样子那就是出没在巴西尔·蒙赞的幽灵，估计它就是住在那神圣坟墓中的神。

看到老头十分恐惧而浑身发抖的样子，那个浑身白毛的人又立即喊了起来，他的声音洪亮而厉害。

“古多！难道你听不见我叫你吗？”

“听见了，祖宗，奴才听……”老头带着颤抖的声音答道。

“叫你过来，尽量近些！”

老头浑身的关节似乎都脱开了似的，好像身上的骨头都变软了。他不敢违抗那命令，只得硬着头皮向那株神圣的榕树走去。老头走了好一会儿，最后来到榕树底下，他双手合十，虔诚地跪在那浑身白毛的动物面前，耷拉着脑袋，两眼发直，向上瞟一眼也不敢。

“古多！难道你不知道我就是久居在这巴西尔·蒙赞的神通广大的祖宗吗？”

“祖宗……”老头结结巴巴地说，“你老叫小人有何吩咐？”

“这是我的管辖区，谁叫你在这儿耕种的！你在这儿耕种没有得到你祖宗的允许，你知罪吗？”

“请恕奴才无罪……”

“好吧！”法力无边的“祖宗”说，“这回我饶恕了你，但是如果你想永保平安，你那耕种所得的收获必须和我的先祖平分……”

古多为之一怔，祖宗的先祖是什么人呢？他被弄糊涂了，但是要问个究竟他又没此胆量。

“你是有眼无珠！”神奇的“祖宗”怒斥道，“难道你不知道，你那个聪明的女婿卡巴延就是我的先祖吗？”

古多没有回答。他的舌头不能转动了，因为感到奇怪和害怕，他两眼发直，天哪！长期以来，他总是怠慢自己的女婿，如果神奇的祖宗知道的话，肯定要被诅咒、责骂到死。

“现在你已经知道了，不要随便慢待他，一定要爱护他，不要随便指使他!”

“祖宗，小人一定做到。”

“现在你可以回去了。”

古多跪拜以后起身回田间洞穴去，但是刚走了几步又听见神奇的祖宗说：“古多！别忘了，你在此耕种的收成一定与我的先祖卡巴延平分。”

古多满脸含羞地回过身来，双手合十，同时回答：“小人一定照办，祖宗!”

“注意，别撒谎。”

“小人不敢。”

“但愿如此。”

得到允许之后，古多立刻朝洞穴走去，继续干自己的活。

正当老头忙于干活时，卡巴延立即从榕树上爬下来，在河里洗了澡，所有粘在身上的木棉被河水冲得干干净净，他穿上日常穿的衣服回到家里。

全部粮食都运回去后，老丈人把卡巴延叫到面前，对他说：“卡巴延，这次全部收获我都交给你，由你怎样处理都行，我和你岳母只希望和你们住在一起。”

卡巴延面带微笑地说：“谢谢你，爸。”

打那以后，他的老丈人再也不敢随便指责他或任意对待他，因为他以为卡巴延真是出没在巴西尔·蒙赞神通广大的祖先的先祖。

以上二十二则张志荣译

拉达那的故事

（印度尼西亚）

拉达那是一个劳动者型机智人物。其故事充满幽默感和泥土气息，流传于印度尼西亚的苏拉威西岛。

白捡一头水牛

有一次，拉达那同一个朋友去赴葬后宴。宴席上肉是按一定的顺序分的：有人分到一颗牛头，有人分到一只牛腿，有人分到心肝肺，有人分到大腿肉。两个朋友分到一整头牛，于是他俩对主人说："你们还不如给我们一头活牛，由我们来养肥好了。"

主人同意。对他们来说，主要是尽到了责任，至于回家后客人是把牛宰掉，还是留下来喂肥，那是他们的事。于是主人给了客人一头水牛。这头水牛拉达那分到一条后腿，其余的都归他的朋友。他们把水牛赶回村，由拉达那来放牧，好让它长膘。

还不到一个星期，拉达那就对朋友说："咱们把牛宰了吧，我想吃我那一份儿了。"朋友不同意。他劝拉达那再等等，好让牛也增加点营养。但拉达那根本听不进去，口口声声要宰牛，还说："如果你自己不想吃肉，那就把我那一份儿分出来吧。我把一条后腿砍下来，其余的你想怎么喂就怎么喂好了！"朋友回答他说："你说什么！你要是拿走了你那一份儿，牛不死才怪哩!”

但是拉达那还一再坚持要拿走自己的一份儿。朋友耐心地给他做工作，还答应只要牛完好无损，答应再分给他一条后腿。拉达那这才收回自己的意见，还说：“那行吧，要是这样，咱们就再喂它一段时间。”私底下他可高兴坏了，因为现在两条后腿都已归他。他回到家后又重新开始放牧。过了一个星期他又一次去找到朋友说：“得把牛宰了，我很想吃肉。”

朋友吓坏了，又开始哄他，还答应如果拉达那不再坚持宰牛，可以再给他一条前腿。可这他还嫌少，反嚷嚷得更凶。“对你真没办法。”朋友叹了口气，“好吧，你要是还嫌不够，再给你一条前腿。四条腿都归你，脑袋和身体归我。”“行。”拉达那回答说。他走了，又开始去放牧。

过一个月，他又再次去找到朋友，说：“咱们还是把牛宰了吧。我好久没吃肉了，而且我还特别爱吃牛肉。”“你这个人真够烦人的，拉达那!”朋友回答说，“哪有牛在一个月里能长膘的，再放一段时间吧!”

拉达那这次可说什么也不干了，说：“你那部分由你随便放好了，我可是要拿走自己的。”“怎么能这样呢!”朋友说，“一头牛要是砍去了四条腿，它还不死了?! 这样吧，身体也归你了，我就只要脑袋。”拉达那回答他说：“要是这样，咱们就再放一段时间吧!”

又过去了一个月，拉达那去找到朋友说：“牛该宰了。我欠了一屁股债，得卖牛肉去还债，哪怕能还上一部分也好。”朋友哪有工夫去管他这些事，只好把手一挥，不耐烦地说：“你这个人也真够烦人的，拉达那! 算啦，整头牛都归你吧，只求你以后别再来纠缠我就阿弥陀佛了!”

拉达那心花怒放，把牛赶到了牧场。

偷吃供物

一天早晨，拉达那邀乡亲们去给地里一块石头上的神上供物。他说他梦见了神，神问他：“你们为什么不再给我上供? 难道我没保佑你们免遭灾祸?”乡亲们意识到犯了错误。他们一个个都吓坏了，担心会让他们的粮食减产，马上决定去给它上所需的供物。“要想使神满意，你们得送去好吃的东西。”拉达那说，“尤其是别忘记带上棕榈酒和烤猪肉。它更喜欢吃这些东西。”

第二天，有十来个人随拉达那一同向那块神石走去。到那里后他们把所带去的全部吃喝都塞进石头缝里，然后回家。路上拉达那说：“我得到邻村去看个朋友。”说完，他拐向另一条路。

乡亲们刚走远，他就回到神石跟前，把米饭和烤得焦黄的猪肉以及其他美味吃得精光，还喝了棕榈酒。拉达那吃饱喝足，咯咯地笑着跑回家去了。

在无花果树上撒尿

有一次，拉达那到另一个村子去看望一个朋友。往返他都步行，回来的路上真是又累又渴。他忽然想道，途中要能碰上个卖棕榈酒的小贩又该有多好。为此他举目四望，但路上一个人也不见。他不声不响地赶路，嘴里还哼着小调。突然，他看见一棵枝叶繁茂的无花果树下摆放着三竹筒棕榈酒。这是邻村的乡亲送来敬这棵树上的神。拉达那尽情喝了个够，差不多喝去了两筒。

正好这时，乡亲们来向这棵神树叩拜。拉达那一听见他们的脚步和说话声，马上爬上树，找一个枝叶茂密的地方躲起来，这样树底下就看不见他了。乡亲们来到树下，在树周围摆下作为供品的饭菜，便开始叩拜。拉达那因为刚才喝得太多，憋不住想小便，于是朝树底下喊道：“凡人啊，我是这棵神树上的神，在接受你们的供奉，为了奖励你们，我给你们服一种神奇的药水，它能帮助你们增强体质和振奋精神。你们快抬起头来吧，闭上眼睛，张大嘴巴。”

乡亲们一个个都照拉达那的吩咐去做，因为他们把他看成了神。拉达那开始往下撒尿，轮流往每个人嘴里都撒一点儿。虽然这液体有一股尿臊味，他们却认为这是药，是神的馈赠，所以把流入嘴里的全部咽下。这之后拉达那说：“我是衷心赏给你们，现在你们都回家去吧，我也该上天搜罗别的供品去了。”

等乡亲们都走了，拉达那爬下树，又把新献上的供品一扫而光。而那些乡亲永远也不可能知道他们喝下的是拉达那的尿。

钓鱼的奇遇

一次，拉达那随父亲一同去钓鱼。他俩带上钓鱼竿、鱼饵和几小包米饭，来到萨当河，把鱼钩扔得远远的。可就是奇怪：父亲那里总有鱼咬钩，拉达那却一直不走运：鱼甚至都不去碰他的鱼饵一下。他很懊丧，羞得都不敢正眼看人。他也不断换地方，换着花样地把鱼钩扔出去，可鱼就是不咬钩！

最后拉达那对父亲说："都说这里有恶鬼，它们常爱把渔夫们劫掠一空。如果你在回家路上碰见头发蓬乱、眼内出水的恶鬼，最好把钓到的鱼都给它算了。我看来得换个地方，这里的鱼都吃得饱饱的，不咬钩。"

实际上他是进了森林，在那里往自己身上围上棕榈纤维，还往一只眼睛的眼睑上涂上树汁。他现在已经地地道道像个恶鬼，叫人一看都心悸。然后来到父亲回家必然经过的那条小路边坐下。等父亲在小路上一出现，拉达那便站起来迎上去。父亲以为这是恶鬼来索要鱼，于是把自己钓到的鱼扔掉便跑。拉达那卸去伪装，穿上衣服，捡起鱼便回家去了。

回到家后，父亲把途中所遇的事告诉了他。"幸亏我没碰上这个恶鬼。"拉达那如释重负地松了口气说，"我要是碰见，它一定也会把我的鱼抢走。我在第一个地方没钓上鱼，可换了个地方后就有鱼上钩了，你们瞧，我钓到不少吧！"

母亲开始炸鱼。父亲跟大家一同吃，根本就没去想这是他亲手钓来的鱼。

巧使空仓变满仓

拉达那的粮仓夹在别的粮仓之间。所有的粮仓都装满了粮食，就拉达那的粮仓空空的。这就是说，他的米缸也是空的。有一次拉达那对左邻右舍说："我想放火烧掉我的粮仓。它对我一点儿用也没有，因为里面反正也没一粒粮食。"

邻居们都急了：因为一旦拉达那放火烧了自家的粮仓，他们的粮仓也会烧着。"你要是放火烧自己的粮仓，我们的也会化为灰烬。"他们说。"这倒是，"拉达那回答，"但没办法，我得把它烧掉。粮仓是空的，留着它又有什么用？我看着它都恶心！"

于是邻居们决定把拉达那的粮仓也装得满满的，为的是别让他一把火把它烧了。他们都有很多粮食，很快就把拉达那的粮仓给装满了。从此，拉达那就不再坚持要烧粮仓，因为里面装满了粮食，而且机灵鬼从此也不再愁没米下锅了。

以上五则栗周熊译

吉四六的故事

（日本）

吉四六是日本民间故事中的一位劳动者型机智人物，出自艺术虚构。他憨厚质朴，滑稽多智，颇受民众喜爱。其故事在日本流传甚广，在流传过程中各地对故事主人公的名字叫法不一，大分、福冈一带称为“吉四六”“吉五”“吉右卫门”等；熊本、岛根一带称为“彦市”“彦七”等；高知一带称为“半七”“万六”“是市”等。本书入选的作品，分别译自寺村辉夫编《吉四六的故事》、坪田让治著《日本民间故事》、关敬吾编《日本民间故事》。

紧紧地盯着

这还是吉四六孩子时候的故事。

主人园里的柿子树上，结了很多柿子。

“唉，柿子一定很好吃，真想早点吃几个！”

吉四六正在眼巴巴地望着柿子，主人来告诉他：“喂，吉四六！我现在要出去办事，你好好给我看着柿子，不许你把柿子吃了。”

“嗯。”吉四六回答。

主人又吩咐道：“无论有什么事，你都要紧紧地盯着柿子。”主人吩咐完就出去了。

吉四六想：主人这样说，莫非打算他自己一个人吃，不准备给我这小孩儿吃吧！于是他吃了一个又一个。附近的孩子们来了，他也给了一个又一个。最后，连一个柿子都没剩下。这可怎么办？

可是，吉四六却毫不在乎。他一直坐在柿树前等着。傍晚主人回家，一看就大吃一惊："喂，吉四六，柿子呢？"

吉四六却得意扬扬地说："啊，刚才来了几个村里的年轻人，他们麻利地爬到树上全都摘去了。"

"什么？那么你……"

"我亲眼看着的，我亲眼看柿子被人摘去的，没错！"

主人大发雷霆。

"笨蛋！为什么没制止他们呢？"

吉四六说道："主人，你不是说过不管有什么事情，都要叫我紧紧地盯着柿子吗？"

野鸭汤

村长打了一只野鸭，做了野鸭汤，请吉四六来用晚饭。

吉四六从天亮起就没吃东西，饿着肚子，准备赴宴。吉四六到席以后，村长只顾夸自己打野鸭的本领高明，根本不管饥肠辘辘的吉四六。吉四六脖子眼里咕噜咕噜直响，好容易等到了端出一碗野鸭汤，可是他打开碗盖一看，只有两三块野鸭肉，其余全是萝卜块。

吉四六心里虽然很生气，但默默地吃完了饭。回家的时候，他对村长说："我家附近，这些日子每天晚上落下很多绿头鸭，村长不想用鸟枪打一打吗？"

村长说："有那样好的猎场，你怎么不早说呢？一定去！明天晚上我就去，请你当向导吧！"

第二天晚上，村长拎着两大饭盒饭菜，来到吉四六家。两个人搭伴出发了。到了地头，吉四六就觉得肚子饿，便打开饭盒大吃起来，吃饱肚子以后说："村长啊，那些绿头鸭怎么办好呢？多得不得了啊！"

村长仔细看了一下四周，那里连一只野鸭也没见到。

村长就问："野鸭在哪里？"

吉四六指着萝卜地说："那么多不是吗？"

打架搬家

吉四六家邻居夫妇，无止无休地总是天天打架。粗鲁地大声嚷嚷，把东西扔一通，闹得使人讨厌。于是吉四六陷入沉思。

一天早晨，吉四六在院子里架起一道篱笆和邻居隔开。他的妻子见了就问："你这是在干什么？"

"你看着就知道了，隔篱笆！"

"为什么？"

"为了不让邻居夫妇的打架搬到我家来。"

"打架不是会搬家的东西，做了篱笆也无用。"

"不，是很容易搬家的。"

"不会搬家！"

吉四六和妻子两人的声音越来越大，两人都发起火来了。

"不容易搬家！"

"能搬家！"

"是搬家的东西吗？"

"当然是搬家的东西！"

"不能搬！"

"能够搬。"

吉四六做出挥舞棒子的样子，妻子忙把桶里的水泼向吉四六。

这时，吉四六笑着说："哈哈，你看，打架搬家了！"

螺买卖

一天，吉四六走过鱼店门口，看到里边摆着一些螺。“啊，这么多螺！”吉四六想了想，就走进鱼店。“掌柜的，这是什么东西啊？”吉四六装作从未见过的样子，指了指螺说。鱼店老板说：“这是螺，你没见过吗？”吉四六把螺拿在手里，颠来倒去地看，又掂掂多沉，然后说：“这可真是稀罕的东西，我想买几个做礼物，给我三四个吧。”“好的，来了！”鱼店老板把螺交给吉四六。吉四六就说：“对不起，请借给我一根像火钩子那样的硬棍用一用。”吉四六借了一根硬棍，撬开螺盖把里边的肉抠了出来，就扔掉了：“里边有这东西，拿着沉啊！”

吉四六一走，鱼店老板就把螺肉捡起来，说：“没见过这样的傻瓜！钱已经交了，又留下了螺肉，这可真是一物两卖，赚了钱了！”

过了不久，吉四六又来到臼杵城里。他到鱼店又买了三只螺，照样抠出螺肉扔了，只拿着空壳去了。鱼店老板高兴地说：“这小子准是个大傻瓜！”

又过了几天，吉四六又到臼杵城。他这次牵着马来了。当天，看来捕了很多螺，鱼店里堆了一大堆。鱼店老板一看到吉四六，就把他叫住：“喂，喂，那位乡下人！今天把螺贱卖给你。你愿意拿多少就拿多少。钱嘛，给多少都行啊，减价卖给你。”

鱼店老板想，自己没有一个一个抠螺肉的工夫，吉四六来了正好，让他把空壳拿走，还省了事，用不着我自己去扔了。

吉四六故意装出为难的样子说：“既然您那么说，那我就拿去了。今天我正好还牵着马，那就全拿吧。总麻烦你们也不好，壳里的东西也就不抠了，我全带走了。”

吉四六全然不顾鱼店老板吃不吃惊，留下一点儿钱把螺全部驮走了。

走几步，吉四六就大声吆喝：“谁买螺啊！贱卖啊，又贱又好的螺啊！”

炒黄豆

这是吉四六在寺庙里当佣人时的故事。

吉四六非常爱吃炒黄豆，那个庙里的和尚也爱吃。和尚经常到村庄弄来炒黄豆放在自己的橱柜里。

有一天和尚出门了。吉四六想：好机会到啦！他拿了和尚的炒黄豆正要吃，心想可是在哪里吃呢？一不留神，叫别人或和尚回来看见可不得了啊！他挖空心思想找一个最安全的地方。他终于想出个理想的地方。“对，对！”他拍着手，高高兴兴向厕所走去。对了，他是想躲到厕所里吃，那里是万无一失的！可是，他一打开厕所门，就吓得几乎魂都飞了，因为和尚正蹲在里边偷吃黄豆呢！

吉四六急中生智，若无其事地说：“给你再拿一份儿来了！”

渡船费

这是吉四六当渡船夫时的故事。

有一天，来了一位武士。武士要渡河，问吉四六：“渡船费多少钱？”

“八文钱。”

“六文钱行不行？”

“好，好，请上船吧！”吉四六撑起船篙渡河。到了离对岸还有四五米远的地方，船停住了，吉四六毫不客气地对武士说：“好了，到这儿是六文钱，请下船吧！”

武士大吃一惊，生气地说：“这不为难我吗？在这样的地方，叫我怎么下船呢？六文钱不能送我到对岸，就回原来的岸上去吧！”

吉四六马上调转船头，回到了原来的岸上。武士看着吉四六的脸发呆，吉四六却说：“六文钱的地方一个来回，请给我十二文钱吧！”

马　粪

最近，吉四六开始了稀奇的行当。他每天早晨，在竹篓里装上马粪，到河里涮洗。竹篓在河水里涮洗后当众一看，里边有好些金币。

“哈，今天早晨也赚钱了！”

他把金钱仍然装在竹篓里，大模大样夸耀着回家。附近的人们很快就看到了吉四六发财后得意忘形的样子，便问道：“吉四六，你那钱不会是马粪里出来的吧？”

“是的，的确是从马粪里出来的！”

“那么，你的马屙钱粪吗？”

“可不！”

野津村的人们羡慕得不得了，都想把吉四六的马弄到手！

“吉四六，把你的那匹马卖给我吧！”

“不！不——卖！只要有这匹马，我就会成为富翁的！”他越说不卖，别人就越想要买。

“出五十两，就卖给我吧！”

“我出七十两……”

吉四六装出根本不想卖给他们的样子说：“那点儿钱小意思，每天涮一涮马粪，很快就攒下来了！”

这消息很快传开了。有一天，从城里来了一位听到谣传的马贩子。他硬要买吉四六的马。“真是没办法！野津村里的人们想买，我都没卖。可你从城里这么老远来了，怎么好意思谢绝呢！”吉四六终于把马卖给了马贩子。

马贩子兴冲冲地牵着马走了。可是，怎么样了呢？马贩子用很精细的马料喂马，细心喂养，可就是不屙钱粪！头一天，还屙出了一枚金币。从第二天起，连个金币的影子都看不到了。过了三四天，马贩子着实生了气：“吉四六这小子骗我了！”

马贩子来到野津村：“喂，吉四六！那匹马不屙钱啊！”

吉四六说："岂有此理！只要好好喂，没个不屙的！"

"你说什么？我给它特殊的马料，细心的喂养，还说我的喂养方法不好吗？"

"大概是的。"

"那么怎样喂才好，你教教我。"

听到这里，吉四六一本正经地回答道："你啊，马料里没拌钱吧？管它是什么马，决不会屙出没吃的东西！明白了吗？"

以上七则崔德成译

这不可能吧

从前有一个人，别人跟他说点儿什么，他动不动就爱说："这不可能吧？"可他还就喜欢听故事，只要见了人，不管是谁，总是死乞白赖地请求说："给讲个故事听听吧。"可是人家一开口，他却立刻打岔说："这不可能吧？"因此，渐渐地不再有人给他讲故事了。

有一天，吉四六打这儿路过，那人见了立刻说："吉四六，你给我讲个故事好吗？"

吉四六说："好吧，我给你讲。不过，你可不许说'这不可能吧'。"

那人答应道："当然不说，我怎么能说那样的话呢。"

于是吉四六说："如果你说了，就给我一袋子米，怎么样？"

他们就这样说妥了，然后开始讲故事：从前，有个大名[①]。有一天，他坐着轿子上江户城去。正走到山路上，忽然飞来一只老鹰。老鹰围着大名的轿子转着圈儿地飞，皮罗罗、皮罗罗地叫个不停。大名听见老鹰的叫声，命令说："停一下轿子！"大名从轿子里走了出来，看着那只飞来飞去的老鹰。不料老鹰飞到大名头上竟扑哧扑哧拉起屎来，正好掉在大名的裙子上，把裙

① 大名：原文"殿样"。江户时代对"大名"和"旗本"（即诸侯）的敬称。一般可译作"老爷"。

子弄得又脏又臭。大名的家臣们大怒，说："殿下，快拉弓把它射下来吧！"大名却说："一只鸟，放了它吧。再给我拿条裙子来！"

大名换了条裙子，又坐进轿子里上路了。走了一会儿，那只老鹰又皮罗罗地叫着飞了过来，一个劲儿地在轿子顶上兜圈子，久久不肯离去。大名觉得奇怪，就又让轿子停了下来。这回，他从轿子里探出身子，抬头看天上的老鹰。你猜怎么着？那只老鹰又皮罗罗地叫着，扑哧扑哧拉起屎来，正好拉在大名的刀把上。

吉四六讲到这儿，那个爱听故事的人忍不住说："这不……但他立刻察觉了，忙改口问'后来怎么样了'。"

吉四六正盼着那人说漏了嘴，好把一袋米弄到手，听那人改口了，只好继续讲下去：

于是呢，家臣们担心大名会发怒，但他却毫不在意地说："喂喂！快给我换把刀来！"家臣们诚惶诚恐，急急忙忙拿来一把刀。大名换了刀，又坐进轿子里出发了。可是，不知怎么回事，老鹰还是紧紧跟着大名的轿子，在他头上飞过来飞过去，皮罗罗皮罗罗地叫着。

大名说："停下轿子！"

于是，轿夫们放下轿子，大名从轿子中探出半截身子仰望着头上的老鹰。这时，老鹰又扑哧扑哧拉起屎来。"又拉起来啦？"喜欢听故事的人问道。

"是啊，它又拉了。"吉四六回答说。

"这不是太过分了吗？"爱听故事的人说。

"虽说过分，但确实是那样。"吉四六说完又继续讲：

这回，那只老鹰的屎竟然拉在大名的头上了。家臣们心想，这下可不得了啦，大伙儿都吓得团团乱转，可大名却说："别慌，别慌，安静点儿，快给我拿个头来换上。"

"是！是！"家臣们说着急忙拿来一个头。大名用刀割下被鸟屎弄脏的头，换上那个新头，说："好啦，没什么了不起的，上路吧。"于是他们又朝江户城出发了。

吉四六讲到这儿，那个好不容易忍到现在的爱听故事的人终于开口说："这不可能吧?"一听这话，吉四六高兴地站了起来，说："好了，好了，按刚才说的给我一袋米吧!"

火　灾

一天夜里，吉四六起来解手，他无意中往窗外一看，发现村里着火了。大火呼呼地烧着，看样子还没人发现，得赶紧去报告村长。

可吉四六又想：越是这种时候越要沉着冷静。于是他把炉子点着火，烧上热水，然后磨好剃刀开始刮起胡子来了。不管怎么说，到村长那儿去可不能失礼呀。接着，他又不慌不忙地从柜子里拿出父母留下来的衣服，还套上了裙子，右手扇着一把扇子，从容不迫像是出席什么盛典似的来到村长家。他先在大门外咳了一声，这才细声细气地开了口："村长，村子里着火了。"

深更半夜的，村长家里的人睡得正香，他的声音又那么小，所以谁也没听见。

"对不起，村长。村子里着火了。"吉四六仍然小声儿悄悄地说。

约莫过了二三十分钟，村长太太终于醒了。她隐约觉得大门外有什么声音，仔细一听，好像有人在说着火了，她立刻大喊道："不得了啦!"

屋里顿时骚动起来，村长发疯似的朝失火的地方跑去，当他赶到现场时大火早已经熄灭了。村长被他的顶头上司代官[①]痛骂了一顿。说起来，这都是因为吉四六没有及时叫醒他的缘故，所以村长又把气出在吉四六身上："吉四六，失火的时候你还那样不紧不慢的可不行啊。你得赶紧跑来，使劲儿敲门，敲大门也行，旁门也行，边敲边喊'着火啦，着火啦!'记住了吗?"

"是！是!"吉四六连连点头，回家走了。

又一天半夜里，吉四六从床上一骨碌爬了起来，扛起屋檐下那根大圆木

---

① 代官：江户时代幕府直辖领地的地方官。

便朝村长家里跑去。到了那儿，他也不管是窗户还是大门，使劲儿乱敲一通，接着又用圆木咚咚咚地把房屋的柱子撞倒，然后扯开嗓门，用全村都听得见的声音喊道："村长，着火啦，着火啦，着大火啦！"

村长听见喊声，甭提有多害怕了，他的脸刷的变了颜色，一个箭步跑出了家门："听见了，听见了，吉四六，别再敲了，房子都快给你弄塌了。可是，大火在哪儿呢？"

吉四六却回答道："村长，今后如果发生火灾就这么喊，对吧？"

村长气得目瞪口呆，一句话也说不上来。

买 罐 儿

吉四六想买个腌咸梅的罐儿，有一天他来到陶瓷店，对老板娘说："劳驾，请给我拿一个腌咸梅用的罐儿来。"

老板娘爱理不理地边看书边说："都摆在那儿呢。你自个儿看吧。"

吉四六朝店里一看，果然摆着好多罐儿，全都口儿朝下底儿朝上地倒放着。但吉四六没看出来，他诧异地问道："老板娘，这些罐儿怎么全没口儿呀？"

老板娘还是一边看书一边说："你把它翻过来看。"

吉四六把罐儿翻过来一看，他感到更惊讶了："怎么，这个罐儿连底儿也没有？"原来，他把口儿又当成底儿了。

茶栗子柿子醋

吉四六上街去卖茶、柿子、栗子和醋。同时卖好几样东西，他不知道怎么吆喝好。他边走边喊："茶栗子——柿子醋——醋栗子——柿子茶——"

他走街串巷叫卖了一天，可什么也没卖出去。晚上他口干舌燥、精疲力竭地回到家里，跟老婆说起这件事，老婆一听便没好气地数落他说："哪儿有你这么吆喝的。醋是醋，栗子是栗子，柿子归柿子，茶归茶，得分门别类地叫才成。”吉四六说：“那好，明天我就照你说的分门别类吆喝。”

第二天，人们听到吉四六的叫卖声：“醋是醋，分门别类；栗子是栗子，分门别类；柿子归柿子，分门别类；茶归茶，分门别类。”他一个个分别吆喝，可他这种叫卖法儿实在太古怪了，所以还是什么也没卖掉。

买水缸

吉四六到陶瓷店去买水缸：“你好，老板娘，请给我拿个水缸。”“你来啦，欢迎欢迎。水缸有大有小，大的六角钱，小的三角钱。”陶瓷店的老板娘说。

“那我要个小的，给我三角钱的那种吧。”吉四六付了三角钱，拿了个小的回家去了。“水缸买来了，花了三角钱。”他把水缸拿给老婆看。老婆一看，说：“这个太小了，应该买个大点儿的。”“是吗？比这个大的要六角钱。”吉四六说着便扛起水缸转回陶瓷店了。

“这是刚才买的。我老婆说太小，请换一个六角钱的，我把这个还给你。”吉四六把那口三角钱的水缸还给陶瓷店的老板娘，然后又对她说，“刚才已经给过您三角了，现在再把水缸还给你，加起来正好六角钱。怎么样，算过来了吗？您把那口大水缸给我吧。”

他扛起大水缸走了。但是，这是怎么回事儿呢？这样算法对吗？他走以后，陶瓷店的老板娘还在那里一个劲儿地歪着脑袋拨拉算盘呢。

以上五则赖育芳译

看望病人

村长得了感冒，卧床不起。村里的人们纷纷前来探望。而吉四六却不知什么原因迟迟没来。到了傍晚，吉四六才慢腾腾地来到村长家中。村长正颜厉色地斥责道：“别人都那么早来看我，你为什么现在才来?”吉四六说：

“听说村长先生生病了，我就赶忙叫医生去了。”

听了吉四六的回答，村长微笑着说：“啊，原来是这样啊。对不起，吉四六，你原来是一个很机灵的人呀！真感谢，真感谢!”

不久，村长的病越来越严重了。村里的人都来看望，只有吉四六最后才来。村长急切地问：“吉四六，你请的医生来了吗?”吉四六回答说：“这回我想你大概怎么也救不活了，所以我去叫来了和尚，还到棺材铺给你定做了一口棺材。”听了吉四六的话，村长气得晕了过去。

臼杵的鳗鱼

有一天，吉四六到臼杵领地的河边去钓鱼，不知怎么搞的，连一条鱼也没钓着。于是他扛起钓竿向河的上游走去。吉四六来到竹田领地的河边钓鱼，被一个卫兵看见了。卫兵来到吉四六的跟前问道：“喂，吉四六，你是那边臼杵领地的人，怎么这样随随便便地到我们竹田领地来钓鱼呀，你钓到的鱼都要给我!”说完就伸出手来要鱼。

吉四六生气地看着卫兵说：“哎呀，看你说的，我是这野津市人人都知道的吉四六，我怎能偷钓别人领地的鳗鱼呢？刚才，我看到从河下游我们的领地里有三四百条鳗鱼游了过来，我是来钓那些鱼的。”正说着，吉四六钓上了一条大鳗鱼。他对卫士说：“你看，我看着它就眼熟，这就是我们臼杵领地的鳗鱼。”说着把鱼放进鱼篓里。接着又钓到一条小鱼，吉四六说：“没有用的小家伙，我看着你很眼生，肯定不是臼杵领地的，你为什么要吃臼杵领地的钓饵呢？不可饶恕的家伙，这回我饶了你，下次可得注意呀!”说完把小鱼又扔进了河里。

就这样，吉四六钓上大鳗鱼来就说是臼杵领地的，钓上小鱼来就说是竹田领地的，卫兵看着干瞪眼。结果，吉四六把很多大鳗鱼都给钓走了。

公差的饭

吉四六家除了过新年和中元节以外，从来都没有吃过大米饭。因此吉四六特别馋大米饭。有一天早晨起床后，他向河边走去，突然自言自语地大声说道："啊，今天你让我出差呀。知道了，请等一下，我马上就来。"说完他便回家嘟嘟囔囔地对妻子说："你瞧，今天我要出差，给我带上大米饭吧!"妻子想，丈夫既然出差，那得赶快做饭了。她立即动手做好了大米饭。

这时吉四六又向河边走去，只听得他喊道："你说什么，今天不出公差了？那好吧!"吉四六假装哭丧着脸回来对妻子说："你瞧，又说今天不出公差了。怎么办，饭已经做好了，咱们只好吃啦!"说完，揭开饭盒便大吃了起来。

偷　饭　贼

吉四六挣钱微薄，除了吃饭以外没有什么积蓄。于是他便想出了个勒紧裤带少吃饭的办法。长此以往村里的人都叫他吝啬鬼。

有一回，村里的财主家办喜事，托吉四六到臼杵镇去买一些鱼。办完事回来后，财主为了酬谢他，给他三四条鱼。他把鱼拿回家，妻子见了非常高兴。可吉四六却满脸愁容，两只眼直呆呆地瞪着鱼。不一会儿只听他大喊一声："偷饭贼!"说完，拿起鱼便扔到了门前的地里。妻子气愤地说："哎呀，你这是怎么啦，扔了多可惜呀？"吉四六说："就这样的香鱼下饭怎么得了？这得多吃两倍的饭，纯粹是偷饭贼!"

听了吉四六的话，连妻子也气得目瞪口呆。

吝　啬　鬼

吉四六对妻子说："喂，套廊下的钉子露出头来了，这很危险。你到邻居家借把锤子来敲一敲吧!”妻子应声出去了。

不一会儿妻子空着手回来了。她说:“我到邻居家借锤子，邻居问我是敲竹钉子还是敲铁钉子。他们听说敲铁钉子，就说那会把铁锤弄坏，所以不借给我。”

听了这话，吉四六皱着眉无可奈何地说:“哎呀，真是个吝啬鬼!没法子，只好用咱们自己的锤子敲了。”

以上五则丁文楼译

佩库的故事

（日本）

佩库是日本民间故事中的官宦型机智人物。其故事流传于日本冲绳一带。这里选入的作品，译自仲井真元楷的《冲绳民话集》（1974 年）一书。

两包大米

佩库生在首里的赤田村。尚敬王（1713—1751）时代，佩库的父亲在王府做官，佩库是他的第三个儿子。佩库长大以后，也在城里做了官。佩库生来聪明过人，可是他对财物毫不经心，结果家里什么东西也存不下，日子过得老是那么贫穷。

有一天，妻子对他说："老爷，米缸都见底了，明天就没米吃了!"佩库回答说："不要紧，明天再说明天的，明天会有神灵保佑的。"妻子叹口气说："你总是这么说，那只好挨饿啦!"

第二天，佩库到王城去了。进城后，肚子实在太饿了，他就按着肚子，弯着腰，低着头往前走。琉球王看见他这个样子，就问道，"怎么了？佩库，应当挺起腰来走路啊，为什么要低着头、按着肚子呢?"佩库回答说："国王，我没吃饭，肚子疼，低着头是想找点儿什么吃的。"琉球王马上明白了，让臣下拿来一包米给他，问他："你找的是不是这个呀?"

佩库非常高兴，立刻把米放到自己的马背上。他把米包放在马背的一边，那匹马站不稳，不由得倒下去了。于是佩库向国王说："国王，这匹马驮一包米走不了路，要是有两包，一边放一包就好了。"国王又给了他一包米，笑着说："又让你赢了！"佩库向国王施了礼，谢过他的恩典，便高高兴兴地驮着两包米回家了。

打野鸭子

佩库是国王的好朋友。有一次，国王对他说："佩库，咱们今天去打野鸭子，一起吃鸭子肉好吗?"佩库很高兴地跟随国王去了，他们射中了两只鸭子。国王对佩库说："佩库，你把鸭子拿回去，晚饭就吃鸭子肉吧！"于是他们一起回家了。

国王吩咐女仆说："今天吃晚饭时，给佩库盛一碗萝卜，一块鸭子肉都不要放。"到吃饭时，佩库一边吃，一边称赞："今天的鸭子肉真好吃！我从来没吃过这么香的菜。"国王心里纳闷："我已经吩咐了不许给他鸭子肉吃。难道女仆偷着给他放了鸭子肉吗?"佩库每吃一口萝卜都说："今天的鸭子肉可太香了！"临回家之前，佩库对国王说："今天我吃得饱饱的，明天咱们还去打野鸭子吧，这么香的东西真想再吃上一顿啊！"

第二天一大早，佩库就去把国王叫醒了。国王问他："怎么回事？佩库，这么早就跑来了?"佩库说："昨天晚上那顿鸭子肉吃得太美了。我怎么也忘不了那股香味，连觉都睡不着了！我知道一个地方野鸭子多极了，你今天可以一箭射中十只。"国王说："有那样的事吗？佩库，哪里会有那么多鸭子?"佩库说："真的，不信，我陪你去看看。"国王决定和他一起去，出门之前，问女仆说："你们给佩库吃鸭子肉了吧?"女仆们忙说："没有，光给他萝卜吃了。"国王觉得挺奇怪，为什么佩库说吃了昨天的鸭子肉，怎么也忘不了，特意来叫我再去打野鸭子呢?

天还没大亮，佩库就把国王带到了一个地方。国王问他："佩库，你说的鸭子在哪里?"佩库指着一片田地说："你瞧，蹲在那儿的都是！"国王一看，哪里有什么鸭子，原来那是若狭町的一大片萝卜地。国王说："佩库，那不是萝卜地吗?"佩库说："是啊，是萝卜。可昨晚你赏我吃的鸭子肉都是这个啊，我觉得挺好吃，就把你请来，想请你再多射一些呢!"

下　棋

国王常常和佩库一起下围棋。国王每下一步棋，就向对手招呼一声："喂，佩库!"佩库每下一步棋时也向国王说："嘿，国王！嘿，国王!"彼此毫无拘束。下完一盘棋，国王不知要叫多少次"喂，佩库！喂，佩库!"他们也都以此为乐。

有一位宰相，他看见了国王和佩库下棋的情景，认为佩库太无礼了，就教训他说："简直不合你的身份！向国王喊什么'嘿，国王'！用这种轻慢的语言，太不像话了。以后再和国王下棋，你要低着头、恭恭敬敬地，才合你的身份。"

后来，国王又叫佩库来下棋，佩库每下一步棋，就恭敬地向国王说一声"国王陛下!"国王听了觉得很不舒服，就对他说："佩库，你最近怎么了！我不喜欢这样。一起下棋时，就是下棋的伙伴，什么身份不身份的!"又说："下棋的本意是什么呢？就是娱乐。我们相互之间还应该像以前那样：'嘿，国王!''喂，佩库!'这样无拘无束，才是愉快的。你要是这样毕恭毕敬的，实在没意思！从现在起你就改过来吧。"

低　头　门

佩库经常到王城去，向琉球王敬礼，可从来没受过琉球王还礼。他琢磨着怎样才能让琉球王给自己施个礼呢。

有一天，佩库邀请国王说："国王，你的御驾能不能光临我家一次呢?"琉球王听了，心想："佩库请我去，准是有什么有趣的事。"就高高兴兴地骑上马到佩库家去了。

那时，佩库已回到家里，正在吞云吐雾地抽着烟。他老远望见国王来了，就喜笑颜开地来到门口迎接。佩库家的房檐很矮，国王只好弯着腰，低着头进来了。佩库打心眼里高兴，他想：国王总算也对我躬身施礼了。

打　赌

从前，首里城里正动工添筑房屋。木匠们吃午饭时提起了佩库，有一个木匠说："佩库太聪明了，连国王都老输给他，咱们能不能想个什么办法赢他一次呢?"另一个木匠说："我想了个主意，现在城里正在动工，最忌讳说'烧'字和'火'字。谁要是说了这两个字，就罚他一升酒。咱们和佩库就打这个赌，不管多聪明的人总有说错话的时候吧!"大家听了，觉得可以试试。

过了三天，佩库到木匠们休息的地方来了。大家提出要和他打赌。佩库说："那太好了！城里动工时不许说'烧'字和'火'字，你们从这两个字上想出主意来，实在不错。完工以前，咱们可都不许说这两个字啊!"打这以后，过了好多天，佩库也没到木匠们这儿来。

又过了些天，大家正休息时，佩库走来了。

"最近你为什么不来了呢?"

"我上山原去了，就没来这里。"

"上山原去了？那么请你说说山原有什么新鲜事呢?"

"世界上真是无奇不有。不出去看看，就不知道啊！山原的老乡太糊涂了，他们用木头锅煮粥吃。"

"用木头锅煮粥吃？那样锅不就要烧坏了吗?"

"请注意！这'烧'字可是从你嘴里说出的啊!"

木匠们本想赢佩库，结果还是自己输了。

以上五则王汝澜译

彦一的故事

（日本）

彦一是一个平民型机智人物，以爱开玩笑，爱捉弄人著称。他的故事饶有风趣，并且往往令人回味，很受民众喜爱。

活　　伞

很早很早以前，日本有一个名叫彦一的人，爱开玩笑。一次，彦一在八代城里开了一爿伞店。他在上层货架上挂一把花花绿绿的大伞，并告诉别人说，那是一把活伞。只要刚开始掉雨点儿，伞立即自行张开，雨一停又马上合上。凡是从这家小店路过的人，都要抬头去看看这把活伞，并在私底下议论："是啊，这东西是怪！昨天刚要下雨，我眼瞅着它就张开了。""今天呢，一看它又自己合上了。因为雨停了呀。"

最后，彦一有一把活伞的消息终于传到了公爵本人的耳朵里。公爵甚觉诧异，说："活伞？真可笑！"接着他叫来年轻家奴，命令他们说："你们快去看看，这是不是真的。"家奴去到八代，像是无意中问起活伞的事。所有的市民都异口同声地说："是有这么回事，彦一有一把活伞，那简直是神了。自动张开，又自动合上。我们都亲眼见过。"家奴回来向公爵禀告，传言是可信的，一切都千真万确。

公爵对一个家奴说："你去把活伞买来，我想把这件稀世之宝弄到手。"

家奴去到彦一的伞店，向他转达了公爵的话。彦一装出一副听都不愿听的样子，还说："这把伞是珍贵的宝物，是我们家的传世之宝。有多少人来找到我要买，我听都不想听他们的！我谁也不卖给，就是公爵本人也罢。"可人就是这么怪，别人越是不给的东西，他越是想得到。公爵又派家奴来求彦一说："你可以随便开价，就是得把这把伞卖给我。"彦一终于如愿以偿，说："唉，我本来是多高的价也不卖的，这可是绝无仅有的啊。但是公爵的意志对我就是法律。也只有这样了！你拿走吧！"说完，他开了个很高的价。

家奴买回了这把神奇的伞。城堡里所有的人，首先还是公爵本人，看着它直赞叹："真想不到，居然是一把活伞！能通晓天气变化，天阴下雨它都知道。唉，要能早一点下雨就好了！"终于有一天下起了久盼的雨。城堡里所有的人都跑到院子来看稀奇。无论是公爵本人，还是他的那些幕僚，还有那些贵妇人和士兵，他们都想亲眼看看这把活伞是怎样自动张开的。把伞抬到院子里。雨越下越大，可伞根本就没有张开的动静。

公爵等了很长时间，最后火冒三丈，大骂那些家奴："你们都给我胡诌了些什么呀！难道这伞是活的！真是一些饭桶！"那些家奴，个个吓得直赌咒发誓，说城里的人都见过彦一店里的这把活伞，说它在店里就是那么回事。"快去给我把彦一找来。"可彦一呢，他拿到钱后这些天过得挺开心的，天天不是喝酒，就是暗中嘲笑公爵。伞的事都是他底下作了巧妙的安排：只要一看到天快下雨，他马上爬到顶楼上去偷偷地把伞打开；等雨一停，他又神不知鬼不觉地合上。这就是活伞的全部奥秘！

彦一一看见公爵的家奴，顿时明白是来传他去法庭受审！不过他对自己的应变能力还没失去信心。公爵一见彦一，马上恶狠狠地吼道："哼，你这个骗子！你说你的伞是活的。而且要的是高价。所有这些全是你的骗术！你自己看看，院子里正下着瓢泼大雨，可伞根本就没打算张开，甚至连动弹也没动弹一下！"彦一装出一副沉思的模样，说："为什么会这样呢，我自己也觉得奇怪。这种事还从未有过！我对你的家奴说过多少次，要他们保护好这把伞，因为它是珍贵的宝物，是无价之宝！好吧，快拿来让我看看！"

他从家奴手中接过伞，前后左右仔细检查了一番，突然叫了起来："哎呀，这可真是不幸！它饿死了。你们把它给饿死了！它原来有多结实，简直是欢蹦乱跳的啊！显然是来到这里以后，你们没给他吃过一顿饭。凡是有生命的东西都得吃饭啊，你们却把这个根本问题也给忽略了！我就是穷，每天也要给它吃鱼、喝酒。可在你们这里，就没人关心过它！唉，我可怜的伞，它可是吃尽了苦头。我失去了一位老朋友。”说着，彦一失声痛哭起来。

城堡里的人一个个都说不出话来，只有面面相觑。

隐　身　人

有一次，彦一听说林妖有两件宝物：隐身帽和隐身衣。他立志无论要付出多大的代价也得把这两件宝物弄到手。彦一带上一面老掉牙的筛子，便动身进山去了。林妖在一棵高高的松树上看见了他，下到地上。可彦一却像是没发现它一样。他透过筛子朝远处看了一眼，大声喊道：“啊呀呀，松山城堡附近的村子着火了！嚄，有好大呀！你看，那火可猛了！”

林妖向他走过去，问道：“难道从这座山能看见城堡下面的那个村子?”“那当然啦!”彦一高声说，“简直是一目了然。透过这面筛子可以看见千里之外的任何一个树丛。”“这是真的?”林妖说，“那咱们换换吧，你把你的神奇筛子给我，我把隐身帽和隐身衣给你。”彦一装出犹豫的样子，最后还是同意了。他戴上隐身帽，穿上隐身衣，很快便消失得无影无踪。林妖马上拿起筛子来往远处看。它把筛子拿在手里转来转去，一会儿眨眨眼睛，一会儿又把眼睛瞪得老大，但都枉然。不仅远处，就是近处的东西也看不见。林妖明白自己上了当，但为时已晚！要想抓住隐身人，那可是难上难啊！

话说彦一下了山，跑到邻村去赶集。集市上人山人海。彦一扽了一下一个小伙的鼻子。小伙子吼起来：“喂，是谁扽我的鼻子?”彦一又去扽他旁边一个人的鼻子。于是两个小伙子便骂开了，你冲我嚷，我冲你嚷，最后还大打出手。彦一呢，他就在人堆里乱窜，一会儿去扽这个人的鼻子，一会儿又去扽那个人的鼻子，很快集市上的人都打开了。一时间，叫骂声和撕打声震耳欲聋。好恶作剧的彦一却笑得前仰后合，还说：“真开心！这个玩笑开得真过瘾。”他笑呀，笑呀，走进一家小吃店，挑了好大一块鱼，又倒了酒，白吃白喝了一顿，然后像什么事也不曾发生过似的回到家，把隐身帽和隐身衣藏在小贮藏间里。

也是事不凑巧，妻子节前想起来要收拾屋子。她到贮藏间去打扫烟黑，发现角上乱堆着一件旧草衣和一顶用苇秸编的破帽子。她把它们塞进炉膛里烧了。彦一到贮藏间去，草衣和草帽都已不翼而飞！“唉，肯定是老婆子给我烧了。”他闪过这个念头，马上跑去收集炉膛里的草灰。彦一从头到脚都抹上这种灰，又变成了隐身人。他到小吃店去，抓起最大一瓶酒就直接就着瓶口喝。酒洗去嘴唇上的灰，一张乐哈哈的嘴突然显露出来，可就是看不见人。

这时小吃店里嚷嚷开了。人们喊道：“快看呀，快看呀，这里有个人精。只看见他的嘴！快抓住他！”大家都扑向彦一。他撒开腿便跑。一跑就出汗，肚脐眼儿也显了出来。人们又嚷道：“现在肚脐眼儿也显出来了。抓住他，狠狠地揍！”彦一听见后面有好些人追他，越跑越快，结果流了一身汗。先是腿显了出来，然后是胳臂、脊背……

他跑到河边，一头潜入水里。等他浮出水面，人们才大松一口气，说：“原来是咱们的彦一呀！这又是他玩的把戏！”

钓卡帕[①]

一次，彦一坐在土坝上钓玉间河里的鱼。这时有个公爵从他身边经过，向他打招呼道：“喂，钓鱼的，你这是在钓什么鱼呢？”彦一回头一瞧……嘿嘿，没想到是公爵大人。“我还以为是谁呢，原来是您呀！”“对呀，是我。”彦一刚要说他是在钓一般的鱼，突然冒出来一个念头。他对公爵说：“我想在河里钓卡帕呢。一大早就来了，但总不咬钩！”“怎么？你说要钓卡帕？那让我也来钓钓吧。”公爵一下子情绪上来了。

① 卡帕：日本传说中的水怪。

彦一原来只想开开心，可这一来就不是闹着玩的了。从古到今可是还从来没人钓到过卡帕。但是这怎么好对公爵说呢？“瞧，就是不咬钩。我没有好的鱼饵。卡帕得用鲸鱼肉钓。”彦一开始辩白，心里却想道：“鲸鱼肉轻易是弄不到的，公爵一听便会打消自己的念头。”可公爵突然说：“这不成问题。我城堡里鲸鱼肉有的是。你说要多少吧。”“得两公斤，”彦一无望之下随便说出个数字，“晚上给我送两公斤来。天黑卡帕更爱咬钩。”“好吧，我天黑就送来。”说到此，两人便分了手。

晚上，公爵送来两公斤鲸鱼肉。彦一已经不再泄气。他跟公爵在大坝上坐下来。四下里黑得伸手不见五指。彦一装出往鱼钩上挂鱼饵的样子，对公爵说：“得用一块五百克的肉。”他从公爵手里接过肉，放进空竹筒里，再将空钩扔进河里。然后两人紧挨着坐在一起，互相都不说话。时间在一分一秒地过去，可钓竿一动也不动。公爵等得不耐烦了，问道：“怎么样，彦一，咬钩吗?”彦一马上回答说：“真糟糕！您干吗说话那么大声呢？看把卡帕都给吓跑了！本来都快咬钩了！我刚要抖钓竿！现在它可是把饵都弄走了。真不走运。”

他让公爵看了空钩。公爵又给了他一块鲸鱼肉做饵。彦一把它放进竹筒里，又将空钩扔出去。他们又坐了一会儿，双方都不说话，最后又是公爵憋不住问道：“怎么样，彦一，咬钩吗?”“瞧您，又给吓跑了！难道可以这么大声说话吗?”彦一数说公爵，“这里别说是卡帕，任何鱼也不会游得那么近。”公爵又给了他一块肉做饵，彦一又把空钩扔出去。两人都默默在坐着。公爵忍呀，忍呀，最后又忍不住了，问道：“怎么样，彦一，咬钩吗?”“唉，真倒霉，又给吓跑了!”

彦一一块接一块地掏光了公爵带去的全部鲸鱼肉，说：“您要是老这么没完没了地大声问：‘怎么样，彦一，咬钩吗?’那我就永远别想钓到一条卡帕。”公爵心里也觉得很不是滋味儿，说：“好吧，既然如此，那咱们也没办法。明天你一人来钓吧。”这正中彦一的下怀。就是说，明天他还会得到鲸鱼肉。“可惜呀，真可惜，”他说，“看来明天得一个人来了。”

第二天是一个清朗的月夜。彦一带着钓竿来到玉间河边。他想钓好多好多的鱼。可根本没去想能钓到什么卡帕。突然，钓竿被用力一扯，从他手里脱了出去。一尾卡帕露出水面说道：“彦一，咱们来较量一下，看谁斗得过谁。”彦一一下子都惊傻了。这是他根本就没想到的事啊！但是他接受了挑战。

他俩开始格斗。彦一朝卡帕的耳朵一拳打去。原来卡帕的头顶上有个盛水的小坑。耳朵挨了一拳，水便从坑里晃荡出去，卡帕马上就变得瘫软无力。彦一用绳子将它绑起来，突然发现又有一尾卡帕浮出水面。最后这尾卡帕也落了这么个下场。彦一一共提到五尾卡帕，大清早送到了城堡。“真对不起，”他对公爵说，“昨晚不怎么咬钩，而且钓到的都是一些小的……您前天晚上如果不老是那么没完没了地嚷嚷：‘怎么样，彦一，咬钩吗？’我兴许还会钓到更多。瞧，现在卡帕都吓怕了。”公爵夸他说：“你呀，彦一，我看是个钓鱼能手。世界上我看就数你钓术最高。”

还确实是这么回事，彦一从公爵那里钓到了不少金币。

以上三则粟周熊译

金先达的故事

（朝鲜）

金先达，亦译作金善达，朝鲜著名机智人物，属劳动者型。其故事广泛流传于朝鲜半岛各地，在我国东北三省的朝鲜族聚居区也有流传。

“凤金先达”的由来

金先达逛汉城来了。一天他来到钟路[①]，看到地上新铺了一层深红色的黄土，并禁止行人通过。看样子可能是大王出行了。金先达想看看大王出行，便跟那里的人打听什么时候出行，他们告诉他大概在中午。看看时间还早，金先达就先到附近的集市去逛了逛。那里棉布店、麻布店、丝绸店、苎麻布店、纸张店、鱼店，应有尽有，非常繁华。他看看这个，瞧瞧那个，不知看什么好。拐到一个角落时，看到那里是鸡市。几个卖鸡的摊子排在小胡同的两边，摆着鸡、鸭、鹅、野鸡等，买卖正兴隆哩。当金先达的目光落到一个最大的鸡摊上时，他发现一个鸡商露出扫帚似的发髻，用土布紧紧地扎着头，时而滚动着铜铃般的眼珠吓唬那些乡下人，时而又露出奸笑，嘲弄憨厚的农民们，贱买贵卖赚大钱。金先达看到这情景，气坏了。他想好好教训

① 钟路：汉城的中心商业区。

教训这个家伙。金先达想出了一个计谋，便急忙回客栈换穿了一身农民的衣服来到鸡店。他到鸡店前蹲了好一会儿，看着那些鸡，突然指着一只深红色的大公鸡问鸡商：“老板，这是什么鸟啊？”

鸡商把金先达上上下下打量了好一阵子，觉得这个呆头呆脑的乡巴佬太好笑了。他想，还有认不出公鸡的人，做了几十年的鸡商，这还是第一次碰到的呢。他灵机一动，便回答说：“没有看过这种鸟吗？这就是凤啊。”

“啊？这就是凤吗？”金先达又问道：“这只凤值多少钱？”

鸡商感到厌烦，便粗声粗气地回答：“二十两，你要买吗？”

“哎呀，这么贵！”

“凤凰能和鸡相比吗？”

“是，是，言之有理，言之有理。都说只有出了圣贤才能出凤凰啊！”金先达这样肯定鸡商的话，然后慢慢地解开肩带拿出二十两银子给鸡商，买了这只公鸡，便直奔钟路去看大王出行。

一会儿，武士们在前头吆喝着：“让开，让开，大王来了！”从后面不远的地方，一行人簇拥着大王辇车过来了。这时候，金先达也抱着公鸡向着大王御辇去的黄土路迎面奔去。正在大喊大叫的人们，看到金先达的这个模样，还以为出了什么事情，慌忙过来挡住。但是，金先达不管这一切，继续向前跑去。武士们急得用长矛威胁他。但是，金先达毫不畏惧，仍然喊着说一定要见大王。大王的辇车不得不停下来了。

大王叫部下去打听出了什么事。部下看了回来禀告大王说：“有一个抱公鸡的乡下人要见大王，在那里无理取闹。”大王命令把这个百姓叫过来。

过了一会儿，金先达抱着一个公鸡跪倒在御辇前。大王将金先达上下打量了一下，问道：“你是什么人，胆敢在我出行的路上耍赖？”

“大王息怒。小人是山沟里种地的百姓，专门来逛汉城。有幸碰上大王出行，就出来等待，更幸运的是看到卖凤的人。小人曾听说，只有出圣贤时才有凤凰飞出，如今大王恩德如海，全国百姓都唱着太平盛世歌，凤凰飞出，也是自然的事了。小人在山沟里能够吃饱穿暖，全家团聚，称心如意地过日子，也是大王的恩德。小人时刻感激大王之恩，正巧今日碰到这只凤，特意买来敬献，请大王笑纳。”金先达双手捧上所抱的公鸡。

把公鸡当作凤来送礼，使大王哭笑不得。他一面觉得这个农民朴实可亲，一面又觉得竟能在这样老实巴交的农民身上骗钱，实在太可恶了。大王认为，对这些在光天化日之下行骗的奸商应该严厉惩罚。他对金先达说："你的诚意我领情了，可是你在什么地方买到这只凤鸟的？"

“就是在那个鸡市上买到的。”

“那么你能找到卖凤的人吗？”

“能找到。就在鸡市那里。”

“来人哪？”大王叫来随从，命令道：“你们跟这个农民一起去把那个卖凤的人抓来！”

随从们叫金先达带路，匆匆来到鸡市。那个鸡商原以为昨晚梦做得好，所以只值三钱的公鸡却卖了二十两银子，心里非常高兴，没有想到大王派人来抓他。鸡商被带到大王面前匍匐在地。

大王问道：“这只公鸡是你卖给他的吗？”

鸡商知道事情败露，吓得两腿发软，身子直打哆嗦，回答道：“是，大王。我罪该万死，请大王恕罪。”“你为什么把鸡当成凤凰卖，你要从实招来！”鸡商不敢隐瞒，便一五一十地说出了他如何骗人的行径。

大王问卖了多少钱，鸡商说二十两。金先达立刻跳起来反驳：“他撒谎！他要三百两，我就给三百两了，如果说二十两，我还算不得受骗呢。”鸡商马上跳起来说不是三百两，卖二十两了。两人争吵不休。

大王想：这个农民讲的是真话。鸡商既然能把鸡当成凤卖，诈骗钱财，这阵就会在我的跟前耍赖，太可恶了。

大王满面怒气地说：“你这个可恶的家伙，老实听着，诓骗钱财，坑害百姓，本该问斩，但因我今天出外打猎，不要扫我的兴，饶你不死。你赶快去把三百两银子退给这个农民，并向他赔罪。如果你敢违命，定斩不饶！”

这样，金先达要了鸡商的三百两银子，退还了公鸡。这样一来，把鸡当成凤卖的倒成了金先达了。从此以后，人们都叫他“凤金先达”。

游妙香山

一天，平壤的豪门世家的太太们打算去妙香山游玩。为了游玩好，必得找个好向导。太太们七嘴八舌地商议了半天。一致认定金先达合适，因为他已经去过几次妙香山。于是就派人去请金先达。

金先达痛快地答应了他们的要求。选定的日子，十多位太太都坐在轿子里面，前后由侍者们簇拥着向妙香山进发，十分气派。在队伍的最前头，是骑着马的金先达。

一行人到妙香山后，第一天先逛了普贤寺，晚上就在那里下榻。第二天，又到附近的寺庙和庵子看了看，第三天又向上元庵进发。山路曲曲弯弯，太太们没法坐轿子，只好走着上路。这些呼奴使婢的太太们，平时坐惯轿子，哪曾自己走过山路。所以她们走不多远，脚上就起了泡，腿也直打哆嗦。

山路越走越艰难，有的太太就不愿意再走了。但是金先达非得带她们到上元庵去。“就这样回去哪成？不看上元庵不算到过妙香山。”接着金先达又幽默地说，“你们只有去上元庵看一看，死后才能去极乐世界呀！”听到金先达这么一说，太太们可精神啦，死后要去极乐世界的一种欲望，驱使她们拖着疼痛的腿往陡峭的山路上爬去。进入上元庵的路口，山势更加险恶，要上去，就得抓住两边架设的铁链子一步步往上爬，没有胆量的人望下一眼就会感到眩晕，仿佛就要掉下去似的。

一行人爬到上元庵跟前的时候，金先达便向她们说了：“要去上元庵，不管是谁，都要先到那个‘洗心台’前，祈求山神保佑自己平安无事。祈祷时，要非常虔诚，否则上到半路不摔死也会摔成残废。虔诚是什么意思呢？就是向山神祈求的时候，要将自己往日干的坏事全部向山神抖出来？这样，你就会平安无事地爬上去，并且日后死了也能够去极乐世界。”他停顿了一下，又接着说道：“到洗心台向山神祈祷的时候，因为除了山神以外谁都听不着你们说的话，所以你们可以放心地全部抖出来。”听了这番话，太太们很为难。不说吧，自己做的坏事太多了；说吧，不是一下就露出是自己做过坏事的吗？所以都沉默不语。

金先达从太太们一张张脸上全看到了这些为难复杂的表情，心中暗自发笑。过了一会儿，太太们还是一个一个地上去祈祷了。金先达趁太太们想心事时，趁她们没有注意，便悄悄地溜到洗心台底下藏起来了。

又过了一会儿，太太们都祈祷完了。她们谁也不知道自己在山神面前抖出来的那些话，一字不差地装进金先达的耳朵里面啦。

回到平壤以后，金先达为了教训那些作威作福的太太们，就故意向她们提出一些苛刻要求，如果她们拒绝，金先达就把她们向山神讲的那些丑事抖出来。这样，不仅制服了这些官太太，也替穷人们出了一口气，抓了她们的辫子，那些太太们只好乖乖地听金先达的了。

绿 豆 粥

金先达曾有一段在大同江边码头附近开粥店卖绿豆粥的经历。他的粥店的顾客主要是来往这个码头做生意的商人，其中也有把绿豆粥当作零食的客人。人来人往，络绎不绝。

在这些来客之中有一个自称“老主顾”的乡下“两班”。其实这个“两班”只不过是一个仅有十来垧石头地和若干林场的山沟小地主，权势不大却能摆架子。并且非常吝啬，很爱占小便宜。这个“两班”到平壤，是为了趁往来船之便卖木材赚钱的。他虽然长得像个断了腰的黄鼠狼，但为人傲慢，令人讨厌。

这家伙每次来卖木材，总要带两三个佃户来吃粥。每到粥店买粥，自己吃大碗粥，却给佃户吃小碗粥，而且每次来进粥店门槛就想找借口耍威风。一般来吃粥的人，总是用赞美的口气说：“吃碗粥走吧。这家的绿豆粥最好吃，主人家，给我来一碗热粥吧！”而这个山沟“两班”说的口气却与众不同：“这家的粥，味并不香，却很贵。喂，老板，拿碗粥可是盛满呀，你们能不照顾我这个老主顾吗？”

每逢“两班”一来，金先达感到非常厌恶，但是一言不发。这样一来，这个山沟里的“两班”以为金先达软弱可欺，越发耀武扬威。金先达暗自盘算要教训这个无赖一下。

一天，大雨下个不停，这位山沟“两班”又领着佃户们进来了。

“哼，雨下得没个完了，他妈的……喂，老板，今天雨下得这么大，我还是来吃你家的粥，你可是盛满哟！人总要讲义气，礼尚往来嘛。”

听着这番大话金先达实在忍不住了，但他还是不动声色。他去厨房跟妻子商量，今天非治治这个家伙不可。厨房正好有一碗三天以前卖剩的粥，已经馊了。他就要用这碗粥来款待“两班”。

“老主顾来啦，将粥打满，可别放醋啊！”金先达往厨房大声喊起来。

“知道了——”厨房里回答道。

这时候山沟的“两班”却发了火：“为什么我的粥里不搁醋呢？我的钱难道不是钱吗？真是欺人太甚！”

“大人请息怒！我以为大人不爱吃醋。既然这样，给你搁醋就是。”随即，拉长声音说，“里面听着吗？给乡下两班大人粥碗里放一滴醋吧！”

“那又是什么说，只放一滴醋，你莫以为我是乡下佬，我住在山沟里有什么不如平壤人的呢？你们别这样嘛！”

“唉，我又错了，对不起大人。里面听着，给乡下两班大人粥里多放醋吧！”

“听到了——”厨房里传出更大声的回答。接着端进来餐盘和粥。

那个山沟“两班”没吃几匙就皱起眉来，自言自语地说：“为什么这么酸呀？”

热了馊粥还能不酸？可金先达还是笑嘻嘻地说：“你还是不会尝醋味吧。”

“哪里的话，我不懂醋味？我不管什么饮食，不搁醋还不吃呢！”于是那个“两班”便硬着头皮把一碗馊粥吃得干干净净。

卖冬季的稻田

成川有一个地主来到了平壤。他总觉得在山沟里发不了大财，于是就想在平原地方买稻田来发大财。他找了好几个中间人帮他买地。金先达知道了这个内情后，自己先动手找大同平原的地主们买了稻田。

金先达买地时事先讲好了条件：只买冬天的冻地，还给点儿钱（尽管给的钱很少），自然没有人不乐意卖的。这样，他几天工夫就买到五十多垧地。

金先达从成川地主的中间人中找一个以往认识的人，托付了卖稻田的事情。中间人知道金先达会给优惠的酬金，就很痛快地答应了。听到中间人的介绍，成川的地主非常满意，心里美滋滋的。因为一来这些地原来就是自己看中的地，二来价钱也很便宜。所以他急急忙忙地让中间人去回话，买卖算成了。成川地主从金先达手里要去地契后付了款。

成川地主开始找新地的佃户，但是没有一个人来要租他的地。这时有人悄悄地告诉他买的是假地契。成川地主吓一大跳，赶紧拿出地契一看，那上面明明白白地写着只许在冬季地冻期间归他使用的条件。

卖五十多垧稻田的金先达的口袋里的钱，不到一个月就都光了。因为他总是一有钱，照例全分给穷亲戚和穷邻居们去花。

卖 野 鸭

有一个富商带一批货物到平壤做买卖赚了大钱。一连几天，他成天逛妓院，沉浸在花天酒地之中。金先达趁机会来找他交朋友。他在互通姓名的时候自称为“鸭主金某某”。富商第一次听到“鸭主”这个字眼儿，感到很稀奇，就问他“鸭主”是什么意思？金先达回答说，自己有一大片鸭塘，有很多鸭子，所以人家都叫自己是鸭主。富商听了心里有点怀疑，便要金先达和他一起去看一看。

第二天，他跟金先达到了“鸭塘”，一看果然有望不到边际的一片田野。

在冰消雪化的田野里，几千只野鸭子戏水觅食，活泼可爱。在野鸭待过的田埂、田堤和稻田里，还可以看到白花花的一片野鸭蛋。

金先达带富商来到田中草棚子里，里面有七八个帮工，一看金先达过来，都叫着“老东家好！老东家好！”十分恭敬。“哦，今天的鸭蛋还没捡吧?”金先达问。“是，东家，我们这就出去捡。”其中一个人回答。“那么，你们赶紧出去捡吧!”帮工们统统背着麻绳网袋，提着篮子出去了。

这一天捡进来的野鸭蛋足有三石多，可是金先达却用不满意的口气说：“才这么一点儿吗?”“是的，东家。就是在前五天足足能拣回五石，这两天少了点儿。”一个帮工回答。富商观看着“鸭塘”，赞叹不止。

金先达在一夜之间怎能做这么多准备呢？那是因为他平时一有钱就全分给穷人们，所以他有什么事，只要说一声，大家都肯帮忙。

看完“鸭塘”，富商动了心。在回来的路上，金先达又跟富商谈起鸭塘的事说，这是自家世袭财产，可是近些日子手头紧，不得不忍痛卖出这片鸭塘。富商心里盘算，这片鸭塘是一片不用投多少钱而能赚大钱的宝地。于是第二天他就请了中间人去找金先达。

买卖很快就谈成了。买到“鸭塘”的第二天，富商就到“鸭塘”去看了。那里的鸭子倒有数千只，可是鸭蛋却一个也找不见，草棚里的帮工也无影无踪了。

富商连着五天，每天都去看了看，野鸭子天天都来啄食游玩，可是仍然不见一只鸭蛋。富商望着野鸭群，不由自主地发出了长叹。

让两班[①]遭殃

有一年秋天，中秋节前夕，金先达有急事上京城，手中没有路费，只好步行。不知走了多少天，脚上起泡，腰酸腿疼，累得实在走不动路了。这一

① 两班：即官府里的文武两班官员，旧时朝鲜官僚地主阶级的称谓。后演变为与常民、中人、贱民对立的封建统治阶级的代称。

天傍晚他正好赶到路边一个客店，准备好好地歇一歇，还好，占了炕下沿的好位置。可是没过多久，从外边传来“闪开，闪开”的传令声，又传来了“赶紧腾出房子来”的号令声。紧接着店主人进来叫金先达赶紧搬到炕上沿。金先达觉得太不公道，就说：“主人家，客人都一样，总是有先来后到的吧？我先来住上了这一铺，为什么让我搬上边呢？”

主人家急忙解释道：“少废话，现在来的这位客人不是一般的人，是从汉城来的金参判老爷，他路过这里去祖坟地扫墓，来此投宿，我可不能亏待呀，你别废话，快搬到炕上沿去，要有差错，连我也遭殃！”

金先达只好搬到炕上沿，上沿炕凉，什么都没铺，而下沿炕暖，还有细纹席子和缎子坐垫，还用屏风围起，金先达受了委屈，气极了。

不多一会儿，有一个三十多岁的两班，穿着白色丧服骑着白马，领着四五个佣人，耍着威风进到大门，看起来是个心术不正的家伙。一进来，他一个人占住炕下沿，有事没事发号施令叫人难受。

一会儿，饭桌也端进来了。桌上菜肴样样齐全，还有两碗狗肉汤，叫人看了嘴馋。可是金参判却将主人骂一顿说：“你这家伙，眼珠子瞎了怎么着？还上狗肉汤，成何体统？你们这些该死的，愣着干什么不赶紧重新端上？”主人赶紧赔罪说：“老爷，实在对不起，厨房的老娘们不懂事，请你饶恕。”店主人在金参判面前躬着腰出去，重新端来新桌。金参判吃饱喝足，就脱下丧服和头巾放在屏风后面打起呼噜来了。

金先达本来特别爱吃狗肉汤，因为没有钱吃不上，刚才看到狗肉汤让他馋得要命。今晚又因这个两班，自己被赶出好铺位，越想越怄气，翻来覆去睡不着，他心里说：“等着瞧吧！”就想报复一下这个两班。于是，金先达悄悄地爬起来，偷偷地拿出两班的丧服和头巾，到外边换上，然后到后院厨房跟前压低声音叫主人。主人的夫人听到叫声说：“主人刚出去，不在家，你是谁呀？”说着要开门出来，金先达赶紧挡着门不让出来，说：“不用出来，我不是别人，是从汉城来的金参判。我刚才说了你们拿进来狗肉汤，这可不是我的本意。我原先特别喜欢吃，只因穿着丧服不能在别人面前吃狗肉，所以才责怪了你们。可心里还是想吃，你给我一碗行吗？”“原来是老爷，快请进来吧。”“不用了，这里黑，别人看不见，拿一碗就行啦。”过了一会儿，果然端出一碗放了好多狗肉的热汤。金先达很快就吃完一碗，接着又吃了一碗，然后脱下头巾、衣服回到屋里放在原处，就去自己的铺位睡着了。

第二天早晨，金先达吃完早饭来算完账准备离店，金参判也赶来结算，这时女主人叫住来算账的佣人说金参判没交昨晚吃的狗肉汤钱，金参判听后瞪大眼睛说：“胡说什么狗肉汤？晚上我吃了什么东西？”金参判这么一叫喊，女主人就气得跳起来了。

“你还是两班？俗话说，嘴无唇，话还是要说正的，难道你昨晚真没吃？说什么因为戴孝不能在别人面前吃狗肉汤，还说在外边天黑好，这样就在厨房门前吃完一碗还要一碗，自己吃了不承认，还叫喊，真不知羞耻!”

这时金先达也跟着骂金参判：“你这家伙原来如此无赖，吃了人家的东西硬不承认，还算什么戴孝的两班？”说着把他从马鞍上拽下来，让他摔倒在地。他的佣人们一拥而上，但都给金先达挡住了。金参判看来越说越丢丑只好认输赔罪，最后他不得不乖乖地掏出两碗狗肉汤钱。

打，使劲打

金先达住在京城一家旅馆，有一天看到了一屋子两班公子哥们哄骗小贩的麦芽糖，让小贩伤心痛哭的情景。金先达气愤不过，心想：你们这些凭两班家势欺负平民的家伙，等着瞧我的厉害吧。不一会儿，他便想出了一个招儿。到了深夜，所有的人都睡得死死的，那些两班张嘴的张嘴，打呼噜的打呼噜，有的四肢伸开大字形……金先达从小贩的柜子里拿出剩下的麦芽糖往他们的嘴里塞、手里放、兜里露出一半……然后又回到小贩旁边睡了。

黎明时分，金先达装着说梦话，故意碰醒了小贩，小贩一醒来就看到两班一伙的丑态，他昨晚的气还没有消除，顿时起了疑心。他打开自己的箱子一看，果然不出所料，连一块麦芽糖也没剩下。小贩气冲冲地顾不上问清，挽起衣袖把这些睡觉的家伙打起来了。

“嗯？你们这些仗势欺人的家伙，骗吃还不够，夜间又偷吃我的东西，老子今天可饶不了你们!”金先达正等着这一时刻，他猛地一起来，说道：“啊？世上真有如此怪事！打，使劲打！你们这些两班，原来是一伙盗贼，看来你们这些家伙还没有尝过棒子的滋味儿吧？”说着，帮着将这些两班打得一塌糊涂，为小贩报了仇。

巧治吝啬的富人

金先达走遍朝鲜八道，不管到什么地方都有稀罕事出来，这一天，他到了一个村子又饿又累，东张西望找寻投宿的地方。他想找个大门户家以便吃好睡好，正恰找到了一家坐落在村中心的高大的砖瓦房。

“主人在家吗？我是个过路行客，天色已晚，想在你家投宿一夜。麻烦你，多谢你啦!”主人两班听后用各种借口拒绝留宿。可是金先达挤出眼泪苦苦哀求，主人家无奈，只好让他进来。这家人吃晚饭，却连问都不问客人一声。金先达躺在凉炕想睡也没法睡，肚子饿得咕咕叫，他摸着饿瘪的肚子觉得这一家子太可恶。心想：哼，你家仓库里白米袋子成山，可是对客人如此吝啬，我金先达可不是吃这一套的人!

他正在心里盘算着，忽然从外面传来牛犊的叫声，顿时计上心来。他偷偷地将牛犊抱出来，爬梯子上去把牛犊放在屋顶上，然后赶紧回屋躺着装不知道。

再说牛犊在屋顶上叫个没完，这一下母牛也出来对着叫。主人感到讨厌，出去一看觉得又奇怪又不吉利，慌慌张张跑进屋里叫醒客人说：“请问客人，你是头一次看到这种怪事吧？自古传说牛犊上屋顶，或有家患，或听人家闲话。过客你说这事怎么办才好？”金先达一看主人被吓成这般样子，心里好笑。他把头一歪一扭地装着想办法，过一会儿说道：“好像不是好兆头，八成是凶兆。我虽然无知，但小时候学过占卜，如果你相信……”

主人一听客人会占卜，喜出望外，巴不得他赶紧算算。便主动讲了自己的出生的年月日、时辰等。金先达听后，口中念念有词，并将手指头一会儿弯起来一会儿伸开，就好像明白了什么似的，向主人说道：“家里要降临大忧患，这可不好。要是听我的，首先要杀那头牛犊祭神，避邪禳灾，赶走杂鬼，这样才能安宅哟!”主人是一个非常信神的人，听完金先达的话就叫家里的雇工们赶紧杀牛炖在锅里。

再说这家的太太这几天胎气反应厉害，正好嘴馋，见什么好吃的就抢什么吃。这一天夜晚，突然肉香扑鼻，她满以为是为自己炖的肉，深更半夜爬起来到厨房盛一大碗肉，一会儿就吃完了。这时金先达正好去解手，经过厨房门见到此状，心里又生一计。他回到屋里以后，过一会儿叫主人来指示这样做那样做。主人照金先达的“布置”，在前院子里铺张席子摆上小饭桌，上边放一大瓦盆的肉，然后点香开始举行驱鬼仪式。金先达对着小桌跪下来，装模作样口中念着什么，念毕就带主人走进厢房。他跟主人说，一会儿再问神驱鬼结果如何。过一会儿，他又装着问神的样子，口中念念有词，突然吓一跳，说道：“哎呀，不好了，要出大事啦！太太先吃了祭神的肉触怒了神，这一下免不了惩罚。”

听完这话，主人半信半疑，就跑进里屋问太太：“你是不是吃了锅里的牛肉？那是避邪用的呀!”“啊？那不是为我补身子炖的，什么邪不邪的?”听太太这么一说，主人不禁失声大哭起来。他边哭边跪下来苦苦哀求金先达：“啊，先生果真名不虚传，你怎么会那样通神？我太太不知道这桩事就先吃了一碗，请你设法救人，帮人帮到底吧。”

金先达听到这话，心里美滋滋的，这一下就可以好好治一治这个吝啬鬼。他又在口中念了一会儿什么，说道：“主人家，办法嘛有一个，宰五头猪百日祭神驱鬼就会消灾，你看看行不行?”主人完全相信金先达的话，从第二天早晨起杀猪祭祀，于是金先达在以后的一百天内，天天装作驱鬼，吃饱喝足，让这一吝啬鬼老老实实地吃了大亏。

最后一天，金先达吃撑了闹肚子，临走时在厢房拉一炕屎，然后不声不响不知到哪里去了。

投　宿

吉州昔山以吝啬闻名，如果过路客人要投宿，那没有一家收留的。

有一次，金先达路过这个地方，起初还不大相信传闻。他随便找几家请求投宿，可是家家都用这种那种借口拒绝了。他才感到果然名不虚传。金先达气得想法子治治这一村人的坏习惯。

他又到了一家。这一次，他先在窗户纸上捅个小窟窿眼儿，看看里边的动静。晚饭后夫妻俩还没有睡，正点着小油灯在聊天呢。这时，金先达问了一声："主人在家吗？"可是叫声刚落，油灯一下灭了，然后传出女人的声音："我家主人不在家！"

金先达一听这回答，就突然闯进屋里自己点灯，屋里顿时全亮了。他指着男主人质问女主人说："刚才大嫂说主人不在家，出门了。那么晚上住到你家来的男人无疑是奸夫了。"说着一把抓住男主人的头发边打边喊："抓到奸夫啦，抓到奸夫啦！"这么一来，女主人急了，抓着金先达的裤腿苦苦哀求说："别打了，别打了，他是我的丈夫！"

"是你丈夫？那你为什么刚才说主人不在？"女人没话可答，两口子只好承认不该撒谎，请求客人饶恕。

从此以后，这个地方的人们再也不敢把客人拒之门外了，而是好好儿接待客人。

以上九则金锦子译

巴岱的故事

（蒙古）

巴岱是蒙古民间故事中的著名机智人物，属劳动者型，出自艺术虚构，在故事中以仆役、短工、行脚僧等身份出现，常嘲讽、愚弄权贵、财主和喇嘛，有时也调侃一般牧民。其故事滑稽风趣，民族特色浓郁，在蒙古草原不胫而走，颇受群众喜爱。这里选入的作品，译自蒙古人民共和国科学院语言文学研究所德·策伦索诺姆编《蒙古民间故事》（1982 年）一书。

卖　马

人们都想千方百计把巴岱的那匹马弄到自己手里。有一天，有个商人见到巴岱就说："哎，巴岱！你把你那匹马卖给我，怎么样?""行！行！我这匹马出门没什么用处，只是个累赘，卖给你便宜一点儿!"巴岱回答。

"哎，巴岱！你怎么卖?"商人迫不及待地问道："如果你给我绿羊皮一张、狗圆趾一只、狐狸角一支、牛的大尤牙一个，这匹马就归你了。""嗨！这么一点儿算得了什么！我让手下的人到大库里去取。你就在这马棚里等着!"商人说完就走开了。

巴岱把马藏起来，顺着河流往前走着，突然发现在河边有一匹刚刚死去的马尸，就剥了皮，装了草，弄成一匹活马的样子，把它搬进马棚里，靠着马桩子，很像活马在吃草。巴岱做完这些后就等着。商人为了得到能够代替巴岱马价的东西，跑了整整一天，一无所获。傍晚时穷方尽法的商人回来了，说道："哎，巴岱！在我们的大库里没有你想要的东西。给你一百两大银，行吗?"

"就这样吧，看在你的面子上算便宜一点儿。现在天都黑了，我急于回家。"巴岱说完接受了一百两大银，又指着那个马皮草包叮咛道："先生，我的马就在棚里吃草，看见了吧？到半夜时给点儿水喝!"

巴岱找来自己的马，骑上疾驰而去。

商人有了一匹好马乐坏了："用这匹好马磨面，还将大占便宜。"他心里想着很多好处，随后就拿来一桶水，走进马棚把水倒进槽里饮马。可是那匹马动都不动。"你还要赖!"商人踢了一脚，马立刻趴倒在地上。"你还嫌水呀!"商人又踢了一脚。从马屁股里露出了一把草。商人若有所悟，说道："哎呀！人们常讲'肥马撑破'，大概就如此吧。"

巧吃羊腿

有一天，天很晚的时候巴岱来到一个蒙古包，那家人正在举行招财仪式。巴岱心想：好了！能够参加如此热闹的仪式也是一件美事。便把背囊放在门外，准备进去。主人拦住门，说道："别说你是个赶路的托钵僧，连应邀来的客人都没席位。"

巴岱非常扫兴，便靠坐着蒙古包琢磨着如何进去。这时，正好有一只山羊的羊角上套住了一个筐，乱蹦乱跳，企图把它摔掉。羊群和客人的马受惊了，乱成一团。巴岱灵机一动，大声喊道："喂！狼来啦!"屋里的人急忙跑出来追那些马和羊群。

巴岱趁机走进蒙古包，坐在上方，把献给喇嘛的羊腿放在自己跟前吃起来了。在这时候，人们从外边走进来，见到巴岱说："巴岱，你什么时候来的?"

"豺狼趁机寻食，托钵僧趁乱吃羊腿呢!"巴岱乐呵呵地答道。

走进吝啬者的家门

巴岱从那儿走入他乡时，骑的马累垮了。幸亏路上碰见一座蒙古包，他准备到那儿喝点茶。可那家人知道来的是一个托钵僧，赶紧把狗拴住在门口，进屋了。

巴岱走到门外喊道："管管狗吧！"屋里人为了在托钵僧进来之前把茶喝完，忙得什么都没听见。

门口的大狼狗使巴岱有些恶心，喊道："狗咬人吗？""我们的狗可咬人哟！你自己会知道的！"屋里人回答。

巴岱走到蒙古包的后边，开始解蒙古包的系绳。屋里人急坏了："喂！你要干什么？""我要从没有狗的一边进去。"巴岱说。"好啦，给你管狗！你从我们的门进来吧！"屋里的人齐声说道。

"如果你们喝够了茶，我可以进来吗？"

"你是从哪儿来的托钵僧？"主人红着脸说。"我是从蒙古包后边走向蒙古包门口的托钵僧，是吓呆了狼狗，摸到了系绳的托钵僧！"巴岱说。

受到奚落的主人实在不好意思了，不得不重新煎茶来招待巴岱。

讲 故 事

有一天，巴岱在路途中遇见了一座蒙古包，到包里求宿。主人表示：如果能讲故事，可以留宿，否则就赶出家门。巴岱说他能讲一个晚上的故事，于是他就获准在那户人家住宿，并且吃饱喝足，歇了脚。到了晚上，家里人说："托钵僧先生，你讲故事呀！"巴岱说，钻进被窝后讲吧。为了听讲故事，家里人给巴岱铺了最好的床垫，各自都躺在床上，等候巴岱开讲。

"请开始讲吧！"家里人求道。

"从前，在一个美好的季节里，在一个阳光明媚的夏天，我漫步在檀香坡上。"巴岱讲道。

“那怎么啦?”有人问巴岱。

“在路旁长了檀香，也长了苇草。世界真美啊!”巴岱说完便不吭声了。

“那接下来呢?”有人穷问不舍。

“年青的时候真不懂事啊！不顺路径走，偏偏走在檀香丛中。”巴岱说完又无声无息了。

“那接下来呢?”

“接下来呀，走着……走着……”

“那又怎么啦?”

“那时从路旁立起了一个黄色的东西!”巴岱说完又没有声音了。

“那是什么东西呀?”有人急得憋不住了。

“还能有什么东西呀！不就是黄鼠吗！已经跑进洞里了。大家睡吧，夏夜很短，又不是不知道。”

巴岱说完就打起呼噜来了。

巴岱受戒

巴岱为了出家当喇嘛徒步走到库伦①。他在库伦见到众多的喇嘛、庙殿，颇为崇敬，心想还是当喇嘛为好。就这样，在一位喇嘛手下当了徒弟。

有一天，师僧要让巴岱受戒。巴岱祷坐在师僧前。师僧给他教授佛规：“受戒者应不娶妻，不杀生，为拯救万物而祈祷!”“等等，等等！师父我忘了件东西。”巴岱突然说道。

“你忘了什么?”

“我把当喇嘛的事忘了给老婆讲啦，你提到老婆才想起来。我在受戒之前不能不向老婆说一声?”

巴岱说罢便匆忙离去了。

---

① 库伦：地名，即今天的乌兰巴托市。

谋生之计

巴岱考虑与前妻复婚后如何过日子，琢磨了好半天，想出了一个好主意——先拣杏树枝上的羊毛，用它做毡子，拿毡子换母马，母马生走马驹，走马驹长大成大马时以它买蒙古包，这就妥了。当他出门时，正好碰见了一个商人要卖蒙古包。他对商人说："我给你一匹走马，你把蒙古包给我吧！"

那个商人点头同意了。当巴岱要拿走蒙古包时，那个商人说："亲爱的巴岱！你把那匹走马拿来吧！"

巴岱这时才说道："我从明天起拣杏树枝上的羊毛，用它做毡子，以毡子换母马，母马生走马驹，再把马驹驯成好马，那时就给你啰。"

谁打破了鼓

巴岱在一座寺庙里参加了玛尼会（念经会）。他正坐在一个大鼓旁使劲敲打的时候，进餐的时间到了。在巴岱身旁的有位班第（小僧徒）问："打破鼓的人，你叫什么名字?"巴岱说："我叫'我去年'。"说罢鼓突然无声，他也跑出去了。大喇嘛发觉后问那个班第："谁打破了鼓?"

"'我去年'打破的。"班第回答。大喇嘛气得说不出话来了，说："那鼓刚刚还在响，你却说是去年打破的！"便把他狠狠地打了一顿。

大 斋 日

有天傍晚，巴岱走到住在寺院附近的喇嘛那儿。小气的喇嘛对巴岱说："今天是佛师圆寂之日，不吃罪孽之食。因此，巴岱你跟我一起受斋，将要空腹过一夜呀！""佛爷的斋日不是前天就过了吗?"巴岱问。"我对佛师颇为虔诚，因而要把斋日延续两到三天。"喇嘛说。

巴岱把背包搬进来，从里边掏出肥肉，说："今天是我父亲的生日，我理应吃饱肚子呀!”他说完就开始动刀子吃起肉来。喇嘛无奈抬头望着蒙古包的天窗，边站起来边说：“太阳快下山了，我要开斋啦!”

“我也吃好了，现在开始受斋吧!”巴岱边说边把肉包好装进背包里，随后就睡觉了。看着这些，喇嘛唉声叹气地说：“哎，一切都白费了。”

捉弄傲慢的喇嘛

巴岱来到水井边煎茶，顺便往头上浇水冲凉。这时，有个傲慢的喇嘛出外散步，见到了巴岱便走到他身边来聊天逗乐。

那个喇嘛头戴崭新的沙纳木帽[①]，还戴了一副太阳镜，手握着珍贵的念珠，衣着格外华丽。喇嘛对巴岱说：“巴岱！听说你很能捉弄人，能不能捉弄捉弄我呀?”巴岱往头上浇了勺水说：“哎哟，尊敬的喇嘛！哪有那么多工夫说闲话呀。天上失火了，无奈我才浇水冲凉！您瞧瞧，在那儿!”

巴岱边说边用手指天空。惊慌的喇嘛叫道：“在哪儿?”抬头一看，沙纳木帽便掉进了水井里。喇嘛心痛死了，低头一看水井，太阳镜掉在石头上碎了。

喇嘛又急又气：“都是你这杂种弄的!”挥手用念珠打巴岱。可珠链砸断，念珠撒满一地。“尊敬的喇嘛！这样如何？满意吗?”巴岱笑着问道。喇嘛自认倒霉，便匆匆离去。

辨别软硬

巴岱到一座寺庙给朝尔济[②]喇嘛做工。那个喇嘛让巴岱鞣羊皮，报酬是给饽饽。巴岱苦了好几天才把羊皮鞣完交给喇嘛。喇嘛把它放在外边用打钉子的办法进行检查。巴岱问：“你这是干什么?”

---

① 沙纳木帽：一种喇嘛帽。

② 朝尔济：喇嘛的一种职称。

喇嘛说："我们这儿就是这样检查鞣出的成品的。"巴岱鞣的皮质量高，没被扎透。黑心的喇嘛收好羊皮，便翻箱子给巴岱找饽饽。翻了好半天才翻出了一个石头般硬的饽饽，说道："瞧！就有这么一个软饽饽，给你吧。"

巴岱把饽饽使劲砸到喇嘛的头上，饽饽碎了。喇嘛大声喊道："哎哟！你这是干什么?""我们那儿就这样试饽饽的软硬。没想到我鞣的羊皮那么软，你的饽饽这么硬！"巴岱立刻回答道。

靴子成了供神

有个炎热的夏天，巴岱出门在外，又热又累，疲惫不堪。路上他遇到一座小庙，心想趁着磕头的机会乘乘凉，便走进了小庙。可是主管祭祀的喇嘛不在。巴岱又想："如果喇嘛进来后说我是小偷怎么办?"他正想出去的时候，就听到了喇嘛进来的脚步声，赶紧跑到佛像后面躲起来了。喇嘛进来后给佛灯点了火。巴岱忍不住大声喷嚏。喇嘛以为佛爷活了，连忙叫道："佛爷保佑！"

巴岱趁机说："茶！"喇嘛跑出去，端茶过来放在供桌上，说："佛爷请！"

巴岱说："肉！"祭祀喇嘛跟守门喇嘛你追我赶，一起跑出去拿来一只羊腿，放在佛像前，并在大碗里倒满了酸奶，举在头上，磕头说："活佛保佑！"

巴岱说："好啦！回去吧。"他等到两个喇嘛祈祷完毕出去后，连忙把小庙的门从里锁住，大吃起来，等吃饱喝足后便睡觉了。第二天早上，他匆匆离去，离开小庙时竟忘掉了靴子。

不一会儿，祭祀喇嘛和守门喇嘛过来，看见靴子，不约而同地喊道："活佛忘掉靴子啦！"于是便把巴岱的靴子放在庙的正中，当作宝贝供奉起来了。

以上十一则格日乐图译

僧格的故事

（蒙古）

僧格是蒙古劳动者型机智人物，出自艺术虚构。据有关学者考证，这个人物，与中国蒙古族著名机智人物巴拉根仓同为一人，只是称呼不同。这里选入的作品，译自蒙古人民共和国科学院语言文学研究所德·策伦索德诺姆编《蒙古民间故事》（1982 年）一书。

以石头充元宝

玛莫老太太有一次来找僧格，她说："玛格斯尔台吉[①]要我把女儿许配给他的儿子。我告诉他，我不愿意把自己的女儿嫁给他那个傻儿子。他怀恨在心，逼我拿出五匹良马，五十两银子，替本旗偿还欠商人的债；拿不出，就得嫁女儿。我没办法，想到旗衙门去告状，可是没有钱孝敬大老爷，官司哪能打赢啊。僧格，你可得为我出主意呀。"

僧格听了，从地上捡了几块鹅卵石，用纸包好，塞进怀里去找大老爷。塔布敦旗的大老爷，生性残忍，百姓都说他是活阎王。

僧格大模大样地走进老爷官邸，老爷开口说道："平民百姓，怎么随便

① 台吉：旧时蒙古世袭贵族的称号。

进我的官邸啊？必须先禀告我的随从，献了哈达，然后再来叩见我。”“是，老爷!”“是什么？你别在我这儿喷唾沫星子了，给我滚!”他伸手拿鞭子，僧格急忙退出。

僧格到外面，从马鞍的梢绳上解下事先准备好的袍子、顶戴、花翎，穿戴整齐，走到老爷的随从那儿，说道：“请禀报老爷，财主僧格求见。”

老爷立刻传出话来：“快请!”僧格进了老爷官邸，鞠了一个躬，彬彬有礼地说：“老爷贵体无恙，一向安好？你大概不认识我吧。我是南山衙门的小吏、山北地方的财主。贵旗河东富翁是我的胞兄，河西老爷是我的岳丈。我叫僧格。衙门上上下下都夸大人满腹文章，又爱民如子呢。我这次前来请安，还有点小事向大人禀报。”

“哦，南山衙门的吏官，请坐，请坐!”

“我有个远亲，叫玛莫老太太，也是贵旗属民，今特来探望她。顺道拜见大人。”

“哎呀，老天爷！玛莫老太婆原来是你的亲戚！怪不得那么明白事理呢。哦，请你用茶，请!”

“大人，我来有事相求，我想你一定办得到的……”僧格一边说，一边把纸包连同哈达献了过去。“行，行，我一定办!”老爷满脸堆笑。“你岳父，嗯，河西……对，河西老爷是个好人。”他再次欠了欠他肥胖的身子。

“玛莫老太太，托福在你的管辖之下。现在你要她出五匹良马、五十两银子作为赋税，她连用来挤奶的母牛都没有，哪里还有良马？请你下令免了吧!”

“好说，好说。”老爷把书吏传了进来，说：“写一道命令：玛格斯尔台吉派在玛莫老太太头上的五匹马、五十两银子的赋税全部免除!”

“大人真是治理有方，可你们那位玛格斯尔台吉可是个势利眼，他嫌贫爱富。”

“是啊，贤弟可别见怪！这个蠢东西把税派到贤弟的亲戚头上，看我以后怎么惩治他!”他似乎气得手都发颤了。一会儿，书吏把那个写有豁免令的文书递给了僧格。这时僧格打算告辞：“大人，多谢关照。你真是个体察下情的父母官儿，难怪衙门上下对你那么称颂呢。”

“贤弟，嗯……河西老爷的大女婿，过奖！我永远会记得你的。”他点头哈腰把僧格送出门外。

僧格换了装，把脱下的大礼服，照旧搭在马鞍子后面，来到玛莫家，把那文书交给她，让她放心，今后再也不用纳什么税了。

大老爷把僧格送走后，掂了一下纸包分量，估计总有一百两银子。可打开纸包一看，竟是几块鹅卵石。“我们河西老爷的女婿不会是这种人吧？”他只好自我解嘲。一个随从说：“老爷，听说，好银子有时候会变成石头。有的人贪得紧了，见了石头都会去舔的。”

饿狼挨打

去年秋天，说谎大王僧格在放羊的时候，遇到一只狼，狼一直跟在羊群后面。狼先生知道僧格是个不好对付的牧羊人，从他手中是绝对捞不到便宜的。它想，与其费心周折，最后落空，还不如向他这个说谎大王实说了，恳求施舍为好。于是，那只饿瘪了肚子的狼跑到僧格面前恳求道：“说谎大王，我的好大哥！我已经饿得不行了，你行行好，赐我一只羊吧。”

僧格没有带枪，一时无法收拾它，想了想，说道：“让我抽一百鞭子，就给你一只羊。”狼回答道：“只要有肉吃，要抽一百鞭子就抽吧。”于是，僧格把狼捆在树上，揪住它的尾巴，左一鞭、右一鞭抽着。他把平常对狼的痛恨一下子都集中在鞭子上，也不知打了狼多少下。狼忍不了疼痛，蜕了皮，剩下无皮毛的肉身，惨叫着逃走了。

僧格捡了便宜，得了一张好狼皮。没多久，无皮的狼又来了，它向他请求说：“说谎大王，圣明的僧格大人，你就宽恕我这下贱的小畜生吧，我没有皮怎么活呀，把皮还给我吧！”

“你得保证从此以后不再吃肉，我就给你皮。”

“若叫我不吃肉而饿死，还不如没有皮痛死的好。”

达尔汗老爷听到此事后，感慨地对僧格说：“唉，怪可怜的，你积点德，把皮还给它吧，别再折磨它了。”

“那么，老爷，你把官位让给我吧，你也积点德。”

“你说什么？我应天命，受国禄。这官位也是让得的？你也太放肆了，不像话！”老爷发了火。

“照你这么说，狼吃我的羊，这也是天命喽。”

达尔汗老爷无言以对。

以上二则石习成　支水文译

布达姆舒的故事

（俄罗斯布里亚特）

布达姆舒是一个牧民型的机智人物，出自艺术虚构。其人机灵、滑稽，聪颖多智，常以高明的手段戏弄达官贵人，并且敢于同大喇嘛开玩笑。他的故事流传于俄罗斯布里亚特蒙古人聚居区。

巧给喇嘛喝牛奶

这是什么时候的事，布达姆舒的生卒年月，谁也说不上来。大家只知道布达姆舒一直是个穷光蛋。他只有一块睡觉用的小毯子，还有一件常穿在身上的粗毛长衫，再就是想饱餐一顿的心愿。

当时离布达姆舒所呆的兀鲁斯①不远的地方有一所寺庙。庙里有个叫波格多的喇嘛。他智谋过人，在众喇嘛中职位最高。波格多喇嘛经常不作声，总是一动不动地待在祈祷室里默默地跟天上交谈。这样的人真是十足的信徒！波格多喇嘛从不当着别人从坐着的小毯子上站起来，从不接别人手里的食物，也从不在人前摘下那顶神圣的铜冠。这样的人真可谓一丝不苟！

那布达姆舒呢？嘿！布达姆舒的嘴从不识闲，他就考虑问题时也在唠唠

① 兀鲁斯：相当于一个乡的区域。

叨叨。他坐的时候也没个坐相，身子老是扭来扭去，恰似一下子有三十只跳蚤在叮咬他，不让他安安静静地待一会儿。布达姆舒不管在什么地方，就是在祈祷室里，也从不袒露自己的心扉，别人都不知道他在想些什么，到底要干些什么。布达姆舒光知道活着总比不活着强，所以尽可能地享受着生活。

有一次，布达姆舒肚子饿极了，他来到汗的高级官员诺颜住的帐篷前。晚上的这段时光他们都是在帐篷前坐下来想事，聊天，抽烟。布达姆舒从他们身旁走过，像是在自言自语地说："我只要愿意，波格多喇嘛就会在我面前起立！我只要愿意，波格多喇嘛就会从我手上接牛奶去喝！"

诺颜们听见布达姆舒的絮叨，烟也不抽了，笑着说："哈—哈—哈！布达姆舒都饿疯了！你们听见他在说些什么了吗？波格多喇嘛就是在高贵的诺颜面前也从不起立！也没人见过他会从别人手上接牛奶去喝！"

布达姆舒在诺颜们身边停下，说："干吗白费唾沫星子？我说了，波格多喇嘛见到我就起立！"诺颜们说："不会起立！""我说了，波格多喇嘛会从我手上接牛奶去喝！"诺颜们说："绝不会接！"于是布达姆舒说："那咱们打赌吧！我要是输了，就给你们扛十年长工。要是赢了，你们得管我十个月的伙食！"诺颜们看这条件对他们有利，乐得心里像开了花，也就同意了。

布达姆舒去找到牧人房东，取了自己的那块毯子，便上喇嘛寺去了。他走进祈祷室，看见肥头肥脑的波格多喇嘛正坐在里面诵读经书，站了一会儿后说："圣明的波格多喇嘛！您长时间地坐在你那块毯子上，怕它都叫汗水给湿透了。您千万不能伤风啊，一打喷嚏就念不成经了。请您站起来吧，我给您铺一块干毯子！"

波格多喇嘛念经念得入了神，把那套习俗都忘到了脑后：只要在进来的人面前站起来，就得互致问候，还得接过对方的一杯牛奶。波格多喇嘛当时思想都集中到经文的含义上去了，根本没去在意布达姆舒都说了些什么，所以站了起来。而布达姆舒就在等他上当呢！"您好！"他说，并把一杯牛奶送到喇嘛嘴边。"您好！"波格多喇嘛只好回答说，还喝了一口奶。布达姆舒很快换了他那块地毯便走了。诺颜们就在祈祷室的门口站着，此情此景都看得一清二楚，也听见了他们的对话。

他们就这样输给了布达姆舒，得管他十个月的伙食。

智摘喇嘛头上的铜冠

布达姆舒最后一次在诺颜们那里吃手抓羊肉时，说："我只要愿意，波格多喇嘛就会把铜冠摘下来交给我!"这次诺颜们不哈哈大笑了，只是微微一乐，心里想："从来就没见过波格多喇嘛把自己的帽子给过别人。布达姆舒也是太不知道天高地厚。这次我们准赢!"接着说道："那咱们打赌吧!""好！要是我输，就给你们干二十年的长工。要是我赢，你们得管我二十个月的伙食!""我们同意!"诺颜们回答说，然后躺下休息。布达姆舒则去打猎。

他打死一只狼獾，用它的皮做了一顶帽子，戴上便到喇嘛寺去了。要知道，波格多喇嘛戴的可是一顶历史悠久的铜冠。说它历史悠久，是因为哈马尔—达邦山的出现还在它的后面。正如人在山上走多了能走出小路来一样，铜冠上手常摸的地方也磨出了窟窿。

布达姆舒来到祈祷室，在波格多喇嘛跟前停下。他没摘帽子。喇嘛这时正好没念经。他看见了布达姆舒，盯住他的帽子看了许久。他无论如何也弄不明白这顶帽子是用什么皮做的。他知道海狸皮，因为他戴过海狸皮帽子。可这么漂亮的皮他却从没见过，因为从来没人送过他这么新奇的帽子。波格多喇嘛很喜欢这顶帽子，只是他没说出来，一直都不吭声。

布达姆舒也没有吭声，不过他已经看出喇嘛瞧上了他这顶帽子，最后才说："圣明的波格多喇嘛！我上次在您那顶神圣的帽子上看见有个很大的窟窿。得把那个窟窿堵上。可您没戴帽子又不能在这里打坐。怎么办?"波格多喇嘛说："你说得对，布达姆舒！我的帽子是磨出了窟窿，一刮风我的脑袋就冷。有什么想法也让风给刮跑了。这顶帽子是该补了。劳你的驾，请你把我的帽子拿去把窟窿给堵上，这段时间我就戴你的帽子。"说着，波格多喇嘛把铜冠交给了布达姆舒。

可这工夫诺颜们已向人们宣布，说他们打赌赢了布达姆舒。他们刚宣布完，在帐篷前坐下，就看见布达姆舒头顶波格多的喇嘛的铜冠，正在向他们走来哩。人们欢欣雀跃，都说："布达姆舒太机灵了！……布达姆舒太聪明了！……他这次打赌又打赢了！……"

诺颜们只好又再管他二十个月的伙食。

喇嘛学狗叫

到了第二十个月的最后一天晚上，布达姆舒问诺颜们："波格多喇嘛在我面前站起来过吗？"诺颜们回答说："站起来过！"布达姆舒又问："他喝过我送去的牛奶吗？"诺颜们说："喝过！"布达姆舒再问："他把那顶铜冠给过我吗？"诺颜们又说："给了！全是那么回事！全是那么回事！"布达姆舒最后说："既然如此，我还要叫他学狗叫！"

诺颜们听了一个个都蹦了起来，嚷嚷道："你看来是疯了！圣明的波格多喇嘛怎么会学狗叫？"布达姆舒说："你们瞎嚷嚷什么！咱们可以再打赌嘛。我要是输了，给你们当三十年的长工。要是赢了，你们再管我三十个月的伙食！"诺颜们担心他反悔，很快便跟他达成了协议。

布达姆舒又说："你们跟我一道走吧，到祈祷室门口去听好了！"诺颜们匆忙穿上大袍，跟上他便走了。他们来到祈祷室，布达姆舒进去，留下诺颜们在门口等候。

布达姆舒犹豫不决地站了一会儿，然后才说："圣明的波格多喇嘛！都说您智谋超人，天底下的事没有您不知道的！请您给评评！我对我们那些人说，不同地方的狗叫法也不一样。可他们不同意我的说法，要跟我打赌。您说我们谁说的对呢？"智谋超人的波格多喇嘛说："你呀，布达姆舒，真是个木头脑袋！哪个地方的狗都是一个叫法。"布达姆舒又说："圣明的波格多喇嘛！我去过的一些地方狗是'哇—哇'地叫，我去过的另一些地方又是'呜—呜'地叫。"喇嘛说："你的耳朵呀，布达姆舒，就配给两巴掌！你不会是聋了吧！没有狗是这么叫的！"

布达姆舒忙着点头，说："您说对了，圣明的波格多喇嘛！我耳朵是有些背！您作为一个圣明的喇嘛，不用说是知道狗是怎么叫的吧？”喇嘛说：“我全知道！”布达姆舒又说：“圣明的波格多喇嘛啊！您哪怕把您的一丁点儿智慧给我也好呀！您倒说说，狗是怎么叫的呢？以后我就知道了，也就不会再瞎说八道一通去跟别人打赌。只是您得叫大声一些，好让我听见。”“那你听着好了！”波格多喇嘛得意地说，并且尽量大声地吠了几声：“汪—汪！汪—汪！……就这么叫！……汪—汪！汪—汪！听清楚吗？”“谢谢您，圣明的波格多喇嘛，我听清楚了！”布达姆舒说完，转身走出祈祷室。

诺颜们一个个垂头丧气地站在门外，脸色难看极了。布达姆舒出来后问他们：“你们听见没有？”诺颜们小声地回答说：“听见了，你这个该死的！”布达姆舒兴冲冲地说：“这我无所谓！是你们该管我的伙食，而不是我管你们。快炖羊肉吧，准备好酸牛奶！”

诺颜们气得牙齿咬得咯咯响，不过他们也没办法！布达姆舒却开怀大笑，在诺颜们的前面走去。

以上三则粟周熊译

阿凡提的故事

（中亚细亚）

在中亚细亚一带，通称纳斯列丁为阿凡提，或纳斯列丁·阿凡提、毛拉·纳斯列丁·阿凡提。长期以来，阿凡提的故事在中亚细亚的乌兹别克人、哈萨克人、吉尔吉斯人、土库曼人、塔吉克人中广为流布，家喻户晓，妇孺皆知。

皇上和真主的赏赐

有一次，阿凡提偶然讨得皇上高兴。皇上无心地说道："你想要什么，你就向我恳求吧！"阿凡提好好地考虑了一下皇上这种不寻常的恩典，就说："既然你想送我一点儿礼物，那就赏给我一口袋黄金吧，让我能够无忧无虑地跟老婆和孩子们度过我的余生！"但是皇上这时候已经清醒过来，因此在吩咐司库把密封的口袋拿给阿凡提时，向他稍微使了个眼色。司库说了一声"从命"，就走出去了。

阿凡提得到一个很重的口袋，高高兴兴地把它拿回家去，他说道："老婆，快活起来吧，现在我们既有了油腻的锅子，又有了油腻的调羹；假如你高兴，你每天可以换上十次不同的衣服，为你自己买十样不同的涂眉粉、香粉和胭脂，你哪怕每天到澡堂去十趟，——我都会有钱给你。你现在走过来，让我们一块儿数一数黄金，——我一个人怕数不清！"阿凡提用刀割掉口袋上的钤记，把它翻过身来，可是倒出来的不是黄金而是小石子。

阿凡提感到非常惊讶，先看了一看天，又看了一看地，就低下头沉思起来。老婆焦急地问道："这是怎么回事？谁给了你这些小石子，你为什么把它们拿回来？"阿凡提愤怒地回答说："是这么一回事：皇上满足我的恳求，赏了我一口袋黄金。我就把它拿回来了。要知道，我并不是个傻瓜，会把装着小石子的口袋拿回来！"老婆责备地说："皇上可也不是个傻瓜，肯赏给你一口袋黄金，你不要向皇上恳求黄金，而要向真主恳求黄金！"——"老婆，你说得真对！"

阿凡提净洗之后，就把脸朝着麦加，跪下去，举起双手说："哦，真主啊！哦，全能的真主啊，从你的秘密的宝库里给我运来一口袋黄金吧！"黄昏来临了，最后一次晚祷的时间也过去了，已是半夜啦，阿凡提还是继续在祈祷，可是秘密的宝库里的黄金始终没有出现。阿凡提心里想：也许我祈祷的声音太低了，真主听不见我的祈祷吧？于是就使尽气力地大声念起自己的祈祷词。

一个熟睡着的遵守教规的邻居，被阿凡提这种粗野的叫喊声惊醒了，他嘟囔着："这是怎么回事？"——于是爬上了自己的屋顶，他从那儿看见阿凡提高声地向真主恳求黄金。这个邻居待了一会儿，观察着阿凡提，最后再也忍不住了，就从墙上挖下半块砖头，向阿凡提丢过去。

阿凡提听到有个什么东西掉在离他不远的地方，高兴地叫喊起来："老婆！赶快把油灯拿来，真主从自己秘密的宝库里送黄金给我们了。"老婆拿来油灯，阿凡提看到半块烧焦了的砖头，心里想道："幸好真主没有把这块砖头丢在我的头上！"……

皇上大人的服装

为了阿凡提多年来恶毒的戏谑，艾米尔决定当众侮辱他一顿，于是召集了宫廷的官员，让他们都坐在皇宫的大厅里，而阿凡提则吩咐坐在比大家更高的地方。

听差在每一个人面前，都放了一包根据皇上最高的恩惠所赏赐的过节的服装。放在阿凡提前面的一包，比所有人的都大得多，它的包裹是用金线缝着的。正像所有的人一样，阿凡提打开了自己的一包，但里面放着的是一副毛驴用的鞍子。宫廷的官员们都哈哈大笑起来。但是阿凡提丝毫不动声色，高兴地感谢了真主，还颂扬了艾米尔的慷慨。

有一个在场的人对他叫喊说："你这个不幸的人啊，你为什么还要高兴呢？受了这种侮辱你应该痛哭一场！"阿凡提回答说："你完全错啦！在民间流行着一个传闻，说皇上陛下在埋怨我，但是现在大家都看清楚了，这个传闻并不确实，事情恰恰相反：国君对我特别优待，你们大家得到了什么呢？是平常的礼物！可是皇上大人却把自己的服装赏赐给了我！"

一万七千九百九十九个国家的真主

皇上对阿凡提说："假如我把我的王国送给你，你要怎样为我祈祷？"

阿凡提回答："我要向一万七千九百九十九个国家的真主祈祷，把半个地球上的国家都给你。"

皇上很惊讶："直到目前为止，人们祈祷时都说'一万八千个国家的真主'，你把一个国家弄到哪儿去啦？"

阿凡提回答："一个国家给了你。难道你不知道，在你贤明的统治之后，这个国家什么都不剩啦？因此真主少掉了一个国家。"

骆驼在澡堂里

阿凡提到澡堂去，管澡堂的人不放他进去："艾米尔[①]和最高法官正光临我们的澡堂洗澡。大人物在澡堂里，小人物是不许进去的！"

---

① 在中亚细亚有关纳斯列丁的笑话中所讲的国君，都是指布哈拉的艾米尔而言的，有的就简称"艾米尔"、统治者或"帕迪沙赫（皇上）"，后来即成为穆斯林东方国家的皇帝的通称。

阿凡提未加反驳。他走到集市上去，在那儿可以用很少的钱租到一切需用的东西。过了一个钟头，他买了一头打扮得非同寻常的大骆驼到澡堂来。骆驼的背上披盖着用金线绣成的长袍，额头上扎着一个很长的缠头，镫子上各种珠宝在闪耀着光彩，正像艾米尔的皇冠一样。

阿凡提把骆驼牵到澡堂门口，管澡堂的人吃惊而又生气地挡住他的路："你这是什么意思?"阿凡提回答说："没有什么，除去我的骆驼比法官和艾米尔高大以外，它还穿着得这样华丽，缠头甚至也要更长得多！假如它要光临澡堂洗澡的话，你有什么理由不让我的骆驼进去?"

为艾米尔圆梦

艾米尔梦见他的牙齿全掉了。他找了一个圆梦的人来。那个人说："我不敢隐瞒真情——你的儿女们和亲属们都会比你早死掉!"

为了这个可怕的预言，艾米尔下令杀掉了圆梦的人。执刑以后，艾米尔遇见了阿凡提："你能不能为我解释一下这个可怕的梦的真正的意思?"阿凡提回答说："可以，长寿的国君！这是一个好梦！在这个世界上，你要比你的儿女们和亲属们活得更久长!"心满意足的艾米尔就慷慨地赏赐了阿凡提很多东西。

最高的任命

恰好有一回，当阿凡提坐在皇上旁边跟皇上谈话的时候，一个传令官走进来说："国君，我能当着你的面，把你的命令交给阿凡提吗?"

阿凡提打开手卷，读了命令，原来皇上任命他做管理所有驴子的长官。按照官员们接到任命时的惯例那样，阿凡提先把加盖在皇上的签名上面的印章按住自己的眼睛，接着把手卷塞进缠头巾的褶缝，站起来，向皇上深深地行了三个礼。然后又从皇上的身边绕过，坐到比他更高的凉台上去。皇上说："我看你对这个新的职务非常满意，只是我不懂，为什么你要坐在比我更高的地方?”阿凡提回答说：“国君，奉你的仁慈的命令，按照这个命令的本意来说，我有权坐在这个位子上。”皇上愤怒起来：“阿凡提，你不但厚颜无耻，而且呆头呆脑。我不知道，你能不能在离开驴子哪怕一步远的地方一直站到底?”

阿凡提跳起来，很快地量了一下他和皇上之间的距离，说：“正是这样，陛下——恰好是一步远!”

两头驴子的重量

艾米尔和他的大臣，带了阿凡提一同去打猎。听差跟在他们后面拖着步子走。天气热得很。艾米尔和他的大臣，都从身上脱下了沉重的绣金长袍，把它们搁在听差的肩头上。艾米尔说：“阿凡提，你瞧！我的听差是个多么耐劳的人！要知道，他背在肩头上的衣服足足有一头驴子重!”阿凡提回答说：“陛下，甚至还要重一些，这是整整两头驴子的重量呢!”

阿凡提根据木棍判罪

有个人怀疑邻居们偷了他的钱袋，就拉着他们到法官阿凡提那儿去。邻居们都不承认犯了偷窃的罪。于是阿凡提就给了他们每个人一根同样长的木棍：“明天你们大家都带着木棍到我这儿来，我要弄清楚你们当中谁有罪：那个偷了钱的人，他的那根木棍一夜里就会多长出四分之一。”这几个被怀疑的人拿了木棍分头回家去。

黑夜来临了，那些良心清白的人，安安静静地睡着觉。可是那个拿了钱的小偷睡不着，心里充满恐惧地想着：“到明天我的木棍就会多长出四分之一，我会被当众揭穿的。”他就用刀把自己的木棍裁短了，恰好裁短到早晨它应该多长出来的那个尺寸，于是就安下心来了。

但是早晨木棍并没有长出来，当大家再到阿凡提那儿去的时候，阿凡提就命令那个被揭穿了的小偷，把钱还给原主。但是小偷反对说：“假如判决是按照木棍来决定，难道这个审判可以说是按照伊斯兰教法典的审判吗?”阿凡提回答说：“你要感激我，我用木棍要你认罪，可是我从没有用木棍打过你。假如我正像皇上一样，用木棍打你，强迫你承认你没有犯过的罪，那你又要怎么讲呢?”

大树的口供

有一个人到田里去，在大路上拾到了一口袋黄金。当他刚在大树荫下面坐下来准备数钱的时候，他的一个朋友走到了他的身边。那个朋友问清了事情的经过，就劝他别把这些钱带到田里去：“人家会抢劫你的，甚至会把你杀死！我现在回到城里去，你最好把这些钱交给我保管吧!”

这个轻信别人的人，就把钱交给他的朋友，他们告别了直到晚上再见。晚上那个朋友说：“你说的是什么钱？我从来没有拿过谁的钱和保管过谁的钱!”

尽管把得到这袋金子的所有的详细情形都回述了，那个朋友却愈加表示惊讶，最后叫喊道：“我的亲爱的！也许是你神经失常啦，不然就是你在梦里碰到这件奇迹的！别再开玩笑了，这些玩笑会引起朋友们对你的惋惜和仇人们的嘲笑。”

于是这个遭殃的人就把自己的朋友拖到法官阿凡提那儿去。但是那个被告人用一种无辜的和很能令人信服的口吻肯定地说，他是第一次听到关于在大树荫下见面和谈话的事情：“我甚至不知道在这条大道上有这样一棵多荫的大树!”

阿凡提就建议这个遭殃的人去找个证人。“除去大树之外，我没有其他的证人!”阿凡提说：“假如你除去大树之外，再没有其他的证人，你就去请大树到法庭上来，证明你的话是对的!”这个遭殃的人叫道：“这是一个多么奇怪的建议！大树怎么能到这儿来呢?”他心里想，阿凡提大概是发了疯啦。

可是阿凡提坚持说：“赶快去，告诉大树：‘毛拉·纳斯列丁·阿凡提命令你立刻出席法庭。’那时候你就会知道，我的命令甚至对大树也会发生作用!”这个遭殃的人满心怀疑地出发到大树那儿去。那个狡猾的朋友呢，说不出的高兴，坐在阿凡提那儿等待着。

这样过了一刻钟，阿凡提问他：“你怎么想呢，你的朋友已经走到了那棵大树那里吧?”——“不，不对，还没有走到，从这儿到那棵大树，将近有十几里远，这就是说，至少有一个钟头的路程。”

阿凡提不再问下去了，一声不响地直坐到那个遭殃的人回来。那个人过了两个钟头之后回来了，向法官诉苦说大树不听他的话。阿凡提说：“大树已经来过了，并且用你朋友的舌头对这件事作了口供，你的朋友本人也承认了自己的卑鄙无耻的行为。”

这样，一口袋金子就从那个骗子的手里追回来了。

无可反驳的证据

两个邻居吵起架来。其中一个人用刀割破了自己的耳垂，流着血跑到法官纳斯列丁·阿凡提那儿去：“这是他，我那个该死的邻居，把我的耳朵揪坏的!”

阿凡提下令把被告人叫来。被告人说，这是原告人自己把耳朵弄出血来的。阿凡提就对原告人说：“你走近一点。我想亲自来证实一下，你说的是真话，还是假话?”

原告人走近法官。阿凡提抓住他的一只好的耳朵，转了一下耳垂，认真地揪了它一下。原告人忍受不住剧痛，冲到一边去，由于他的头有力地撞向墙壁，就流着血摔倒下去。阿凡提对他说：“你这个诽谤人的人！假如你的邻居真的揪了你的耳朵，那么正像我们现在所见到的情形，你早就跌得头破血流了!”

正确的意见

阿凡提在太阳晒得最厉害的时候走回家，就对老婆说：“给我端一钵子酸牛奶来！在这样的大热天里，没有什么东西能比它对肠胃更有益和舒畅的了！”老婆回答说：“一钵子吗？我们家里甚至连一调羹酸牛奶也没有！”阿凡提说：“好吧，没有也成。这就是说，酸牛奶对人是有害的。”老婆说：“你真是个怪人！一会儿说酸牛奶有益，一会儿又说它有害。到底哪一个意见是对的呢？”阿凡提回答说：“假如家里有酸牛奶——那么前一个意见是对的；假如家里没有酸牛奶——那么后一个意见是对的。”

半天的斋期

有个讲道的人对阿凡提提出忠告：“夏天的时候，假如你能在长长的炎热的一整天里把斋，人家就会宽恕你全年的罪过！”这种清洗罪过的办法，在阿凡提看来，并不是什么沉重的负担。他心里想，为了重新变成一个没有罪的人，就是把斋一直延长到第二天傍晚也不为难，于是他从清晨就开始竭诚地把斋。但是他忍受这个考验只忍到中午的时候。他饿得和渴得完全筋疲力尽了，就在自己的面前铺上台布，贪婪地吃起东西来。

讲道的人和朋友们在窥视着阿凡提，就走到他跟前对他提出了责备。但阿凡提一点儿也不慌张地说：“假如在长长的一整天里把斋，就可以宽恕掉全年的罪过，那么很明显的，半天的把斋就会宽恕掉半年的罪过。至于想得到对后六个月的罪过的宽恕，当然，我总是来得及的。此外，靠了这种办法，今后我还可以过半年轻松的和无忧无虑的生活！”

霍加和生病的伊玛目

在斋月的某一夜里，那时候只允许在夜里吃东西。有一个同街坊上的伊玛目来找阿凡提：“阿凡提，我气喘不过来，我心里难受极了！你给我治一治，拯救拯救我的灵魂吧！”

阿凡提就问伊玛目，今天吃了什么东西。伊玛目回答说：“在把斋的日子里，我能吃什么特别的东西呢？当邻居家开斋的时候，我不过吃了他三块饼子……对，好像还喝了一杯甜的蛋白茶；接着他们煮汤，我又喝了一碗米汤。后来，我又得尝一尝我的另一个邻居烤的馅饼……事实上，我怎能使他受到委屈呢？可是我又吃了他三四十个馅饼，没有更多吃！”阿凡提又问：“你也吃了水果吧？”“对，吃得不多。你想，在一个托盘上能放几大块甜瓜呢？此外，还有一托盘葡萄，再加上五六个梨。”“好吧……为了使你的灵魂轻快一些，我只能对你建议一个办法。你应该爬到山坡上去。在那儿挖一个三四尺深的坑，然后面孔朝上躺在里面，再把土撒在自己身上……在泥土上面再放上三十到四十块砖头，五六块大理石板，在它们上面再涂上雪花石膏……你可以完全相信，那时候你的灵魂会从你的病体里解放出来，而老百姓的灵魂，也会从你那里解放出来！”

世界末日时烤的羊肉串

某一次，阿凡提养了一头很肥的公羊。有几个毛拉决定要强迫阿凡提请他们好好地吃一顿：“阿凡提，你知道吗，明天就是世界末日。我们建议你今天宰掉你那头公羊，为我们大家做一顿好吃的烤羊肉串！”

阿凡提无法拒绝毛拉们的要求，大家就一齐走向河边，因为大家决定要在那儿烤羊肉串。当宰羊的人剥了羊皮，取出羊的内脏，毛拉们就脱掉衣服，到河里去洗澡。阿凡提作为主人生起火来。突然间，他感到很懊恼，就把毛拉们的衣服一齐抱起投到火里去。这时从河里传来了叫喊声：“喂，阿凡提！你发了疯啦；你让我们大家都光着身子！我们现在怎么办呢？”

阿凡提说：“明天就是世界末日啦！你们还要穿衣服干什么？”

阿凡提和最高法官

有一个巴依举行婚礼。他派阿凡提去邀请最高法官来参加婚礼。

阿凡提按照自己的习惯，毫无礼貌地走进了法官的院子，这就使法官生起气来。法官冒着火说：“难道巴依就找不到一个更像样的人来邀请我，竟派了你这样的一头驴子来?”阿凡提回答说;“大人先生!巴依把他所有的人都派出去邀请客人了,是他拜托我来邀请你的!”

阿凡提做客

阿凡提到邻居家去做客。主人问他:“为你做点儿什么东西吃呢——是抓饭,还是汤?”阿凡提用一种奉承的和天真的口吻反问道:“难道你们家就只有一口锅吗?”

在主人做了抓饭和汤之后,阿凡提又想要西瓜和甜瓜来止渴和帮助消化。

睡觉的时候快到了,可是西瓜和甜瓜还是没有拿出来。阿凡提又装成头脑简单的样子问:“亲爱的朋友,在我们吃了西瓜和甜瓜之后,我们在什么地方睡觉呢?”

这家主人只好又拿出瓜来招待,但他对他自己发誓,从此不再请阿凡提来做客人。

谁 更 强

布哈拉的艾米尔问阿凡提:“哎,你的想法如何,是谁最有力量,是我还是阿富汗的皇帝?”

阿凡提回答道:“假如说谁更能举重,那么我的驴子比你们两个人都更强,它能举起一定的重量,可是你们任何一个人都举不起一半的重量。至于讲到抵抗敌人的力量,那么庄稼汉比你们两个人都更强,因为要是庄稼汉不拿出粮食,那么无论你还是阿富汗的皇帝,都会活活地饿死!”

阿凡提当画家

阿凡提到皇帝那儿去,当时皇上正在看一张画。皇帝说:“阿凡提,你瞧！画家把这个庄稼汉画得多么好！”

画上是个拿着砍土镘[1]在田里干活的庄稼汉，他的健壮而又好看的体形非常精细地被描绘出来。汗珠在他晒黑了的额头上闪着光亮，紧张的筋脉在他的两只肌肉发达的手上显露出来，很难有人能逼真地把这一形象表现出来。阿凡提说：“不，这个画家并不出色！假如让我画你陛下的这个农民，我会画得更好更出色！”皇帝就把毛笔、颜色、纸张摆在阿凡提面前，说：“好，那么你画！假如你画的不及这一张好，那我就重罚你。”阿凡提说了一声“从命”，就迅速地动起笔来。在阿凡提的笔下，纸张上出现了一个瘦骨嶙峋的畸形人，长着像蜘蛛一样细长的弯腿，背是驼的，两眼暗淡无光的。皇帝愤怒地叫起来：“够啦！把嘴巴伸过来！”阿凡提说：“国君！难道你看不出，事实上我的画要更好得多吗？但是有过错的并不是我，要晓得，在你英明的统治的年代当中，田里哪能找到一个比这更好看的庄稼汉呢？”

一根细毛都错不得

一个铁匠把一个庄稼汉拉到法庭，要他还债，当时阿凡提正好是为法官出主意的人。原告暗中送法官一把斧头作为贿赂，被告探听到这件事，连夜拖了一大麻袋棉花送给法官。第二天，法官做了对被告有利的判决。原告急忙向阿凡提申诉：“这是怎么回事？要知道，法官允诺过做对我有利的判决的！”阿凡提回答说：“棉花使你斧头的锋口变钝了，你的斧头什么也砍不了。”

原告求把判决的执行推迟一天，夜里他拖了一块值钱的毯子送给法官。法官取消了先前的决定，做出了对原告有利的判决。被告没有预料到会有这样的变化，就叫喊起来：“难道这是按照伊斯兰教法典办事吗，昨天那样，今天又是这样！”

阿凡提回答：“别嚷，按照伊斯兰教法典，一根细毛都错不得。要知道，

---

[1] 砍土镘：中亚细亚一带刨土用的农具，形如锄头。

毯子上不只有一根毛，而是几千根细毛呢！”

我自己也是这样想的

有一次，阿凡提丢了驴子，他一边走一边询问路上人，谁看见了他的驴子？有人开玩笑地说：“你的驴子在某个城里面当上法官啦。”阿凡提回答说：“我自己也是这样想的。难怪在他那儿审理案件时，他时常深谋远虑地摇着自己的头。”

富有怜悯心的回忆

阿凡提从清真寺旁边走过，听见伊玛目诵读《古兰经》的极其凄惨的声音而大吃一惊。他就走进了清真寺，坐在伊玛目的对面，开始哭起来。

伊玛目读完了《古兰经》，抬头问阿凡提：“难道我的诵读使你深受感动吗?”阿凡提回答说：“不，深为尊敬的伊玛目，我有一头喜欢叫喊的驴子，它在不久以前死掉了。你的声音马上使我想起了这头驴子，因此，正像它死的那天一样，我心里又充满了强烈的怜悯之情。”

最后审判时的一头公羊

荒年的时候，阿凡提全家人都挨着饿。他走到邻居家去说：“你是个有钱人，借一点儿吃的东西给我吧，好让我全家人不至于饿死！”

但是那个有钱的邻居拒绝了阿凡提。阿凡提失掉了一切希望，就在黑夜里窥伺着邻居家从田里赶回来的一大群羊。他抓住一头公羊的腿，把它拖到自己的院子里就宰掉了。

当阿凡提和全家人正吃抓饭的时候，邻居走过来。阿凡提不承认他偷了公羊：“你去找一个证人来。证明这确实是你的公羊！”

邻居说：“当最后审判的一天来到时，真主会成为法官，那时我的公羊会复活，奔过来证明它是你把它偷走的。为了偷窃的罪，真主会把你送到地狱里去!”

阿凡提回答说：“当最后审判的一天来到时，那头复活了的公羊奔过来证明我偷窃的罪，我就立刻抓住它，把它送回你的羊群。我这样既摆脱开你，也摆脱开真主!”

以上二十三则戈宝权译

阿尔达尔·科塞的故事

（哈萨克斯坦）

阿尔达尔·科塞，亦译作阿勒达尔·考歇、阿勒达尔·阔赛、阿尔达尔·考萨等。他是哈萨克民间故事中的著名机智人物，属劳动者型，出自艺术虚构。“阿尔达尔”哈萨克语意为“善于骗人的人”，“科塞”哈萨克语意为“没有胡须的男子”，他的名字可意译为“没有胡须的善骗者”。他擅长以诓骗为手段嘲弄、戏耍各种压迫者、剥削者，甚至最高统治者，连魔鬼、野兽也成为他哄骗的对象，有时他也会诓骗、调侃普通的牧民群众。其故事数量较多，在我国新疆的哈萨克族聚居区也广为流布。这里选入的作品，译自《哈萨克故事》第二卷（阿拉木图，哈萨克文学出版社 1962 年出版）和《哈萨克民间故事》（俄罗斯联邦教育部儿童文学出版社 1951 年出版）。

阿尔达尔·科塞和阿拉恰王

有一天，阿尔达尔·科塞来到国王跟前，对他说，他掌握一种技艺，希望把它告诉国王。阿拉恰王对此颇感兴趣，于是阿尔达尔便开始说道：“陛下！请给我一巴特曼[1]金子：我把它种上，它就会发芽生长。这便是我的技艺。”

“假如你把金子种上后，它却长不好，我该拿你怎么办呢?”

“那你就把我杀了。”阿尔达尔·科塞说。

国王给了他三千梯拉[2]金子。阿尔达尔·科塞动身回到家，国王每天派人去查访他种金子的情况。阿尔达尔·科塞上了山，在一个山坡上种起来，他一边让人看见他在种金子，一边高声说：“一梯拉金子能生出一千梯拉金子。”国王的仆人把这看在眼里，可是阿尔达尔·科塞却装作没看见他们。

秋天里，当人们在田里收获粮食的时候，国王打发仆人去科塞那里，叫他把收获的金子交出来。一个仆人隔着毡房墙和他谈判，里面一个女人声音回答说，阿尔达尔·科塞不在家。这时国王派来的一个仆人走进毡房里，看到一个最可爱的姑娘。仆人问姑娘，阿尔达尔·科塞在哪儿。她回答说，由于旱灾，她兄弟种的金子长势不好，他怕国王发怒，就采金子去了，以便把金子还给阿拉恰王。如果阿尔达尔·科塞采不到金子，他就索性不回来了。国王仆人喜欢上阿尔达尔·科塞的妹妹，他回宫后，便对国王谈起了阿尔达尔·科塞的妹妹。国王听后，命令这个仆人立即把她带进宫来，并让她和自己的两个女儿住在一起。她们一起吃，一起喝，一起睡。

不久，国王喜欢的一个大臣来到国王这里，向他的一个女儿求婚。国王经过考虑后，决定把阿尔达尔·科塞的妹妹许配给他，举行了豪华的婚礼，欢庆了三十天。在盛大的婚宴结束之后，新娘被送往新郎那里，大臣决定接受新娘入洞房。这时新娘请求大臣不要操之过急，经过长途跋涉，应该休息一个星期。她请求备两匹好马，邀请新郎去草原游玩。马备好后，新娘又提议，带上几瓶酒。大臣都一一照办了。

于是他们来到草原，散了一会儿步。他们两人一起坐下来饮酒。大臣喝得酩酊大醉，便入睡了。乔装成自己妹妹的阿尔达尔·科塞脱去华丽的女人

① 巴特曼：突厥语国家古代的重量单位。

② 梯拉：十八、十九世纪中亚细亚一些汗国的金币。

装束，恢复了自己的本来面目，动身回到国王那里。

阿尔达尔·科塞出现在国王面前，并给他带来两匹配上马鞍的马，外加一个从大臣那里带来的装着金币的袋子。

“陛下!”阿尔达尔·科塞说，“今年没下雨，我种的金子长势不好。为了不惹你生气，我去采了金子。就像你看见的这样，安拉帮了我的忙，我才能还清……可是，陛下，怎能让我这个小人物受委屈呢?当我不在家的时候，我的家受到了你仆人的侵挠。我的妹妹被抢走了，而且竟违背她的心意，把她嫁了出去。”

阿尔达尔·科塞意外的出现，使国王感到困窘，并深为沮丧，然而，这一不幸是他自己造成的。阿拉恰王说：“你的妹妹嫁给了一个好人，抱怨这样的婚姻是有罪的。你的诚实使我深受感动，我决定把你给我带来的东西全部还给你。从今以后，你就是我的女婿和大臣了。”

阿尔达尔·科塞高兴得像上了天堂似的。他就这么巧妙地骗了国王和大臣。

自命不凡的乐师老爷受骗上当

乐师老爷和阿尔达尔·科塞是同时代的人。乐师老爷愚蠢得就像公羊的肥尾巴一样。他自认为是一个伟大的音乐家。当他鼓起腮帮、瞪着眼珠用萨贝兹加吹奏什么曲子时，人们都跑到草原上去，狗也提高嗓门儿吼叫，仿佛它在近处嗅到了狼群。这时，乐师老爷感到得意忘形。似乎觉得世界上没有比他更高明的演奏家了。

有一天，这位音乐家把阿尔达尔·科塞叫到自己跟前，说道：“阿尔达尔·科塞，有句谚语：‘不要问活得长久的人，要问见识多广的人。’你漫游了整个草原，到过许多国家，了解所有人。听完我的演奏后，请你说说，哪里有像我这么好的演奏家?”趁乐师老爷说话这当儿，阿尔达尔·科塞把乐师老爷的毡房打量一番，勉强掩盖住惊奇的心情，他从来没有看见过这么华丽的陈设：到处铺着丝绒、绸缎、地毯，墙上挂着用金银镶嵌的贵重马具。

“我不能空手离开这里。”阿尔达尔·科塞边盘算，边向主人鞠躬。乐师老爷这时把萨贝兹加放到嘴边，竭尽全力地吹奏上面的小洞孔。从风笛里发出了震耳欲聋的尖叫声，山村里的人们闻声立刻向草原跑去，紧接着狗愤怒地吠叫起来。

阿尔达尔·科塞眼睛一眨不眨，带着高兴的样子站在毡房的正中央，啧啧地称好。“哎，怎么样？”音乐家得意扬扬地问道。

“最令人敬重的乐师老爷！”阿尔达尔·科塞甚至假装用衣襟擦拭一下眼泪回答说，“听了你的不同寻常的演奏，我竟然忘记了我身处在地球之上，我仿佛听到了极乐女神的歌声。您的确是个伟大的音乐家！”

乐师老爷因受到称赞咧嘴笑了笑，说道：“我喜欢你，阿尔达尔·科塞，我也许把自己的一件旧长衫送给你。”

“你是个伟大的音乐家！”阿尔达尔·科塞继续说，“但是你可别生气，老爷，实话告诉你：我遇到过一个吹奏萨贝兹加的人，他可比你吹得好。”乐师老爷听了皱起眉头，向客人投去一个愤怒的目光：“你说的那个人吹得怎么个好法？”“那人闭着眼睛能一连演奏三个小时，不出一点儿差错。”阿尔达尔诚恳地说。

乐师老爷放声大笑说：“就这个？可是我不看指法能至少一连演奏五个小时，不出差错。你不信？那你就用手帕把我的眼睛蒙起来。”

阿尔达尔·科塞正等待着他这么说。蒙住眼睛的乐师老爷照常用心地吹奏萨贝兹加。这回，连住在更远些的人们也闻声向草原跑去，狗更加绝望地吠叫。然而，阿尔达尔·科塞这时正在干自己的事。他踮起脚尖悄悄地走路，从毡房里往外搬运东西，把东西放在乐师老爷的骆驼上，若无其事地上路了。

乐师老爷一直吹到天色快到傍晚，累得他精疲力竭，浑身软弱无力。“唉，你说我吹得怎么样？”他问道。但没有人回答。这时，乐师老爷把蒙在眼睛上的手帕揭开，可着嗓子呼叫。毡房里空空如也，东西全都不见了，阿尔达尔·科塞已无影无踪。

人们听到喊声都向草原跑来，个个都掩嘴窃窃发笑。大家准备追寻，可怎么能追得上呢：茫茫一片草原，无比健壮的骆驼，聪明的阿尔达尔·科塞。又不是所有人都想追上他。

财主老爷当农夫

有一天，财主想成为一个农夫。他用两头公羊在附近山村换来一把最好的犁，从自己的牛群里牵出来两头喂饱的犍牛，就动身下田去了。耕了一小时，两小时，三小时，两头牛驯服地沿着垄沟走，一点儿也不显得累。而这位农夫却累得满头大汗——他不习惯于这种繁重的劳动，他追赶不上犁。在他面前仿佛燃起一堆炽烈的篝火。农夫觉得在犁下翻起的好像不是土地，而是一条条黑蛇，迎着他爬过来，缠住了他的手脚，使他不能前进。

这时，经过长途跋涉，阿尔达尔·科塞来到这块田地上。他赶着一群公羊，这群羊是用狡猾手段经过一番争论弄到手的。在不远处，他看到了那位累得疲惫不堪的农夫："哎呀！这不是我们的邻居扎尔蒂巴伊老爷在耕地嘛！他在死之前，怎么想起劳动来了，这可是开他玩笑的好机会！这是很难得的好机会。"

阿尔达尔·科塞把自己的羊群藏在附近的一个山丘后面，走到农夫跟前。农夫停住工作，认出走过来的人是阿尔达尔·科塞，便向他问候。阿尔达尔·科塞同情地摇了摇头说道："喂，亲爱的邻居，你累坏了吧！你也该休息一下了。如果你去休息，我情愿用你的牛帮你工作。你同意吗？"

扎尔蒂巴伊老爷正等待这个。他把自己的两头牛交给了阿尔达尔·科塞，自己到一旁休息，他躺在附近山丘的草地上，盖上工作服，马上打起鼾来。他甚至没看见阿尔达尔·科塞小心地藏在山丘后面的那群公羊。阿尔达尔·科塞见扎尔蒂巴伊老爷已睡熟，便开始干起来。他先切下牛尾巴，随后把尾巴插在地里，把牛赶到山丘后面自己的羊群旁。

阿尔达尔·科塞疲惫的程度并不亚于农夫扎尔蒂巴伊老爷。他坐在犁旁休息，坐着坐着就打起瞌睡来。

过了好一会儿，扎尔蒂巴伊老爷醒来了。看见阿尔达尔·科塞在犁旁睡大觉，感到大吃一惊。他的两头牛不见了，在犁过的地里立着的不是牛，而是两根牛尾巴。他奔跑过去，把阿尔达尔·科塞唤醒。他立刻跳将起来，惊奇地问道："你的牛性情原来就这样，还是从我使用它们耕地的那时起，性情变了？我刚一扶犁，你的牛就无缘无故地哞哞叫，于是它们就钻进地里去了。你看，现在它们的尾巴还在外面露着。"

扎尔蒂巴伊老爷气愤地说道："你胡说些什么呀！难道牛能钻进地里去?"农夫说完这话，就向立着尾巴的地方走去，显然他想把尾巴拔出来。

阿尔达尔·科塞叫喊着跑过去警告他。"我亲爱的老爷，"他说，"别拔！我求你了，别拔！你会把牛尾巴扯掉，这么做没好处。既然你的牛能钻进地里去，那它也能从地里钻出来。"

扎尔蒂巴伊老爷气坏了，心想，这一定是阿尔达尔·科塞作弄他，一气之下跑过去，抓住尾巴，从地里把它们拔了出来。这时，阿尔达尔·科塞愤怒地说道："我就告诉你别拉牛尾巴。你不听，现在只好自己责怪自己了！"于是，阿尔达尔·科塞离开田间，回家去了。

阿尔达尔·科塞是怎样款待雇工的

有一天，阿尔达尔·科塞被财主雇去当雇工。"你们过得怎么样?"他问财主的其他雇工——自己的同伴。"过得很不好！"完全忘记了肉是什么滋味的那些雇工回答。"你们不要灰心丧气，我提供你们肉吃，记在主人账上。"

雇工们只是摇了摇头说："阿尔达尔，你不要到从来没有客人的毡房里去请求。"一个人这样说道。

"我并不想去求财主。我自己提供……"

"那你想怎么办呢，大胆人?"

"不刮风——芦苇不动。"阿尔达尔·科塞转弯抹角地回答说。

就在那一天，财主羊群中一头最好的公羊不知怎么掉进了坑里，把腿摔得脱臼了。

财主拿起威士忌。"唉！阿尔达尔·科塞，一只公羊摔残废了，怎么办呢?”“干脆趁它活着把它宰了吧!”一个雇工说。“那多可惜：在我家又少了一个雇工。”财主伤心地说。“如果杀了它觉得可惜，那就让它自己死吧。”阿尔达尔·科塞泰然自若地说。没法子，财主只好把羊宰了。

阿尔达尔·科塞喜出望外地说：“多好的公羊！我们大家好好地吃一顿。”财主剥下羊皮后说：“阿尔达尔·科塞，你把杀死的这头羊带到市集上去，以高价把它卖掉。”阿尔达尔·科塞心想：你以为不会这样吗，财主！你会自作自受的。

他背着死羊，慢慢腾腾地朝市集走去。他在人群中走来走去，大声喊叫：“唉，善良的人们！我以十卢布的金币出售这头死羊，请买我的死羊！谁要死羊?”人们嘲笑地说：“不，这一次，你谁也骗不了，阿尔达尔·科塞。我们才不买你的死羊呢。你从哪儿背来的，还背回哪儿去吧。”

这些话正合阿尔达尔·科塞的心意。他回到财主身边，把死羊往草地上一扔，用衣袖揩拭一下汗水说：“老爷，我们只好自己吃肉了，没人买这死羊。我白白费了半天劲，都说没人要这死羊。”

财主不相信雇工说的话：“没人要，这怎么可能？为什么不要？多好的羊啊！多肥的羊肉啊！你撒谎，阿尔达尔。明天我们一起去卖肉。”

天亮了。财主和阿尔达尔·科塞一大早就带着死羊去到集市上。财主高声叫喊：“喂，善良的人们！请买公羊！公羊出售！谁要公羊?”阿尔达尔·科塞随声附和：“请来买昨天宰的羊。这是昨天的那只羊！给一块十卢布的金币，你们就可以拿去昨天的那只羊!”一个人忍不住地立即说道：“你们走开，懒汉！死羊肉，半戈比铜币也不给你们，这肉就留给你们自己吃吧!”他们两人只好离开集市。

“以后我们可怎么办?”阿尔达尔·科塞问，“我们自己吃，还是把它扔进密林的峡谷里?”“让我想一想，阿尔达尔，让我想一想。”财主悲伤地回答。他到底想出个什么办法呢?

财主把全部雇工都叫到自己的毡房来，他开始发表演说：“雇工们，有人造我的谣，说我是个恶人，吝啬鬼，贪得无厌的人，让安拉惩罚那些诽谤人的饶舌鬼吧！今天你们就会知道，你们的主人到底是个怎样的人，我想设宴款待你们大家。阿尔达尔·科塞去把羊煮了！只是有这样一个条件：锅里的硬的是我的，软的是你们的。”

雇工们会心地互相使眼色，但什么也没说。那就这样吧：假如没有希望吃到肉，能喝上肉汤也不错。阿尔达尔·科塞到一旁忙碌：他点起一堆火，把锅烧开，羊放进开水里煮起来。阿尔达尔·科塞把肉煮了好长时间，致使财主着起急来。

“午饭做好了吗，阿尔达尔·科塞？”

“马上就好，马上就好！老爷，稍等片刻！”

当肉煮得烂到全部脱骨时，阿尔达尔向主人说：“老爷，请你再说一遍，锅里的什么是你的——硬的，还是软的？”“硬的！硬的！”财主连忙回答说，他盘算着，用这种狡猾手段一定能得到全部肉。“趁现在你的牙还没坏，去啃你那硬的吧！”阿尔达尔·科塞说着，就把光秃秃的骨头像扔狗一样扔给了财主。

雇工们围坐在锅旁边，开始吃起来。财主气得发起狂来，脸色铁青。雇工们开心地大笑了起来。他们个个都吃得饱饱的，擦净嘴巴，急忙说：“谢谢你的宴请，阿尔达尔！”

自欺欺人

有个胖子到亲戚家去做客。头上顶着一口装着稗子的锅，这是送给主人的礼物。他的情绪极佳，因为美事儿和款待等着他，他存心用玩笑口吻讽刺所有路上的行人。

阿尔达尔·科塞骑着一匹灰马突然迎面跑过来，手里摇晃着一块花锦缎，他大概急于往什么地方去。

“唉，阿尔达尔·科塞，”胖子向他叫喊，“你匆匆忙忙到哪里去？请稍停片刻。听说你泰然自若地欺骗了一个恶魔。不过，朋友，你无论如何也骗不了我！”阿尔达尔·科塞带着惊慌的样子赶着马回答他说：“你选这个时间开玩笑不适宜，善良人。世界末日快到了。你看哪，整个天空都烧红了，天眼看就要塌下来了!”胖子吓得往天上一看，大锅就从头顶上掉了下来，稗子撒了满地。

“哎哟，我这是干的什么事!”胖子喊叫起来。阿尔达尔·科塞勒住马说：“欺骗聪明人是很难的，而愚人才会自己骗自己呢。”

阿尔达尔·科塞和希加巴伊

从前，有个叫希加巴伊的财主。全世界没有比他更吝啬的人了。他有生以来，没有给过别人一块肉吃，没有请过别人去他家做客。

与他同时代，有个阿尔达尔·科塞，他是个没长胡子的骗子，他以巧计和玩把戏闻名于整个草原。科塞也听别人说过，希加巴伊吝啬得出奇，等他有机会，一定去他那里坐坐。不久，他不得不到离守财奴住处很近的地方去，于是阿尔达尔·科塞来到希加巴伊的毡房前。

科塞走近财主的毡房旁，为了事先弄清楚里边做什么，他透过小缝隙朝里边观望。在毡房中间燃着一堆火，火上放着一口锅，锅里炖着肉。财主坐在火堆前做灌肠，他女儿、妻子和女仆坐在他身旁。女儿在给仙鹤煺毛，妻子在揉面，女仆在洗公羊头。

这时，科塞走进毡房里，恭恭敬敬地向主人鞠了个躬。主人们不知所措地把手中的东西往身下藏。财主只是为了不请他吃饭，才向他点头答礼，对他报以亲切的微笑，并说：“科塞，见到你我很高兴。请坐，讲讲你在路上的见闻吧。请你原谅，朋友，我们拿不出什么款待你。”“那就这样，”阿尔达尔·科塞回答，“讲故事我可是个能手。可是给你讲点儿什么呢，我看见的，还是我听见的?”“就讲你看见的吧，我对那些流言蜚语向来不相信。”希加巴伊说。

“那好吧，就照你说的办。”阿尔达尔·科塞说。“你听着。我走着走着，来到你这里，突然看见一条长长的东西在地上爬，它一点儿也不比你身底下的那根香肠短。有一个脏得令人害怕的头，它跟藏在你女仆身底下的那个羊头几乎一模一样。我一看见它便怔住了，但马上又醒悟过来，我抓起一块石头，朝它打去，它被我打成了一堆泥，就像你妻子身下坐的那东西。这就是我看见的事情！假如你不相信我说的，那你就像你女儿给仙鹤煺毛那样煺我的毛。”

阿尔达尔·科塞说完，便沉默起来。财主明白，他说的全是真话。此时此刻，他多想把阿尔达尔·科塞撵出毡房，他一边用勺子在锅里搅拌，一边说：“让我的锅再煮三个月！”

阿尔达尔·科塞马上猜透了财主打的什么主意。这时，他脱去靴子。把它们放在自己身边，似乎对靴子说：“你们休息吧，我的靴子，一直休息到来年！”然后，他侧身躺下，头枕在拳头上，便打起鼾来。

阿尔达尔·科塞半夜醒来，环顾四周，周围一片寂静，大家都入睡了。他悄悄地从地上起来，把肉从锅里捞出来，一个人吃了。吃完，他把老爷的皮裤扔进锅里当肉煮。他又躺下，佯装睡熟。

天亮之前，希加巴伊把妻子、女儿和女仆推醒，悄悄地对他们说：“你们快起来！趁科塞还没醒，我们来吃肉。”女仆把皮裤捞到盘子里，盘子摆在平地上，大家围着盘子坐下，想把皮裤切成几块，可是无论如何也切不动它。“这是怎么回事？难道肉煮得时间太长而变成了筋？”希加巴伊说，“妻子，这不可能是肉。你把它藏起来，明天再说，给我倒点儿肉汤来。”一夜就这么过去了，希加巴伊没猜到，这个把戏是科塞干的。

早晨，希加巴伊准备下地去，把妻子叫到跟前来说：“喂，妻子，你把酸马奶给我倒在葫芦里。可别让科塞看见。”“好吧！”妻子说，“我给你倒酸马奶时，什么都不让科塞看见。”

财主把葫芦藏在衣兜里，正想走出家门。这时科塞看见他的衣兜塞得鼓鼓的，便跳起来，搂住他的脖子，紧紧抱住他。就像临别之前那样说道：“喂喂，老爷，今天我必须离开这儿了。再见吧，朋友，再见！”

他用尽力气左右摇晃着老爷。酸马奶流了出来，一直流到老爷的脚面上。财主耐着性子，一句话也没说。后来他终于忍不住了，把葫芦掏出来，往地上一扔，高声嚷道：“拿去，活见鬼，拿去，去喝我的酸马奶吧！”这天早晨财主就这样饿着肚子离开了家。

第二天一早，希加巴伊又准备下地去，凑到妻子耳边小声说：“妻子。你给我烙张饼，可别让科塞看见。”“好吧，”妻子对他说，“我给你烙饼去。”她背着科塞悄悄地烙好了饼，心想，这一回，科塞一定什么都没看见，让丈夫吃个够。可是，科塞又什么都看见了，只是假装睡着。

财主刚把热乎乎的饼揣进怀里去，科塞一下子从床上跳起来，用一种温柔而亲切的口吻说：“喂，老爷，我在你家做客的时间不短了。今天我必须得走，让我们拥抱告别吧！”希加巴伊还没来得及开口，科塞就用双手抱住他，把他抱得紧紧的。烙饼把财主烫痛了，越来越烫。这时财主忍不住了，便突然大声叫喊道：“哎哟，哎哟，烙饼把我的肚子烫疼啦！”

科塞放开他，希加巴伊把饼往地上一扔说道：“拿去吧，你这个厚颜无耻的科塞！你去吃我的饼吧！”科塞吃完饼，依然侧身躺下，财主又空肚子走了。

数日过去了，希加巴伊怎么也摆脱不掉科塞的纠缠。于是他心里盘算着，怎样才能使这位不速之客难受呢？科塞骑来一匹马，这是一匹白脑门的黑公马。科塞和财主的马都拴在希加巴伊的马厩里。希加巴伊决定把科塞的马宰了。科塞猜到了希加巴伊的计谋，他心里说：财主，你等着瞧吧！你会为自己的举动感到懊悔的！他立即把自己马的白脑门用马粪抹黑，把希加巴伊马的脑门用白粉抹了个白斑。

希加巴伊半夜从床上起来，走进马厩里。为了欺骗科塞，他用惊慌不安的声音冲着科塞这边大声嚷道：“科塞，科塞，你的马脖子被缰绳缠住了，马眼看就要死了！”科塞回答说：“让它自己死吧，为了保住马肉，要不然你就把它宰了吧。只是你要记住，脑门用白粉涂上白斑的马是你的马，抹牲口粪的马才是我的马。”

财主没理解科塞话的意思，就把有白斑的马宰了。翌日清晨，他去马厩一看，误杀了自己的马。财主伤心得哭了起来。

老是待在一个地方，科塞已经感到厌烦了，于是他打算上路出去转一转。有一天，他对希加巴伊说：“亲爱的老爷，我想走了，可是我的靴子破得不行了。把比兹[①]借我用用。”“去跟我妻子要，她会把比兹给你的。”财主边回答，边牵着牲口下地去。

科塞走到财主老婆身边说：“财主太太，希加巴伊说了，让你把你们的女儿比兹·别凯什给我做妻子。”“你说什么——你别是疯了吧?”财主的妻子喊叫道，“难道我的丈夫会把比兹·别凯什给你这种人做妻子?”

这时科塞把她领到毡房外，当着她的面冲着财主喊道：“老爷，老爷，你答应把比兹给我，可是，你太太不给。”

希加巴伊在田里冲着妻子喊叫：“给他，妻子，把比兹给他，只要他不纠缠我们就行了!”

财主太太无奈，只好把美丽的女儿给了科塞。她放声哭起来，当她同女儿告别时，说：“该死的科塞，你使我们不痛快，我们一辈子都不会忘记你!我们再也不想见到你，请你走得远远的，你听着，你永远不要回到我们这里来。”

科塞备好马，让比兹·别凯什骑在前边，他跨上马，抖动一下缰绳——就消失不见了。

从小偷手中偷马

阿尔达尔从故乡山村出发徒步走到遥远的地方去。他日夜兼程，穿过沙漠、草原和森林，之后便在山村的穷苦牧人家里过夜。

有一天，一个骑骆驼人的儿子来到他过夜的牧羊人家里，说道：“一个有名的小偷要骑马去希加巴伊年轻妻子的家，并带上一匹公马，这马的毛色闪金光，尾巴和马鬃随风拂动。牙齿像珍珠，眼睛闪闪发光，就跟星星一样，是一匹绝顶的快马！据说，它跑起来胜过鸟飞。希加巴伊想把它放到自己的马群里。小偷牵着这匹戴着丝绳笼头和丝面罩的马。我父亲看见后便说，看来是一匹纯种公马，应该让它在我们的马群里繁衍后代。只要是希加

① 比兹：哈萨克语意为锥子。希加巴伊财主女儿的名字正好叫比兹。

巴伊眼下没让人看见这马，并把马赶到希甘去就行。”

“当然啰，肯定会这样做!”牧人们说，“哪怕从他那儿偷来一匹小公马也好!”

“你们想到哪里去了!”阿尔达尔对他们说，“我去向小偷要马，再送给你们每人一匹小马。”

“嗨，亲爱的人儿，这办不到……”

“希加巴伊爱惜它胜过自己的眼睛。他不会把马给你。”

“小偷几时动身？他走哪条路?”

“他先去希加巴伊的家，然后去希甘，明天拂晓出发，走柞木林那条路。”

“那我今天就动身。”阿尔达尔说着便上路了。他来到柞木林，坐在小径旁边灌木丛后边的隐蔽处，等待小偷到来。

太阳当头，烈日炎炎，小偷牵着马缰绳走进灌木丛中。他喝了烈性马奶酒。再加上他睡眠不足，搞得他十分疲惫，于是他坐在马鞍上睡着了。这正中阿尔达尔的意。当小偷从他身边走过时，他小心翼翼地接过他牵着的那匹马的缰绳，把马牵到树丛里，拴在大树上。阿尔达尔取下马的丝面罩，把它戴在自己脸上，又把马笼头系在自己头上，往上涂了些泥，听命于小偷。当他们离马相当远的时候，阿尔达尔停了步，手扯着缰绳。正在打盹的小偷把眼睛微微睁开，大喝一声“不好了”，并朝后看看，他看到的不是自己的马，是一个戴着丝面罩的恶魔，小偷吓了一跳，扔掉缰绳，用鞭子打马，疾驰而去。

“不要把我扔在树林里!”阿尔达尔在后边向他喊道，风吹拂他的面罩，他长时间地追赶着小偷。“愿安拉保佑我，让恶魔滚蛋!”小偷边失声地喊叫，边快马加鞭。他来到希加巴伊跟前，把事实经过告诉了他，希加巴伊生起小偷的气来，夺过他的马。脱去他身上的皮袄，痛打了他一顿，把他赶出了家门。

而阿尔达尔骑着白脑门的灰马来到自己的山村。开始放牧自己的母马群，于是称之为哈萨克的纯种灰马，被这匹漂亮的公马繁衍开来了。

阿尔达尔·科塞和他的旅伴

阿尔达尔·科塞和自己的旅伴一起出发去旅行。他的旅伴十分狡猾，可是阿尔达尔·科塞比他更狡猾。

在途中，阿尔达尔·科塞的同伴说："那你就骗骗我吧!"

阿尔达尔·科塞想了想说："我可以欺骗你，但你要知道，会骗人的那个人在我家里。请你把马借给我，我去把他带来。"

旅伴同意了。阿尔达尔·科塞骑在马背上说："瞧，我骗了你吧?"

他说完这几句话，便离开了自己的旅伴，骑着伙伴的马疾驰而去。

阿尔达尔·科塞和蛇

阿尔达尔·科塞和蛇交上了朋友。一天他同蛇一起去打猎。他们在路上拾到一块大如马头的金锭。他们不想把它分成两块，但也不情愿把它让给对方。这怎么办呢？这时蛇对阿尔达尔·科塞说："我们中谁的年龄大，这块金锭就给谁。"

阿尔达尔同意了。他们开始对自己的年龄进行回忆。蛇说，当它生下来时，太阳就跟耳朵一样大，而地球就像鞍垫那么大。阿尔达尔·科塞听了，便哭了起来。此时，蛇吃惊地问他为什么哭泣。

阿尔达尔·科塞勉强止住眼泪，回答说："就在太阳像耳朵大，地球像鞍垫大的时候，他的大儿子去世了；这一天正和蛇的生日相吻合，因而当提到这一天时，他不禁哭了起来。"就这么，阿尔达尔·科塞狡猾地骗了蛇，独吞了整个金锭。

跟恶魔分庄稼

阿尔达尔·科塞和恶魔结为朋友。于是他们决定一起种小麦。当小麦熟了的时候，阿尔达尔·科塞把小麦收割完，磨成粉，然后把麦秆垛成一垛，种子垛成一垛。这时，他把恶魔叫来，问道："你要哪一垛，大垛还是小垛?"恶魔决定要大垛："给我大垛吧!"阿尔达尔·科塞高兴地把麦秆给了恶魔，自己要了种子。

阿尔达尔·科塞和小鬼

阿尔达尔·科塞和小鬼交上了朋友。一次他们争论着：看谁比谁会骗人。

"你害怕什么?"小鬼问阿尔达尔·科塞。

阿尔达尔·科塞回答说，他害怕马肝香肠，马肉香肠和黄油，也怕黑森林，接着他问小鬼说："那你害怕什么呢?"小鬼说他害怕打铁炉。

阿尔达尔·科塞又说道："让咱们进行唱歌比赛吧，谁唱的歌长，谁就是胜利者。咱们一个人唱，另一个人背着唱歌的人。"

小鬼同意了。阿尔达尔·科塞第一个趴在小鬼背上，蒙住他的眼睛（这是商量好的），开始唱起来："嘿，嘿，嘿，嘿！……"

小鬼背着他不停地走，把小鬼的背都磨破了。阿尔达尔·科塞使他朝铁匠铺走去。他们刚一走进铁匠铺，阿尔达尔·科塞便从小鬼背上滑了下来。把蒙在小鬼眼睛上的布带揭开。小鬼一见锻冶炉，吓得撒腿就跑了。

小鬼们决心要对阿尔达尔·科塞进行报复：用他害怕的东西吓唬他。阿尔达尔·科塞躲在黑森林里，这些小鬼们想整死他，于是就往黑森林里、他的身旁扔了许多马肝香肠、马肉香肠和黄油，心想这回阿尔达尔·科塞可活不成了。小鬼们都跑了，阿尔达尔·科塞把马肝香肠、马肉香肠和黄油统统收拾起来，回家去了。

魔　鸟

父亲死后，阿尔达尔·科塞告别了兄弟和众乡亲，动身去草原漫游。他系着一根宽腰带，拄着手杖走，一个月一个月地过去了，一年了。路就这么把他引向神异的山麓下。这山像一个躺着的巨人，挡住了去路。积雪的山顶高耸入云，在陡峭的山坡上只有光秃秃的岩石：羱羊蹄子无处踏，人脚无处踩。

阿尔达尔·科塞想了想，立刻自言自语地说道："什么也难不倒人。连坚硬的铁也得驯服于铁匠的锤子。既然勇敢的人连死都不怕，难道会让陡峭的山崖吓倒吗？不管怎么样，我一定要登上去，翻过这座山！……"他在这里住下。冬去春来，他唱着歌干起活来：凿峭壁、修阶梯。一步一步地前进，越登越高。

阿尔达尔·科塞全力以赴干了一天零一个小时，又前进了一步——两只脚终于踏上了顶峰。他目光投向前方，明亮的太阳迎面照耀，他高兴得大叫一声，之后便失去知觉，跌倒在石头上。他一动不动地躺了好半天，清醒过来后，微微睁开眼睛，一只鸟儿站在他胸口上，鸟的头一个劲儿地转动，看来那鸟把他误以为是峭壁上的废墟了。

阿尔达尔·科塞抓住鸟，急忙把它的翅膀捆住。"好极了！"他说，"你，火鸟对我太有用了！"在他没扎腰带的宽松外衣里已经有了一百个主意，一百个计谋。阿尔达尔·科塞把鸟儿放在右肩膀上，顺着峭壁走下去。他边往河谷里走，边环视四周：绿色的斜坡，挺拔的白云杉，清澈的泉源。在泉源旁边竖起一个崭新的毡房，这毡房比鸡蛋白，毡房上面炊烟袅袅。……多美呀！阿尔达尔看得出神。

"这是朋友的住宅呢，还是敌人的窝？这里住的是人呢，还是可怕的戴乌[①]？进去呢，还是走开？又不该迟疑，又不能性急……"他想。

他悄悄地走过来，朝门缝里看去，他看见：在华丽的地毡上坐着两个人——一男一女，他们在喝烈性马奶酒，吃美味香肠，低声地谈论着什么。

"唉，我看他们这里正在设筵席，哪里有筵席，哪里就有客人。我马上就进去！"阿尔达尔·科塞心里想。

---

① 戴乌：一种害人的恶魔。

他仔细一听，男人在女人的耳畔窃窃私语："你的丈夫眼看就要回来了，我们应该抓紧点。快把我藏在箱子里，锁起来。你要温情地接待你丈夫，别让他觉察出一点破绽，给他好吃的，用马奶酒灌醉他，给他铺盖柔软的被褥，当他发出鼾声时，你就把箱子打开，我一下子就把这个守财奴杀死，他的全部财产归我们所有，这样我们就能过上老爷式的生活了！"

"呵欠！"阿尔达尔·科塞打了个喷嚏。两个阴谋家一听见这喷嚏声，从原地一跃而起，毡房里一阵忙乱。男人顿时钻进箱子里，女主人连忙把它锁起来，钥匙放在发辫里。"全都明白了。"阿尔达尔自言自语地说，之后跨进了门槛。

女主人带着阴险困惑的神情，恶狠狠地看了他一眼。而阿尔达尔·科塞却说："你好，修士！发发慈悲吧。请允许我这位累得不行的旅行者在你家的炉旁休息一下吧。""这一定是恶魔把你这个不速之客送到我家来！你可把我吓坏了！"

阿尔达尔已被安置在上座上，他两腿交叉坐着，可着嗓子大笑。"你笑什么？"女主人问道。她暗自思忖：这个下流胚想吃东西……"我对那个盛着马奶酒的皮囊和盛着香肠的盘子笑。"

"那你就吃吧，喝吧！可是你吃完后，一定要赶快滚蛋！"当说到"吃和喝"时，阿尔达尔听得清清楚楚，一说到"滚蛋"时，他装起聋来。阿尔达尔已经坐在黑皮囊和大盘子旁边了，酒足饭饱，肚子塞得满满的，于是躺在花地毯上，身子挺得笔直。

女主人见他没有一丁点儿走的意思，便拿来一块金币说："给你这块十卢布的金币，流浪汉，请拿上钱，快走吧！"

阿尔达尔·科塞把金币收下，向她道谢，鞠躬，鞠躬，道谢，足足用了一个小时，或许不止一小时，然后说道："再见，女主人，我这就走，我一定走，我走了就永远不回来了……不过，只因为路途遥远，现在我得喂一喂我的魔鸟。"于是，他把魔鸟放在地毯上。让它啄掉在地毯上的饭渣。火鸟啄啊啄，时间流逝，女主人发起火来，阿尔达尔在一旁冷笑。

马突然在毡房前嘶鸣。门打开了。财主——毡房的主人走进来，他衣着华贵。见了这一情景，不禁吃了一惊："妻子，这陌生人是谁？他为什么拿着一只鸟儿？"阿尔达尔·科塞没等女人开口，便替她回答说："可尊敬的老爷，我是个流浪的魔法师和医师。我的鸟是一只魔鸟！一切秘密都瞒不过它，它能预言未来，医治百病。"

财主疑惑地打量了一下陌生人，便坐在阿尔达尔刚刚享受过的炉旁说："陌生人，不管你是谁，魔法师也好，骗子也好，请你听我说。在我们这地方，没有人比我富有。我有四种牲畜：马、乳牛、骆驼和无数头绵羊。只是这一切都引不起我的兴趣。有孩子的家庭是闹市，无孩子的家庭是圣徒的坟墓。我没有儿子。唉，苦啊！我娶过四十个妻子，到过四十个魔法师那里，给阿訇赶去过四十头骆驼，但是安拉并没赐予我孩子。怎么办呢？我已经年近古稀。我的财产将要落到谁的手中？如果你真的是魔法师，能不能帮我摆脱不幸？我会给以奖赏。"

阿尔达尔把鸟抱起来，贴在面颊上，用手紧紧抱住它，问道："你说，魔鸟，你能不能帮助这位深受敬重的人摆脱厄运？"鸟吱吱地叫了起来。

"可以！"阿尔达尔大叫一声，"可以，亲爱的老爷！魔鸟说可以！"

占卜开始了。阿尔达尔像旋风似的在毡房里飞跑，高声说些令人迷惑不解的话语，并不停地抛撒什么东西，把鸟举到头顶上，一个劲儿地揪鸟尾巴，鸟吱吱地叫着，阿尔达尔喊道："你说真话，魔鸟！你说真话！"

财主瞪圆眼睛不胜惊讶地看着这一切："我从来没有见过这样的魔法师。把幸福带进我的毡房来，这是难得的机遇。"

阿尔达尔·科塞绕着毡房转，越转越快，在转动中，不知不觉地把钥匙从女主人的发辫中取出来，又不知不觉地把黄箱子打开。随后挺直身子，停在毡房中间，用可怕的声音说："喂，我的财主，大事不好了！"

财主听了脸色变得煞白，妻子发起抖来。阿尔达尔说："黄箱子里藏着一个穿着丝绸衣服的恶毒灾难。狠毒的戴乌钻到你家里来。老爷。就因为他，你才没有孩子。应当把它赶走！"

财主在哆嗦，但心里却琢磨：这个魔法师是不是个骗子呢？这个没良心的，他是不是在愚弄我，他是不是在说戴乌？让我们再看看，他还要干什么。他大声说："把他赶走，亲爱的人儿，快把他赶出去！"

阿尔达尔·科塞知道，他该怎么做！他拿起一把大勺子，从炉子上的锅里舀了一勺开水，把箱盖微微揭开一点儿，一次接一次地往箱子里倒开水。里面传来可怕的哀叫声，箱盖脱了节，飞快地掉了下来，被烫伤的"魔鬼"死去活来地跳出来，撞掉门扉，拔腿就逃出了毡房。

财主屏住呼吸躺着，年轻女人藏在地毯下。阿尔达尔捧腹大笑。财主终于醒悟过来，跑过去抱住阿尔达尔："我千百遍地感谢你，我的宝贝！你把灾难从我家赶走了！要是没有你，该死的戴乌一定害死我。现在我更加坚定地期待安拉了。我要论功奖赏你。在我的马群里有一匹马，它不是马，倒像一头熊。你把它拿去吧！"

阿尔达尔简直不相信自己的耳朵，沉默了一会儿，财主继续说："为了可怕的灾难不再回到我家来，朋友！你最好是把这鸟卖给我。我用高价买它，你说个价吧！"

阿尔达尔立即挥了挥手说："你说什么呀，你说的什么，老爷，你可别这么想！没有这魔鸟，我的生活就会变得像夜晚一样漆黑。你不要央求我，老爷，不要央求我！"

财主不肯罢休，阿尔达尔也不让步！争来争去，一直争到傍晚时分，阿尔达尔终于让了步："那好吧，老爷，就这样，我把魔鸟让给你！我不说谎，这只鸟我是用四十匹马买下的。鸟的主人至今因失去它而伤心呢。所以我才过这样贫困的生活。你给我五十匹马，这鸟就归你！"

财主听后怔住了。

"这太多了，要知道，马不是跳鼠。"

"你不想给马，那就别要鸟。魔鸟也不是麻雀！"

财主明白：他搪塞不过去。

"我给你四十匹。"他说。

"四十匹太少了，我要五十匹。"

"四十匹！"

"五十匹！"

"四十匹!"

"五十匹!"

两个狡猾者吵起架来，他们是不是很快就讲妥了呢？在财主家的毡房里足足吵了一个月，若不就是一年。他们讲和、绝交、争论、讨价还价、约定。财主终于坚持不住了，揩拭一下前额上的汗水，说道："就给你五十匹吧，魔鸟归我了!"

是因为高兴呢，还是因为痛苦，是真的呢，还是假的，阿尔达尔把鸟紧紧抱在怀里，冲着毡房大声喊叫，然后同魔鸟告别："再见了，我的朋友，再见，魔鸟！没有你，我在这个世界上怎么生活呢？我到哪里去找一个独身者住宿的地方呢?"

阿尔达尔·科塞同魔鸟告别已经三天了，又过了三天，整整一个星期过去了。他过着富裕的生活，喝马奶酒，吃山羊肉，香甜地睡在柔软的床上，良心对他说："世界上的财富是无穷无尽的，而人的生命却是短暂的。你不要浪费光阴，阿尔达尔!"

这时，他骑上熊马，唱起歌，用竿子赶着财主那奔放的马群，他猜不出未来等待他的是什么，过去也没给他留下忧愁。

开 玩 笑

从前有两个朋友。他们亲密无间。其中一个是聋子，另一个是瞎子。尽管大自然对他们如此不公平，但他们的友谊却是牢不可破的。朋友两人觉得生活得很幸福。

要不是恶魔的破坏，他们会这样友好地生活到生命的最后一息。恶魔是不甘心人们在世界上和睦相处的。它总是千方百计地在人们中间播种仇视的种子。于是就发生这样一件事：老恶魔看见聋子和瞎子过着幸福的生活，就决定去离间他们，它派小恶魔去聋子和瞎子那里。这个小恶魔便开始挑拨了。但是不管小恶魔使出多少诡计来，都白费劲，没达到目的。在离间阴谋失败后，小恶魔回到老恶魔那里，说它没能完成任务。老恶魔听了十分恼火，用鞭子抽打它，最后含泪把它撵了出去。

老恶魔只好自己亲自出马了。它相信自己一定能成功，不过它高兴得太早了：离间两个朋友并不像他想象的那么简单。老恶魔用尽了一切手段、伎俩，无论怎样努力，全都无济于事。它遭到了挫折。它有生以来第一次不得不放弃自己的阴谋计划。老恶魔感到气愤、沮丧，挣扎着慢慢地往家走。在途中，他偶然碰见一个过路的行人。此人正是他的一个旧友阿尔达尔·科塞，他是个爱开玩笑的人。

阿尔达尔·科塞一看到老恶魔悲伤不已，便问道："你从何处来，到何处去？"

老恶魔把事情的经过原原本本地对他讲了。阿尔达尔·科塞听后说："别愁，事情不是完全没有希望：假如你不能离间两个朋友，我却办得到。只要你从今后永远听我的，一切服从我。"

尽管恶魔因屈服于他感到痛心疾首，但还是勉强同意了。于是阿尔达尔·科塞立刻行动起来。他回家换好衣服，跨上马径直朝两个朋友那里奔去。两个朋友住在破旧的土窑里。阿尔达尔·科塞来到他们住所前，在窗前停了步，傲慢地问道："有人在家吗？"

瞎子听到陌生人的呼喊声后，就派聋子去打听，是谁来了，想干什么。阿尔达尔·科塞正等待这个。他连忙走到聋子面前，伸手照他脸狠狠地打了两下说："一个给你，另一个给你的朋友！"阿尔达尔·科塞说完就骑马走了。

瞎子听完陌生人的话，感到很高兴：他心里想，来这里的人准保是个善良人，并带来许多施舍物。瞎子急不可待地等待聋子朋友回来，聋子刚一走进来，瞎子便问他："唉，朋友，什么事？送来了什么施舍物，是不是许许多多？"

聋子愤懑地走回来。他回答朋友的问话说："什么施舍物呀！这个陌生人粗暴地对待我，他在我的面颊上打了两下。"瞎子不相信地说："这不可能！我亲耳听见陌生人对你说，一份儿给你，另一份儿让你转给我。"

不管聋子怎么使瞎子朋友相信自己说的是实话，瞎子还是一口咬定自己说得对。于是聋子只好照办，把属于朋友的那部分转给了他。他走到瞎子面前，狠狠地打了朋友一巴掌。瞎子按捺不住，便还了聋子朋友一巴掌。

阿尔达尔·科塞就这样取笑了两位朋友。于是他们绝交了，但时间并不长。阿尔达尔·科塞很快又使他们和好了。从此以后，恶魔害怕他，并竭力躲开他。

以上十三则张静云译

日连舍和卡拉莎什的故事

（哈萨克斯坦）

日连舍和卡拉莎什是哈萨克民间故事中的一对夫妻机智人物，属劳动者型，出自艺术虚构。其故事充分展示了夫妻两人的聪明智慧，对卡拉莎什形象的刻画，尤为突出。这对夫妻机智人物的故事在中国新疆哈萨克族聚居区亦有流传，故事主人公分别译作吉林谢·卡拉恰希。这里选入的作品，译自俄文版《哈萨克故事》第二卷（阿拉木图，哈萨克文学出版社 1962 年出版）。

国王和卡拉莎什

国王爱上了美貌的卡拉莎什，他是机智的日连舍的妻子。国王派日连舍到远处去办事，为的是让他妻子一个人留在家里。卡拉莎什猜出了他的这一用心，于是她买来些鸡蛋，把鸡蛋涂上各种不同的颜色。

日连舍刚一上路，国王就出现在卡拉莎什的面前。她像接待贵宾那样接待了他：她把茶炊放在干净的桌子上，桌上摆着水果、青菜和涂上各种颜色的鸡蛋。

国王对这些五颜六色的鸡蛋颇感惊奇。但他却沉默不语，什么话也不对卡拉莎什说。他剥掉蛋皮，吃了几个鸡蛋后，卡拉莎什便问国王道：“我的国王！你喜欢这些彩蛋！看起来一个比一个鲜艳。它们的味道有什么不同，还是一个样？”

国王回答卡拉莎什提出的问题说：“全都一个味儿，好像是一个母鸡生的蛋。虽然蛋壳的颜色不尽相同，但他们的内容全一样。”

这时，卡拉莎什对国王说：“就是这样，女人的外表和这些彩蛋一样，各不相同。一些人很美，一些人并不那么迷人，另一些人简直很丑陋。可是所有女人全是女人。”

国王感到蒙受了莫大的侮辱。但不知如何回答卡拉莎什说的这一席话，于是就这么回自己的宫殿去了。

智解难题

国王把日连舍叫到自己身边，给他一头三岁的公牛，让他把牛活活消耗尽。日连舍把公牛带回家，问妻子怎么办。妻子说：“这很容易！”

她叫日连舍拿来五普特[①]盐。盐拿来了。他们把全部盐放进锅里，倒上水。然后不停地赶着公牛走。牛累了，因而排泄出粪便。这时他们把牛捆起来，灌盐水。第二天一早，妻子又让日连舍赶着公牛走。这次给公牛足足灌了一锅盐水。五天之内，给公牛灌了五普特的盐水，到了第六天，她又让日连舍赶牛走。牛已不再排泄粪便。第七天国王问：“公牛消耗尽了吗？”“消耗尽了。”他们回答说。

国王命令把牛宰了。宰完后，当打开牛的内脏时，一滴血也没流。仔细查看一下骨头，只在脑骨上有少量的血。卡拉莎什就这样完成了国王交给的任务。

聪明的日连舍和美女卡拉莎什

很久以前，有个名叫日连舍·舍申的聪明人。他的智慧和大海一样深，

① 普特：俄国重量单位，1普特等于16.38公斤。

一样宽广。他说话的声音犹如夜莺在唱。尽管日连舍是个十全十美的人，但他生活很贫苦，比草原上任何人都穷。他的茅屋是那样的简陋，甚至当他躺下时，他的双脚露在门槛外，风和雨顺着那些缝隙任意地往茅屋里钻。

有一天，日连舍和同伴们在草原上行驶。天快黑了，骑手们快马加鞭，以便在天黑前赶回住处。辽阔草原上的河流突然切断了他们的去路。河的对岸是山村，河的这边有一群妇女往口袋里拾干粪块。骑手们来到她们面前，向她们致以亲切的问候，并向她们打听怎样才能过河去。

这时，一个年轻姑娘，女友们把她称之为美人的卡拉莎什从妇女群里走出来。她身穿一件打补丁的连衣裙。但她却是那么的美丽动人：她的眼睛像两颗星，小嘴像月亮，身段好似一根匀称柔韧的细柳枝。

“有两个浅滩，”姑娘说，“左边的——近，又远；右边的——远，又近。”她指了指通向浅滩的两条小径说。只有日连舍一个人懂得姑娘的意思，于是他牵着马向右方向转去。

不大工夫，他看见一个浅滩。这里是沙底，水浅。他没费力气就渡过河去，他骑马奔驰，不久就到了山村。他的同伴们选了那个近处的浅滩，他们很快就为这一选择感到后悔莫及。没等到河中央，他们的马就深深地陷入了淤泥里，只好在最深处下了马，手里牵着缰绳，缓缓地朝岸边走去。当他们浑身湿淋淋，像落水鸡似的走进山村时，天色快到傍晚了。

日连舍把马放在尽头的一个帐篷旁。这是山村里最贫寒的帐篷，他马上猜出，这帐篷是指给他路的那个姑娘父母的。日连舍一直等到同伴们回来，骑手们刚一下马，卡拉莎什的母亲就从屋子里走了出来，迎向前去，并邀请他们到她家做客。他们向善良的女人道谢后，便走进帐篷里。

帐篷里跟外面一样，一贫如洗。女主人给客人铺上一块干巴巴的毛皮，用它来代替地毯。过了不久，看见卡拉莎什走进帐篷里，肩上扛着满满一袋干粪块。

正值春天，一场大雨倾盆而下。所有女人都带着湿漉漉的牛粪块从草原上回来，当晚，别人家都没能吃上饭，便睡下了。只有卡拉莎什一个人带回来的是干粪块。她点燃火，让客人取暖烘衣服。

“你用什么妙计没让牛粪块被雨淋湿呢?”客人们问她。姑娘对他们说，当下雨时，她趴在装着干粪块的口袋上，用自己的身子遮住它。虽说她的衣服湿透了，可要知道，衣服在炉旁很快就会烘干。她只能这样做，因为她的父亲——是个牧人，半夜才能回来，他又饿又湿，没有火，他一定要感到难过的。在下雨时，别的女人都躲在口袋下，结果衣服和干粪块全淋湿了。

客人听了姑娘的回答，对她的聪慧感到震惊。其实他们最想知道的是，晚上将要用什么样的美餐款待他们。

卡拉莎什这样对他们说：“我的父亲虽然贫穷，但他是个好客的人。当他赶财主的畜群回来后，如果他能得到一头公绵羊，那他就能为你们把羊宰了，假如得不到羊，他甚至会为你们宰两头母绵羊。”除了日连舍之外，谁都听不懂姑娘的话，人家把这话当成笑谈而已。

卡拉莎什的父亲回来了。他一看见自家的帐篷里有些陌生人，就跑去找老爷，请他给他一头公绵羊，为这些不速之客准备丰盛的晚餐。财主把他赶出来，什么也没给他。这时牧人把自己唯一的一头眼看要产羊羔的母绵羊宰了，用羊肉为这些客人——年轻的骑手准备了一席香甜可口的菜肴。只在这时，客人们才理解了卡拉莎什那番话的含意。

在席间，日连舍坐在卡拉莎什的对面。他被她的美貌和智慧陶醉了，他悄悄地把手放在胸口上，表示他热烈地爱上了她。他的这一举动被眼睛没从他身上移开的卡拉莎什看见了，她随后用手指触摸一下自己的眼睛：她想用这个说明，他的情感瞒不过她的眼睛。

这时日连舍摸了摸自己的头发，他盼望能早点知道，她父亲会不会跟他要和他头发一样多的牲口给她做彩礼。卡拉莎什又用手摸了一下坐在她身底下皮子上的毛，暗示父亲不会拿她来换取和绵羊皮上羊毛一样多的牲口。

日连舍一想到自己很贫穷，便悲伤地垂下头。姑娘对他深表同情。她把皮子的一角掀开，用手摸了摸皮背面。她这样做，为的是使日连舍明白，假如她找到的新郎是个可尊敬的人，父亲会把她白白地送给他。

牧人一直在观察两个年轻人的无言对话。他明白，他们彼此相爱了，日连舍和他女儿一样聪明，所以，当日连舍求他把卡拉莎什许配给他做妻子时，父亲欣然同意了。

三天后，日连舍把年轻的妻子带回了故乡山村。美丽而聪明的卡拉莎什的名声很快传遍了整个草原，最后又传到了王宫里。当国王听到自己的大臣恭维卡拉莎什是世界上最美丽，最聪明的女人时，他竟对日连舍产生了嫉妒之情，决心把他妻子从他手中夺过去。

一天，国王的急使骑马来到日连舍的茅屋旁，他以国王的名义，命令他立刻带妻子进宫去。他们无奈，只好上路了。国王一看见卡拉莎什，就爱上了她，他决心一定要让她成为自己的妻子，当即命令日连舍留在宫里服侍他。白天，日连舍在金碧辉煌的宫殿里干活，晚间，日连舍累得不行，回到自己的茅屋，卡拉莎什的身边。

他这时才享受到个人的自由，他一边把头垂在心爱妻子的膝盖上，一边说道："待在自己的茅屋里多幸福啊！它比国王的宫殿要宽敞得多。"此时他的脚露在门槛外。

时间过去了，可是国王陷害日连舍，以便占有卡拉莎什的邪念从未停止过。他多次让日连舍去做既危险又难以办到的事，但是他每次都是又快又好地完成了，所以国王没有理由处死他。

有过这样一件事：国王带着侍从日连舍在草原上行驶。那是一个有风的天气，风滚草在草原上滚动。国王对日连舍说："你去追风滚草，并从它那儿问明白，它从哪儿来，到哪儿去。你听着，你得不到它的回答，你的性命可就难保了。"日连舍追赶着风滚草，他追上了它，用矛把它戳穿，并在它上面站了一会儿，然后便返回去。国王问道："喂，风滚草说什么了？"日连舍回答说："伟大的国王啊，风滚草向你问候，它这样对我说：我从哪儿来到哪儿去——风知道，我停在何处——峡谷知道。这是不言而喻的。不知是你这个笨蛋向我提这种问题，还是国王这个蠢货派你来向我询问这种问题。"

国王对他这言外之意领会了，但他对日连舍没作任何回答，只是对他怀恨在心。

又有一次，国王叫日连舍去他那里。但是既不能在白天去，也不能在夜里去；既不能步行，也不能骑马，而且不能停在大街上，还不能进宫里。想以此置他于死地。

日连舍忧愁起来，但同卡拉莎什商量后，他们共同想出一个摆脱困境的妙计。在早霞时分，日连舍骑着山羊，在大门的门框上出现在国王面前。

国王的诡计又遭到了失败。这时他又拿出一条新的计策来。秋天来临时，他把日连舍叫到身边，交给他四十头公羊，这样说道："我把这些公羊交给你，整个冬天，你都要放牧它们；但你要知道，假如到了春天，它们没有像母羊那样生出羊羔来，我就下令把你斩首。"

日连舍陷入悲伤，他赶着羊群慢吞吞地走回家。"你怎么了，我的丈夫?"卡拉莎什问他，"你为什么这样忧伤?"日连舍把国王的荒诞命令告诉了她。

"亲爱的，"卡拉莎什高声喊道，"为一件小事情忧伤值得吗？入冬前，你把这些公羊统统宰了，春天来时，你懂得怎么办，一切都会运转得再好不过了。"日连舍照卡拉莎什说的那样办了。

春天来了。一天，国王的急使去敲日连舍茅屋的门，随后宣告国王立即驾到：他想知道他的公羊是不是产羊羔了。

日连舍悲伤不已，他觉得这次他必死无疑了。卡拉莎什说道："莫悲伤，我英明的人。你去草原躲起来，傍晚前，你不要回来。让我来接待国王。一切都会运转得再好不过了。你去吧。"日连舍听了妻子的话，到草原去了，卡拉莎什留在茅屋里。不久，她听到了马蹄踏地声和严厉的说话声："喂，谁在里边！请回答!"

卡拉莎什马上听出是国王的声音。她从茅屋里走出来，并向他鞠了个躬。"你丈夫在哪里？他为什么不出来迎接我?"国王气愤地问道。卡拉莎什却恭恭敬敬地回答他说："噢，万能的国王，请你可怜可怜我的丈夫：他为了讨好你的欢心，出去了。他一听说你要来拜访我们，就打心眼里感到悲哀，因为我们很贫穷，家里没有什么储存东西款待你这位贵宾。我的丈夫急忙去了草原，为的是挤点自家养的鹌鹑奶，用它配制点奶请你喝。请进屋吧，尊贵的国王，我丈夫很快就会回来款待你。"

国王听了，火冒三丈。"你存心捉弄我，你这坏女人!"他喊叫起来，

“你在哪儿见过鹌鹑能挤出奶!”“这有什么大惊小怪的，明察秋毫的国王?”卡拉莎什毫不在乎地说，“难道你不知道，在英明国王掌管的国家里，不是就有这种怪事吗？你的四十头公羊不是正在准备生羊羔吗?”国王这才明白，自己上了当。他羞愧得无地自容，立即勒马加鞭，顿时消失不见了。

从此以后，国王再也没来打扰日连舍和卡拉莎什，他们一起幸福地度过了晚年。

卡拉莎什去世时，日连舍正出外打猎。通常这种时候，他的伙伴们会去把这噩耗告诉他。他们从老远就看见了日连舍。他边走边唱愉快的歌。在他的鞍子上挂着三只被打死的天鹅。

伙伴们请日连舍在他们身旁坐下，他们决定不直截了当把这悲痛的消息告诉他，慢慢地转到正题上来。“日连舍，你以聪明绝顶闻名，”他们说，“请你回答我们提出的问题：‘当父亲死去时，一个人失去了什么?’”

“父亲的死——保护人的免遭灾祸的那堵牢固的墙倒了。”

“说得好，”伙伴们说，“当母亲死去时，一个人又失去了什么呢?”

日连舍回答说：“母亲的死——养育人的爱的泉源干涸了。”

“说得好，”伙伴们说，“你把兄弟的死，比作什么?”

日连舍回答说：“兄弟死了，好比支持人的顶梁柱倒了。”

“聪明的日连舍，最后请你讲讲：当妻子死去时，一个人失去了什么?”

“我的卡拉莎什死了!”日连舍急骤地尖声叫起来，他立刻猜到了一切。他想立即回到宠爱的妻子身边去，他满面泪痕，拄着鞭子把站起来，这时鞭子杆折断，压在他身子底下，日连舍就这样离开了人间。

以上三则张静云译

阿尔达尔·科塞的故事

（吉尔吉斯斯坦）

阿尔达尔·科塞，又译作阿勒达尔·阔赛、阿尔达尔·考沙等。这一组故事流布于吉尔吉斯斯坦境内。

巴依的儿子上大当

一次，一个非常富有的巴依的儿子请求父亲让他去赶集。父亲好长时间都举棋不定，但最终还是同意了，给了他一匹好马以及路上吃喝的一些食物和两皮囊马奶酒，还给了二十只羊让他赶到集市上去卖。父亲去送儿子，临别时还叮嘱："我的儿子，你可得小心。要保重身体，并看好那些羊。特别要提防那个不留胡须的骗子手阿尔达尔·科塞。如果不加以提防，他轻易就能使你受骗上当，结果会使你人财两空。"

父亲往回走，儿子则赶羊上集市。傍晚时分他才赶到城里，这时集市早已散尽。就在这时他遇见了阿尔达尔·科塞。"孩子，"阿尔达尔·科塞说，"太阳已经落山，可你才赶着羊来赶集。看来你得留下来等明天了。我看你还年轻，没有处世经验，可这里小偷太多了。你就住在我家吧，这样可以保证你的安全。"

"这家伙可能就是父亲提到过的那个人。"他想，并推辞不去他家住。阿尔达尔·科塞说尽好话也不能使他回心转意。于是阿尔达尔·科塞跑回家去，粘上满脸胡须，头上还裹了缠头，穿上白色长袍，跨上一匹白马，又迎面向小伙子骑去。

这时天已完全黑下来。阿尔达尔·科塞对小伙子说："父亲为什么让你一个人来赶集？这样可是太危险了！我的孩子，我住得很近，就上我家去住吧。明天早上我帮你把牲口赶到集上去卖个好价钱。"这次小伙子不再推辞。他俩把羊群赶到阿尔达尔·科塞的帐篷跟前，将它们拴在那里过夜。

然后他们走进帐篷。阿尔达尔·科塞让客人坐上席，再掏出钱来给妻子。"你把这钱藏好。"阿尔达尔·科塞说，"我今天在集上没相中一只可意的羊。""那现在怎么办？"妻子有些犯难，"我们用什么来招待客人？你说我们的客人赶羊来集上卖，那你就向他买一只好了，明天再按市场价付给他钱。""这没说的。"巴依的儿子说，"你们随便挑一只吧，钱明天再付。"

阿尔达尔·科塞很快宰了一只最肥的羊，女主人开始着手做晚饭。趁煮肉的工夫，他把小伙子灌得烂醉。然后夫妻俩赶紧卸下帐篷，把全部财产让骆驼驮上，骑上小伙子的马，赶上他的羊群，便走了。

巴依的儿子一直睡到大中午才醒来。等睁开眼睛一看，才发现自己是躺在露天里。

划算的买卖

一次，阿尔达尔·科塞去赶集，看见一个富有的巴依。"我的巴依，"阿尔达尔·科塞跟他聊起来，"你看来是个好人，而且你的牲口不少。可就是金子银子不多。金子和银子不需要喂草。如果藏得好，一直可以放到需要花的时候。这才是真正的财富呢！是啊，你是富有，可我比你更富。你的财富才及我的四分之一。搬家时候我的金子和银子得六头骆驼才驮得走。"稍顿了顿后阿尔达尔·科塞又说："你有五十头骆驼，三百匹马和上千只羊。可要是冬天往后延呢？它们就可能倒下。我的巴依，我想帮帮你的忙，用我的黄金来换你的牲口。"

巴依喜形于色，同意用牲口换黄金。"只是你先得把马借给我，我很快去把黄金取来。”阿尔达尔·科塞说。“骑走吧，骑走吧。我的马跑不快，所以你得把鞭子也带上。”巴依说。

阿尔达尔·科塞骑上老爷的马，转眼便不见了。

袋 中 狼

从前，山里有两个巴依。他们想尽量远离人们，以避开别人的求助。这两人一个叫科切尔巴依，另一个叫科普切斯巴依。科切尔巴依有个大家庭，但牲口不多。科普切斯巴依家里人口少，却有不少牲口。

阿尔达尔·科塞有一次决定上他们那里去。路上他遇见一只狼。“我不止一次骗过巴依和汗，就是没骗过狼。这次就骗骗它吧。”阿尔达尔·科塞打定主意，跑去追狼。狼跑过一个个山隘，但阿尔达尔·科塞一直紧追不舍。狼跑累了，阿尔达尔·科塞还一直追住不放。狼终于筋疲力尽，钻进一个洞里。

阿尔达尔·科塞决定活捉狼。他把一只口袋打开，罩住了洞口。这时来了一个人，问他：“阿尔达尔·科塞，你在这荒无人烟的地方干什么呀?”阿尔达尔·科塞大声回答：“有只狼被我赶进这个洞里。狼说它不出来，可我想一定要活捉它。请你到我家去告诉我妻子，等她三个月后生下孩子，让她给取名叫萨拉马特。等孩子长到九岁，就叫他来找我。我们父子俩一定能把狼捉住。”狼听他这么一说，不禁心惊肉跳，决心从洞里跑出去，没想正好钻进口袋里。阿尔达尔·科塞把口袋扎紧，往肩上一扛，就这样去找科普切斯巴依。

阿尔达尔·科塞走进他家，客客气气地向他表示问候，老老实实地坐下。科普切斯巴依也向他表示问候，然后马上开始谈话：“我这儿早就没人来光顾了。”他说，“不速之客不会带来欢乐，邀来的客人又没有，因为我谁也不邀请。不过你那张脸倒是挺和善。你叫什么名字，你这又是上哪儿去?我看你肩上扛个口袋，就是说，你来自很远的地方。”“你真行，我的巴依。”阿尔达尔·科塞回答说，“我看你很富有。不过我也不是个等闲之辈。我叫阿基尔巴依。你别以为我来是有所求。我的口袋里有一只白公羊。它是从天上掉下来给我的。有它的帮忙，我可以使甚至像你这样的巴依发财。要是夜里把我这只公羊拿去跟你的母羊关在一起，把羊圈关得严严实实，那你的那些母羊一夜就能下仔，它们的数量一下子就能增加好几倍。我的公羊要价并不高，给我五百只母羊我就让给你。”

科普切斯巴依的目光中透出贪婪。“喂，阿基尔巴依，你把那只公羊卖给我吧！我给你五百只母羊，然后成为首屈一指的大富翁！”他高声说。阿尔达尔·科塞将口袋里的狼给了巴依，从他那里拿到五百只母羊，赶着羊便回家。而科普切斯巴依呢，他在耐着性子等着夜幕降临，然后将口袋扛到羊圈，放出“白公羊”，末了把羊圈关得严严实实。最后他回到帐篷，躺下来睡觉，心里还惦着明早他的羊会多得不计其数。

放进羊圈的那只狼是只饿狼。天亮前他一直都在享用着巴依的羊。科普切斯巴依听见有响动，心里还乐滋滋的呢，因为他确信这是羊圈里在增添羊羔。早上他到羊圈一看，才发现一只只羊都已倒地死去，而那只白公羊原来是只大灰狼。直到现在科普切斯巴依才恍然大悟，这是狡猾而机敏的阿尔达尔·科塞玩的把戏。

这就是那位城里给取外号叫阿尔达尔·科塞的不长胡须的机灵鬼给贪婪而吝啬的巴依的报应。

以上三则秉周熊译

米纳里的故事

（土库曼斯坦）

米纳里，即乌兹别克著名诗人米尔·阿里·舍耳·纳沃伊（1441—1501）。他曾任霍拉桑苏丹胡先·拜卡尔的掌玺官，并被任命为大臣，取得“艾米尔”（东方伊斯兰教国家的军事首领）的称号。他不满中世纪的专制制度，反对达官贵人贪赃枉法、鱼肉百姓，因而引起宫廷的嫉恨，终于被迫离职。人民群众对他非常敬佩和爱戴。长期以来，有关他的逸事、趣话，在中亚细亚一带广为流布。本书选入的作品，译自俄文版《土耳克明民间故事》（1953 年）一书。

米纳里是怎样当上谋士的

有一次，米纳里向一个牧主借了一百只肥绵羊，把它们赶到国王苏丹·瑟尤的首都，赶到市场上。人们围住了肥羊，纷纷打听羊价。

米纳里回答大家说：“我可以赊给每个顾客一只羊，等你们的国王死了以后，我才收钱。”人们听说可以欠账买羊，顿时把羊买光了。

市场管理人来到王宫里，对苏丹·瑟尤说：“陛下，今天有个人赶了一群羊来到市场上，他把羊赊给人，并且声明，等你死了以后他才收钱。”苏丹·瑟尤命令立刻把这个商人带来。

米纳里被带进了王宫，国王问他说："坏商人，你为什么欠账卖羊，直到我死了才收钱？现在你就要祷告上帝，愿我快点儿死啦！我对你做过什么坏事呢？"

米纳里回答他说："陛下，你听到的话很对。我是卖了一百只羊，等你死了才收钱。但是，如果我一个人恳求上帝，愿你早死的话，那么一百个买了羊的人，他们会恳求上帝，保佑你活得更长些。现在你自己去决定吧，上帝会尽先重视谁的请求呢！一个人的呢？还是一百个人的？"

苏丹·瑟尤很满意米纳里的回答，当时就任命了米纳里做他的谋士。

十里和十步

有一年冬天，当白雪覆盖了山岭的时候，苏丹·瑟尤和米纳里发生了争论。

苏丹·瑟尤说："如果一个人爬到山顶上去，不生火堆，留在那儿过一夜，那么他立刻就会冻死。"但是米纳里却断定说，就是没有火堆，人在山顶上也冻不死。

苏丹·瑟尤争论得冒火了，便命令米纳里说："既然冬天的山上对你是这样地热，那么今天你就到那座积雪的山顶上去，不生火在那儿过一夜吧！如果明天你还好好地活着，我就送你人那么高的一袋金子。"

米纳里同意了。他带了四十条被子，动身到苏丹·瑟尤所指的山顶上去。他爬上了山顶，在雪上铺了三十九条被子，一条叠一条，第四十条被子用来盖在身上。这样他睡了一夜，第二天早晨，他出了一身汗，醒来了。

米纳里回到王宫里，向苏丹·瑟尤索取他答应给的金子。

"夜里你没有生火堆吗？"苏月·瑟尤问他。

"没有，"米纳里回答，"没有生火。"

"那么你有没有从山上看到什么火呢？"

"对，陛下，在离我十里路的地方，我看见一点儿微弱的小火，那大概是牧人生的火堆。"

“这就是啦!”苏丹·瑟尤说。“正由于那点小火的热量温暖了你，你才不会冻死。”说着，苏丹·瑟尤把米纳里撵出了王宫，也没有给他答应给的奖金。

过了几天，苏丹·瑟尤为了一件事需要米纳里，便派急使去叫他。“你转告国王吧，”米纳里对急使说。“等瓦罐里的水烧开了，我喝下一杯茶，我就到他那里去。”苏丹·瑟尤等了好半天，但是始终等不到，他又派急使去。

“瓦罐里的水还是没有烧开，等它一烧开，我马上就去。”米纳里回答说。苏月·瑟尤等米纳里一直等到傍晚，于是他亲自去找他。他找到了米纳里，这时他正坐在院子里的火炉旁边。“喂，米纳里，”苏丹·瑟尤说，“你的瓦罐里的水到底烧开了没有?”“没有，陛下，”米纳里回答，“怎么也烧不开。我真不知道怎么才好。”“你的瓦罐在哪儿呀?”国王问，“炉子上我什么也看不到嘛。”“它搁在离火十步远的地方。”“米纳里呀，”苏丹·瑟尤说，“大概你是昏了头吧！瓦罐放得离火十步远，那水怎么能烧得开!”

“很简单，陛下。”米纳里回答，“我在山顶上不会冻死，是因为离我十里的火温暖了我。那么瓦罐放在离火只不过十步远的地方，为什么它里面的水就不能烧开呢?”

帮助盲人和残疾者

苏丹·瑟尤每月付给米纳里五百个坦迦①的薪俸。可是米纳里除了一件打着许多补丁的旧长袍以外，他什么也没有。进王宫他也是穿着这件旧长袍。国王很想去看一看米纳里的家，可是米纳里总是找出各式各样的借口，尽力逃避国王的探访。

有一次，苏丹·瑟尤带着米纳里在首都街道上散步，他在米纳里的家附近停了步，心想，这一回米纳里总要请他到自己家里去吧，但是米纳里却建议国王再散一会儿步。这时苏丹·瑟尤问：“米纳里，为什么你老是不请我

① 坦迦：一种小银币。

到你家里去呢?”米纳里耸了耸肩膀，回答说：“要是你这样想去的话，那我们就去吧。”

他们走进了院子，苏丹·瑟尤看到面前是一顶简陋的帐篷，帐篷上的毛毡已经很旧了，甚至小孩子用一块小石子就能把它打穿。米纳里的妻子坐在一张脱了毛的羚羊皮上，正把纱绕到纺锤上去。

“米纳里，”苏丹·瑟尤问，“为什么你的妻子这样瘦呢?”

“因为要替别人干很多的活。”米纳里的妻子回答他。

这时苏丹·瑟尤就问她：“那么你把你丈夫按月从我那儿拿到的钱怎么用的呢?”

米纳里的妻子回答说：“唉，陛下，顶好别问这个！那些钱我连一个坦迦也看不到。我身下的这块皮子，是我的褥子。我的被就是有星星的天空。”

苏丹·瑟尤疑惑地看着米纳里：“米纳里，你的钱既不拿回家，又不花费在自己身上，究竟你把自己的薪俸用到哪儿去了呢?”“陛下，”米纳里回答，“如果我们互相换穿了衣服，你同我到一处我领你去的地方去，那我就把一切向你解释明白了。”

苏丹·瑟尤同意了，他们换穿了衣服。米纳里穿上国王的锦缎长袍，苏丹·瑟尤穿上米纳里的打补丁的旧长袍。

他们走出去了。米纳里模仿一个国王的样子走在前面，苏丹·瑟尤跟在后边。他们来到城郊，那儿挤住着许多乞丐、残疾者和盲人。

穿着锦缎长袍的米纳里默默地从他们旁边走过去，残疾者们没有认出他。但是，当穿着米纳里的长袍的苏丹·瑟尤刚一出现时，乞丐们便从四面八方一瘸一拐地向他迎上来。还在老远，他们就伸出枯瘦的手，一面可怜地责备说：“嗨，米纳里，为什么你这么久不来啊？我们差点儿饿死啦!”

苏丹·瑟尤招呼米纳里，说：“现在我明白你把你的钱花到哪儿去啦！快把我长袍里的钱都给他们吧，只求他们别缠我!”米纳里脱下锦缎长袍，把钱从衣袋里掏出来。这时乞丐们认出了自己的保护者，就向他奔过去。

米纳里把国王的钱分给了残疾者们。对他们说来，这些钱来得非常及时，因为米纳里自己的衣袋老早就是空空的了。

这也要消逝的

有一次，苏丹·瑟尤的谋士们说了米纳里的坏话，苏丹·瑟尤就把他关进了监牢。

过了几天。苏丹·瑟尤觉得很忧郁，他沉思地呆坐着，也不跟任何人谈话。谋士们问他："陛下，你为什么忧伤啊?"苏丹·瑟尤回答说："我缺不了米纳里。只有他才能帮助我排遣忧郁。""我们也能找到必要的话，而且也不比米纳里差。"谋士们说。

"原来是这样!"苏丹·瑟尤冷笑了一声，"那我就来考验考验你们。你们去找出一句话来，这句话要既能使我得到安慰，同时又使我感觉悲伤。我给你们三天限期，如果在这段时间内你们想不出这样的话，我就把你们统统撵走。"

谋士们集合起来，他们开始在苏丹·瑟尤的难题上绞脑汁。他们苦苦地想了三天，可是什么也想不出来。这时候，他们中间的一个谋士首领说："谋士们，如果我们不能给国王想出那句话，他就要把我们都赶走。现在只剩下一个办法了：到米纳里那里去，恳求他饶恕我们，帮我们的忙。"

谋士们同意了，他们走进监牢去见米纳里。"米纳里，"他们说，"我们很懊悔自己的行为，我们要请求国王释放你出狱。不过我们需要你的帮助。国王命令我们找出一句话，这句话要既能使他得到安慰，同时又使他感觉悲伤。我们想这句话，已经想了三天，可是什么也没能想出来。"

"好，"米纳里回答说，"你们去对国王说：'你的不幸会消逝的，一切都要消逝的。'意思就是说：'你的不幸会消逝的。'这是你们安慰了国王。但是当你们添上说：'……一切都要消逝的。'他就会感觉悲伤，因为你们提醒了他，就是他也要死掉的。"

第二天，谋士们来到王宫里，找着了忧郁沉思的苏丹·瑟尤。"啊，陛下，不要悲伤吧!"谋士首领对他说。"你的不幸会消逝的，一切都要消逝的。"苏丹·瑟尤听了这话，抬起头来问他："这话是你们自己想出的吗?"

谋士首领回答说："陛下，如果你饶了我们的贱命，我们就说实话。""好，"苏丹·瑟尤说，"你们说吧！"

"这话不是我们想出来的，是米纳里说给我们的。"这时候，苏丹·瑟尤用轻蔑的眼光看了一下谋士们，命令说："快跑到监狱里去，把米纳里释放出来，你们轮流背他，带他到宫里来。"

于是，受人诬害的米纳里就被释放出狱了。

米纳里的遗嘱

有一次，米纳里得了重病，苏丹·瑟尤来探望他。"米纳里，"苏丹·瑟尤对快要死的米纳里说，"如果你有遗嘱，有些什么事要做，你就对我说吧。"

米纳里鼓起力气，回答说："陛下，我只有一个希望。等我死了以后，你穿上我的打补丁的旧长袍，骑上我的马，到住着不幸的人和乞丐们的城郊去一趟。这就是我的遗嘱。"苏丹·瑟尤答应做到这个请求，和米纳里告别后，就走了。

过了一些时候，米纳里死了。苏丹·瑟尤穿上了他的打补丁的旧长袍，骑上他的马，顺着乞丐、孤儿和残疾者们的街道走去。乞丐和残疾者们远远望见一个人骑着米纳里的马、穿着他的长袍，就向他涌过来，有的奔跑，有的一瘸一拐地走，有的在地上爬，一面快乐地大声叫喊："我们的米纳里活着呢！我们受骗了！他没有死！他到我们这儿来啦！"

可是，当骑马的人走近的时候，所有的人都看出了：这不是米纳里。于是乞丐们、孤儿们和残疾者们痛哭着走开了。

"唉，天啊！"他们悲伤地喊叫。"我们的保护者再也不会到我们这里来了！我们的米纳里没有了！"这时国王才明白了人民的真诚的悲伤。

以上五则王崇廉译

克米涅的故事

（土库曼斯坦）

克米涅是一个文人型机智人物。其原型据说是十八世纪末十九世纪初土库曼著名诗人B. 马麦德维利。他的故事，大多有较强的社会倾向性和趣味性，在土库曼斯坦广为人知。

当 学 生

从前，塔沙乌兹有一个非常有名的皮尔[1]。他能言善辩，智谋超群，又很吝啬，这在整个阿穆达里亚都是赫赫有名的。克米涅很想去见识见识这位依禅[2]是否果真如此精明，看还能不能找到让他甘拜下风的人。他骑上驴便奔依禅那里去了。

依禅虽说并不知道这就是名扬四海的克米涅，但对他还是很热情。“你有什么事?”他口气温和地问来人。“我想来做您的学生，好以后能成为一个毛拉。”克米涅回答。“好吧，”依禅说，“我就收你做学生了。”

第二天早上，依禅把学生们叫醒，把他们轰出去干活。学生们为他挖土和耕地。依禅自己背着手在学生中间走来走去，监督他们干活。克米涅也背

① 皮尔：土库曼古代的宗教界导师和伊斯兰教徒的团体领袖。文中的这个皮尔名叫埃拉利。
② 依禅：伊斯兰教依禅教派的首领和导师。文中的伊禅即上面所说的皮尔。

着手在那些干活的人中间走来走去。“你干吗偷懒呀?”依禅责问他,“你说过要当我的学生。所以,别的学生怎么干,你也得怎么干。”克米涅摇摇头,说:“您好像是听错了吧?我是来向您,而不是来向您的学生学习。所以我的教师您做什么,我也学着做什么。”

依禅到现在才明白这来者是个什么人了,并且为了不让克米涅找到嘲笑的口实,他拿起锄头和同学生们一道刨了整整一天的地。

是不是这样呢

某天,巴依请埃拉利依禅去做客。皮尔愉快地接受了邀请,并邀上克米涅同往。路上他们碰到一条灌满水的沟渠。怎么办?

“你先过,克米涅毛拉。”皮尔说。“啊,老爷,我可不敢走在您的前面啊!”克米涅恭顺地说。皮尔实在没法,只好下水。当他走到沟渠中间,克米涅来上一段助跑,喊一声:“啊,我的皮尔!”直接跳到他的背上。依禅连头没入水中。

“你这是干什么呀?!”他一边呼哧着,吼道。“您还记得吗,老爷?”克米涅骑在他脖子上,不紧不慢地说,“我向您借小麦时,您曾答应帮我过黄泉路上的桥,所以我想:既然您乐意以后帮我这个大忙,一定也乐意帮我这个小忙。是不是这样呢?”

下雨的时候

有一次,几个毛拉上巴依家去做客,克米涅也与人们同行。“你穿得这么破是上哪儿去呀!”他们都劝克米涅别去,“你这是在给我们大家丢脸。快回家去吧。”“山顶上总有雾,一个人也总有自己的打算。我是去办自己的事,我有急事。”克米涅回答,然后便跟他们分道扬镳了。

过了不一会儿,克米涅去敲一家穷人的帐篷,问:“欢迎客人吗?”“进来吧,进来吧。没什么东西好招待,但地方总是有的。”里面有人回答。“我只要能睡一觉就行。”克米涅进去后，发现女主人在锅里煮什么东西，但并不急于往外舀。孩子哭哭啼啼一阵已经躺下睡觉。克米涅忍不住问女主人，为什么她不让他们吃。女主人说：“客人啊，您这可是触到了我的痛处。我们家什么吃的都没有。可他们却一直嚷着要吃，所以我只好设法骗骗他们。我把锅坐在火上，往锅里放一些石子儿，一边哄着他们：‘快躺下睡觉吧，我的小羊羔。等饭做得以后我叫醒你们。’”

克米涅心里一阵难过。等大家都睡着了，他悄悄出去弄回来巴依的一只羊，对女主人说：“给，大妹子，烤来给他们吃了吧。”等孩子们都吃饱了，重又躺下睡觉，克米涅提着一罐水爬上帐篷顶，从一个露天小孔朝孩子身上洒水。“在下雨呢。”小不点儿们醒过来想到，然后又合上眼睛。

第二天一大早，巴依发现丢了羊。“这一定是那个叫花子干的。”他这么想，并直奔克米涅留宿的那家帐篷而来。孩子们正在帐篷前玩耍。“你们吃肉了吗?”巴依问他们。“吃了!”他们异口同声地回答。“什么时候吃的?”“就在下雨的那天晚上。”最小的那个说。“他们说的是春天的事。”巴依这才踏实下来。

克米涅卖沙

克米涅的大半生都在为巴依扛活。有一次，其中一个巴依派他去拉沙。在回来的路上，他碰见另一位巴依。那位巴依看见那么多鼓鼓囊囊的大袋子，问他：“克米涅毛拉，你这是拉什么呀?”克米涅回答：“白沙。”“你要白沙干什么?”“难道您不知道，巴依阿哈[1]！这是杀跳蚤和小咬最好的药。”

夏天人人都受跳蚤和小咬之苦，所以巴依马上缠着克米涅，要他把这一车白沙卖给自己。“要我卖？好吧，可以。”“多少钱?”“一整车共三十块钱。”“太贵了。”巴依在讨价还价。“告诉您吧，巴依阿哈，不是什么样的沙子都管事啊，您得知道这一点。”“那我就给三十块!”犹豫一阵后巴依终于

① 阿哈：伊斯兰教徒的一种称呼。

痛下决心。他大概是让小咬和跳蚤咬怕了。

几天后克米涅又碰见这位巴依。这位巴依老爷几乎是要对克米涅拳脚相加，朝他吼道："你骗了我，你的那些药根本不管事！"克米涅和和气气地回答："你大概是不会用吧，巴依阿哈？"巴依一下子不知说什么好，问："那又该怎么用？"克米涅不慌不忙地回答："很简单。先得把跳蚤捉来，然后往它们的眼里撒沙子。"巴依大声说："哼，我要能把它们捉住，就一下子把它们掐死了。"克米涅回答："您说得对，巴依阿哈，这样大概效果会更好。"

同胞兄弟

一次，一个讨饭的霍加[①]走进克米涅的帐篷。他东瞅瞅，西看看，帐篷里既没吃的，也没喝的。当时克米涅家里只有唯一一只带小羔的母羊。

叫花子很想找点东西来吃，只见他不停地打量着小羔，对克米涅说："克米涅毛拉，你能不能把这只小羔宰来待客？""你说什么呀，霍加阿哈？"克米涅回答，"难道人们为了待客，就可以杀自己的同胞兄弟？""它算你的什么同胞兄弟？"叫花子又问。

克米涅回答说："那还用问吗！我那只母羊的一个奶头由小羔吸，另一个由我吸，所以它是我的同胞兄弟。"

现在我有空

有一次，邻居们听见克米涅在大骂妻子。"真可怜啊，她有什么地方做得不对吗？"他们问他。

"我骂她，是要让她明天去打水时别把水罐打了。"克米涅回答，看到邻居们一个个都有些莫名其妙，又解释道，"明天我可能很忙，没工夫说她，而现在我有空。"

---

① 霍加：对伊斯兰教徒的尊称。

运气不错

有一次，克米涅在路上碰见几个小伙子。“克米涅毛拉，您怎么步行呢？”其中一人问，“过去您可总是骑驴啊。”

“你们最好是别问，我也最好别答。”克米涅回答，“我的驴丢了……好在我的运气还不错，要是骑着驴，恐怕连我也丢了呢。”

以上七则粟周熊译

阿凡提的故事

（塔吉克斯坦）

这一组阿凡提的故事，流传于中亚塔吉克斯坦。

阿凡提买门

阿凡提的家里差一扇门，他到市场上去买。在路上他突然看到地上放着一扇门，没有主人，于是把门背起来往家走。门的主人回来看到了，便飞快地去追赶，并且喊叫起来：“这是我的门，我的门！哎，站住！你把我的门往哪里背?”

阿凡提回头一看，见有人在追赶他。他想：“看来他就是门的主人。”于是把门从肩上放下来，将它竖在路上，插上门闩。门的主人从后面跑来把阿凡提推了一下，阿凡提大声说道：“啊，真主！门是关着的，谁还能进来推我呢？莫非他是魔鬼或妖怪吧!”

阿凡提的遗憾

阿凡提有一次上山，布哈拉市酋长要他带一只鸟回。阿凡提在山上待了整整半年，终于捉到了一只稀有的鸟。他小心翼翼地把鸟装进一个皮袋里，把袋口系得很紧很紧。

阿凡提一回到布哈拉，立即进宫去见酋长，解开袋子一看，鸟死了。酋长看见这样稀有的鸟死了，非常惋惜，阿凡提更是感到无比遗憾。酋长惊奇地问道："你为什么如此难过呢？"

阿凡提回答道："啊，世界的主呀！我把袋口系得那么紧，它的灵魂怎么还会飞走呢？"

撒旦与阿凡提

这件事发生在一个沙漠地带，有许多见证人。那天撒旦[①]遇见了阿凡提，撒旦说："世界上我比谁都聪明。"

阿凡提反驳道："不见得。还是我最聪明。"

撒旦说："要是你能骗了我，那就算你聪明。"

阿凡提回答说："我现在就领你到泉水旁，不让你喝水，再把你领回来。"

撒旦说："不，你不可能做到这一点。"

他们一边争论着，一边向着泉水走去，当走到泉水旁时，阿凡提敲了一下自己的额头说道："啊，真糟糕！我们没有带一个证人来。"

撒旦说："你说得对，当着证人的面来解决我们的争端要好得多。"

他们就转回来了。阿凡提对人们说："你们问问撒旦，他在泉水旁喝了水没有？"

撒旦回答说："没有。"

这时人们断定，在这场争论中是阿凡提赢了。

以上三则吴秀琴译

① 撒旦：犹太教、基督教《圣经》中魔鬼之名。

普基普卢的故事

（亚美尼亚）

普基普卢是亚美尼亚的一个著名机智人物。他的故事十分诙谐有趣，以他捉弄封建领主的篇什最为精彩，颇受亚美尼亚民众喜爱，广为流传。

打　赌

有一次，沙赫纳扎尔梅利克[①]打算显示一下自己的机敏，有意要开开普基普卢的玩笑。这事发生在集中了不少梅利克和贵族的众议院里。“梅利克即便把自己父亲和爷爷的聪明才智都加上，嘴也比我笨。”普基普卢说。“这你怎么能证明呢？”大家问他。

“有一次，季扎克斯基梅利克，”普基普卢说，“跟沙赫纳扎尔梅利克的爷爷打赌。他断言自己能使正在走路的对方停下来。‘好呀，你试试看吧。我倒很想看看你怎么能做到这一点！’沙赫纳扎尔梅利克的爷爷说，‘我就开始走，你要是个真正的男子汉，就叫我停下来吧。’说完他便开始动身。‘吁，吁！’季扎克斯基梅利克冲他背后直吆喝。‘你怎么就不害臊？’沙赫纳扎尔梅利克的爷爷停下来说，‘当着这么多的人叫我驴?!’‘我没想叫你驴，’

① 梅利克（源于阿拉伯文，原意为上帝），13—16世纪亚美尼亚和阿塞拜疆地方上的封建领主。

季扎克斯基梅利克说，‘我只是想叫你停下来。’现在我再来说说沙赫纳扎尔梅利克吧。他想在嘴的工夫上赢我，但不知道我能把他带到泉边去，不让他喝上一口水又带回来。”“这你办不到。”沙赫纳扎尔梅利克说。“我能办到。”普基普卢回答。“你办不到。”“我能办到。”“那好吧，咱们走，”沙赫纳扎尔梅利克说，并去拉普基普卢的衣襟，“不过，要是我喝了水，就得叫人砍下你的头。”“走吧。”普基普卢表示同意，两人便上了路。

他俩来到泉边，普基普卢说：“您等等，梅利克，咱俩可是没有能证明您确实喝了泉水的证人呀！这怎么行呢！您说喝了，我说您没喝，永远也打不清这个官司，最好还是去叫几个证人来。”“你说得对。”沙赫纳扎尔认为可以。

“怎么样，泉水凉吗?”等他俩回到众议院，众人问道。“普基普卢不让我喝，他说得先找到证明人……”“你呀，梅利克，真是太天真了!”众人发出一阵哄堂大笑。

葬礼风波

沙赫纳扎尔梅利克重孝在身。他的父亲死了。在隆重的葬礼上来了不少别的梅利克、宗教界人士和王公贵族。沙赫纳扎尔梅利克把普基普卢叫去，叫他这几天不要上街，不要去逗别人乐，并答应如能做到，就奖励他七袋小麦。“好吧。”普基普卢说完便走了。

但是，当送葬行列举着十字架和神幡向墓地方向走去时，普基普卢赶着七只猎狗出现在大街上。那些狗脖子上都挂着铃铛，背上背着口袋。他赶着狗跑在送葬队伍的前面。“你这个流氓！难道我没告诉过你，要你这几天待在家里，不要到我跟前来晃吗?”“祝梅利克健康长寿！我是来取您答应的那七袋小麦，因为我知道，等您办完丧事就会把那允诺抛到九霄云外去的。”“把他带走，快把他带走，给他七袋小麦，让他拿到那七袋小麦就回家，否则他会让我当众出丑的。”

傻瓜和疯子的名单

等沙赫纳扎尔梅利克发现自己嘴上斗不过普基普卢，便叫他去列出一个傻瓜和疯子的名单，指望普基普卢把自己的姓名也列进去。“你认为怎么样，夫人?”沙赫纳扎尔梅利克问妻子，“我这办法有多妙啊！就让普基普卢亲手把自己列进傻瓜名单里去，以后他就服我管了，再也不敢吹牛说大话。我只要一对他说‘普基，别忘了名单啊’，他马上就会变得老老实实。”

正好这时普基普卢来了。“祝梅利克健康长寿！您叫我?”“是的，我叫你。我要一份咱们这一带所有傻瓜和疯子的名单。你能列出来吗?”“当然可以啦！祝梅利克健康长寿！明天一大早名单就出来了。”

第二天早晨，普基普卢还确实就把傻瓜名单送来了。沙赫纳扎尔梅利克浏览了一遍，看见普基普卢把他的名字放在第一位。“你这是怎么搞的，普基?”“什么‘怎么搞的’? 祝梅利克健康长寿!”“你为什么不把自己的名字列进去，反倒列了我的? 难道我是傻瓜或者疯子? 你要不能当我的面证明这一点，我就叫人砍下你的头。”“祝梅利克健康长寿！请您息怒，慢慢听我道来，我会给您说清楚的。”“那你快说，你怎么这么胆大妄为?”“祝梅利克健康长寿！我现在就说，您就好好听吧。好在夫人也在这里。你还记得波斯商人那件事吗? 难道您在此之前在什么地方见过他，难道您以前认得他?”“我不认识他又碍什么事呢?”“就说嘛，一个聪明人是绝不会给一个生人一百图曼①，叫他从波斯给自己弄来宝石。您说说，夫人，随便碰到一个生人就给这么多的钱。叫他去把宝石给你弄来，这还不算傻?”“万一他要给弄来呢?”沙赫纳扎尔梅利克恼羞成怒，反问，“那时你又有什么好说的?”“那时候呀，祝梅利克健康长寿！那时候呀，我就划掉您的名字，把那个波斯商人的名字列进名单里。”

① 图曼：伊朗旧时金币和银币。

邻居借钱

普基普卢的邻居经常向他借钱。“普基，你能借给我五个图曼吗?”“为什么不能呢?”普基普卢回答，“钱就在枕头底下，你自己过去拿吧。”邻居果然过去拿了。“普基，我还你钱来了。”过几天后他来说。“拿去放在你拿走的地方吧。”邻居过去把钱放在枕头底下。就这样借去还来地反复了好几次。

但有一次邻居突发奇想：“既然普基普卢也不去检查我往枕头底下放没放钱，我干吗要往那里放呢?”这次他就没掏钱出来还回去便回了家。又过了一段日子。这段时间邻居再没来向普基普卢借钱。但是后来他又急需钱花。怎么办？他只有又去找普基普卢。“普基，能借给我五个图曼吗?”“为什么不能呢？钱就放在老地方，你自己过去拿吧。”

邻居过去拿钱，但枕头底下空空的。他回去对普基普卢说枕头底下没钱。“对了，要想使枕头底下有钱，就得往那里放。”普基普卢回答。

分　骆　驼

邻村有几个告状的来找到沙赫纳扎尔梅利克。其中一人说：“我们是兄弟仨，祝梅利克健康长寿！父亲给我们留下遗产，其中有十七头骆驼。他在遗嘱中写道，其中一半骆驼应该归我这个当老大的，三分之一归二弟，九分之一归老三。我们分不了，并因此吵了架。也找不到一个人能帮我们断这个案子，让我们每人分到应得的一份。我曾建议将这十七头骆驼都卖掉，然后照父亲的遗嘱分钱，但老三不干。所以现在我来找您，祝梅利克健康长寿！求您来帮我们断这个官司。”

梅利克想了想，知道自己也断不了这个案子，只有求助于普基普卢。“你对这个案子是怎么看的，普基?”沙赫纳扎尔梅利克问他。普基普卢知道这十七头骆驼不可能分成两半，这个数字也不可能分为三个均等或九个均等。“好吧。”他最后还是对哥儿仨说，“你们先回家，明天我去帮你们分。”

第二天早上，普基普卢骑上骆驼便到村里找哥儿仨去了，他们正在家里急不可待地等他呢。“你们的骆驼在哪儿？去把它们赶到这儿来。”普基普卢说。哥儿仨赶来了十七头骆驼。“现在把我的骆驼也赶到一起去。”普基普卢吩咐道。“这下子它们有多少头了？”等骆驼都赶到一起后，他问。“十八头。”哥儿仨异口同声地回答。

“十八的一半是九……这是老大的。这行吧？”普基普卢问。“行。”哥儿仨回答。“十八的三分之一是六，是不是？”普基普卢问。“是。”哥儿仨进一步证实。“这是老二的。对不对？”“对。”哥儿仨说。“十八的九分之一是二，是不是？”普基普卢问。“是。”哥儿仨回答。“这是老三的。行了吧？”“行了。”哥儿仨又证实说。“还剩下一头骆驼，这就是我那头了。再见！”普基普卢说完，骑上自己的骆驼便离开了那里。

以上五则栗周熊译